U0163778

金學叢書
第一輯 5

吳 敢
胡衍南 霍現俊
主編

《金瓶梅》的時間敍事與空間隱喻

林偉淑 著

臺灣 學生書局 印行

林偉淑

屏東人，現任淡江大學中文系助理教授。輔仁大學中文所博士班、國立中山大學中文研究所畢業。德國 MAINZ 大學（Johannes Gutenberg-Universität Mainz）大學語言班進修德文，通過中級德文檢定。曾任輔仁大學、空中大學等多校兼任助理教授。碩士論文為《《現代文學》小說創作及譯介的文學理論的研究 1960-1973》，博士論文則研究明清長篇小說。著有《明清家庭小說的時間研究——以《金瓶梅》、《醒世姻緣傳》、《林蘭香》、《紅樓夢》為對象》，《樂知學院——金瓶梅》。

本書簡介

《金瓶梅》是一部世情小說，或可稱為家庭小說。個人是存在於家庭中，而家庭又包含於社會群體、國家組織之中。《金瓶梅》書寫家庭生活的瑣碎時光，寫生活裡的煩、悶、閒、愁等種種生活細節。時間命題上包含生日、死亡、歲時節慶，並以一個過去的皇帝年號作為小說的故事時間，以寓寄褒貶。時間和空間是小說構成的要素之一，身體又寓於其中，因而我們生活在自身與歷史互相定義的時空裡，也因此，身體受到社會文化的凝視與限制。《金瓶梅》的空間書寫，透過人物的身體、居處的空間，展現了男性、女性的身體空間，以及性別、身體與文化的指涉關係。家庭宅院往往是人物心理、性格、權力的展現，如花園、酒館、門窗、閣樓、箱奩等。本書試圖釐清時間、空間在小說的敘事中如何被建構，以及所表現的象徵意義及文化隱喻。

金學叢書第一輯序

　　2012 年 8 月下旬，「2012 臺灣《金瓶梅》國際學術研討會」在臺北、嘉義、臺南三個場地隆重召開，大會同時紀念辭世七年、在海峽兩岸備受推崇的「金學」先驅魏子雲先生。

　　會議落幕之後，臺灣學生書局基於「辨彰學術，考鏡源流」的信念，認為很有必要出版一套「金學叢書」，將 1980 年以後逐漸豐饒起來的《金瓶梅》成果一次性展現出來，於是找了胡衍南商議此事。經過協商，臺灣學生書局接受胡衍南的兩點提議：一，此一事業理當結合海峽兩岸金學專家共同合作；二，為了紀念魏子雲先生，擬將先生在臺灣學生書局的版權書，搭配臺灣近來年輕研究者的金學著作，先以「金學叢書」第一輯的名義出版，藉此向先生獻上敬禮。因此，2013 年 5 月「第九屆（五蓮）國際《金瓶梅》學術研討會」期間，霍現俊答應共襄盛舉；同年 7 月，胡衍南代表書局親赴徐州邀請吳敢加入主編行列，確定此套叢書由吳敢、胡衍南、霍現俊共同主編。在此同時，胡衍南開始蒐集「金學叢書」第一輯的書稿，吳敢、霍現俊逐步展開「金學叢書」第二輯的規劃。

　　不同於「金學叢書」第二輯，主要為中國大陸 20 世紀 80 年代以來學人的《金瓶梅》研究精選集；「金學叢書」第一輯由魏子雲領軍，麾下俱是臺灣年輕學者專書性質的金學著作。

　　第一輯共收十六本書，魏子雲在臺灣學生書局的三本版權書《小說金瓶梅》、《金瓶梅原貌探索》、《金瓶梅的幽隱探照》，足以反映魏先生治學精神及金學見解；且因魏先生後人及學生刻正籌劃全集出版，本套叢書也就不另外爭取先生其他專著。至於其他青年學者專書，如果把金學事業分成文獻研究、文本研究、文化研究，文獻研究明顯最為匱乏，事實上臺灣除魏子雲外興趣多不在作者、成書、版本等考證方面。叢書中具綜述性質的李梁淑《金瓶梅詮評史研究》權屈於此。

　　文本研究稍好，其中又以借鑒西方敘事學理論者較有成績，鄭媛元《金瓶梅敘事藝術》可視為全面性初探，林偉淑《金瓶梅的時間敘事與空間隱喻》意在時空設計的隱喻性格，李志宏《金瓶梅演義——儒學視野下的寓言闡釋》則從敘事特色探討「奇書體」小說之政治寄託。此外，關於《金瓶梅》詩詞的研究也頗見特色，傅想容《金瓶梅詞話

之詩詞研究》、林玉惠《崇禎本金瓶梅回首詩詞功能研究》,一從詞話本、一據崇禎本,前者宏大、後者聚焦,都是考慮詩詞在小說中的美學任務。另外值得一提的是曾鈺婷《說圖——崇禎本金瓶梅繡像研究》,近年頗時興圖像與文字的辯證研究,此書透過對小說插圖的考察,從側面支持了崇禎本《金瓶梅》的文人化、藝術化傾向。

　　至於文化研究,不可免地都集中在性／別文化研究,此係因為臺灣極易取得未經刪節的全本《金瓶梅》,加上 20 世紀 90 年代中期以來對性／別議題特別熱衷,故影響了《金瓶梅》文化研究的「挑食」傾向。收在叢書中的此類著作,有胡衍南《金瓶梅飲食男女》、李欣倫《金瓶梅之身體感知與性別辯證:一個漢字閱讀觀點的建構》、李曉萍《金瓶梅鞋腳情色與文化研究》、張金蘭《金瓶梅女性服飾文化研究》、沈心潔《金瓶梅詞話女性身體書寫析論——以西門慶妻妾為論述中心》等五部,其中胡衍南、張金蘭的著作都曾公開出版,此次收入叢書都作了程度不一的增添及修改。尤需一提的是,臺灣近年來對於小說的續書研究很感興趣,特別是從解構主義的後設立場重新反思續衍現象,嚴格來講也是一種文化批評,叢書中鄭淑梅《後設現象:金瓶梅續書書寫研究》即為個中佳作。

　　「金學叢書」第一輯集結近年臺灣青年學者《金瓶梅》研究專著,有意宣示「哲人日已遠,典型在宿昔」——魏子雲先生逝世十周年前夕,金學事業薪火相傳,生生不息。綜上所述,本輯作者胡衍南、李志宏的著述較為金學界所熟識,其他多數則嶄露頭角,正見其成長茁壯。相較之下,稍晚亦將問世之「金學叢書」第二輯,收入了徐朔方、甯宗一、劉輝、王汝梅、黃霖、吳敢、周中明、張遠芬、周鈞韜等三十一位名家之《金瓶梅》研究精選集,收錄純熟之作,代表當代金學最高成就,敬請拭目以待。

吳敢、胡衍南、霍現俊 (胡衍南執筆)

2014 年元旦

《金瓶梅》的時間敘事與空間隱喻

目　次

第一章 緒 論

　　中國古典小說發展至明代，產生所謂的四大奇書：《三國演義》、《水滸傳》、《西遊記》、《金瓶梅》，各自代表著歷史演義小說、英雄傳奇小說、神魔小說及世情小說，其中世情小說發展至清代，《紅樓夢》為其代表作。《金瓶梅》[1]成為描寫家庭、世態人情的基本範式：敘事的視角從天上神魔走向了人間；從對國家忠義的要求或豪強諸王的爭戰，轉向閨房妻妾的算計爭奪；也從慷慨激昂的歷史演義，輾轉成為幾十年家庭生活的滄桑；巨大的視角從俯瞰人間的高度，下降成了平視百姓的生、老、病、死及柴、米、油、鹽的生活細節；當偉大的英雄、聖賢、王者褪去，人間的情感才會被更細緻地刻劃，敘事的時間，也從英雄刻劃的歷史年代，寫成百姓歲歲年年的時間流逝。而敘事空間則聚焦在家庭生活的空間裡。小說通過時間所描述的生、老、病、死的種種歷程，表現了作者對於生命的反省。

第一節　關於時間

　　時間是什麼？這似乎是永恆的天問，在西元 4 世紀時，奧古斯丁（ST Augustine，354-430）問道：

> 時間究竟是什麼？誰能輕易概括地說明它？誰對此有明確的概念，能用言語表達出來？可是在談話之中，有什麼比時間更常見，更熟悉呢？

時間無所不在，我們言說著時間，看著年歲增長，可是我們卻難以用語言精確地定義時間，一如奧古斯丁所言：「我們談到時間，當然瞭解，聽別人談到時間，我們也領會。那麼時間究竟是什麼？沒有人問我，我倒清楚，有人問我，我想說明，便茫然不解了……

---

[1] 本文以《新刻繡像金瓶梅》本為主，以《金瓶梅詞話》為輔。《新刻繡像金瓶梅》，臺北：曉園出版社，1990 年 9 月。《金瓶梅詞話》，臺北：里仁書局，2007 年 11 月初版，2009 年 2 月修訂一版。

既然過去已經不在,將來尚未到來,則過去和將來這兩個時間怎樣存在呢?」[2]時間是什麼,這是一個抽象又複雜的問題,時間究竟如何存在,我們又如何度量時間?儘管時間無從度量,人們卻時時算計時間的長度,感受時間的快慢久暫。過去儘管過去,但記憶已留下;現在儘管也將疾馳而去,但我們能注目現在,這就是存在我們心中的時間。

時間與空間是小說中不可分割的範疇,時空座標定位了人的存在。我們存在於時間之中,然而我們卻無法描述時間的面貌。時間和空間是存在的一種本質,是我們界定世界的基本方式。空間可以描述,時間卻難以言說;往往在時間消逝後,我們才能描述我們所處的世界。人們以日曆、鐘錶來衡量計算時間,看似科學且精確,但是我們也都知道,短短的一個小時,有時會讓人感到漫長如永恆,有時卻給人轉瞬即逝的感覺,重點在於這個小時裡發生了什麼事。一如德國青少年小說《默默》所道:「時間往往從日常生活中隱沒,但時間卻會從我們的內心深處發出聲音。這就是人們對於時間的感受。」[3]

然而,我們該如何敘述時間?文學作品透過時間的描述又展現什麼意義呢?我們剖析時間觀念,時間可以有幾種不同的詮釋方式:從物理性、科學的觀念來觀察,或從哲學本體論的角度來討論,同時思考時間在文化上呈現的美學意義。[4]事實上,時間並不蘊含變化,而是蘊含變化的可能,而我們在此可能中體會並理解世界的改變。[5]

一、物理的時間向度

首先是按照物理時間觀念展開,這是一種關於時間秩序的理解,時間是始終一如的流逝著。然而在鐘錶時間觀的出現後,時間又是周而復始的循環著。在時間的絕對觀中,時間和空間是物質實體存在的舞臺,這是牛頓(Newton Issac,1643-1727)絕對時間的理論框架:

> 絕對、真正、數學的時間,源於自身,由本身特性決定,不與外界任何事物相聯
> 繫,始終如一地流逝著。[6]

牛頓說明:時間是連續的、獨立於外在事物的存在方式。十八世紀發展的鐘錶工業技術

---

2 奧古斯汀(Saint Augustine),《懺悔錄》,周士良譯,北京:商務印書館,1997 年,頁 242。

3 〔德〕Michael Ende,《默默》,臺北:城邦集團遊目族出版社,2003 年初版,頁 192,這是一本關於時間快慢與生命存在意義的青少年小說。

4 吳國盛,《時間的觀念》,北京:中國社會科學出版社,1996 年,頁 49。

5 〔英〕K·里德伯斯(K. Ridderbos)編,章邵增譯,《時間》,北京:華夏出版社,2006 年 1 月初版,頁 166。

6 〔英〕K·里德伯斯(K. Ridderbos)編,章邵增譯,《時間》,頁 2。

即蘊涵牛頓物理學的概念，鐘錶時間必須是均一的、絕對的，然而鐘錶的時間又是循環的，每天有二十四小時，每小時有六十分鐘，這提示了一種週而復始，循環往復的時間觀念，這樣的循環時間觀是把時間解釋為一個圓圈。然而，弔詭的是，循環時間觀的內在思維是在追求永恆及不朽，然而達到永恆時，時間反而被取消了。

萊布尼茲（Leibniz Gottfried Wilhelm，1646-1716）對於絕對時間觀提出疑問，愛因斯坦的相對時間觀，是對於萊布尼茲所提出的問題作出結論。相對時間觀：指出時間只能依賴於事物和物質事件而存在。也就是說，相對的時間，是人們通過物體運動來量度的具體的時間和空間。[7]換言之，絕對的、數學的時間自身是與外界無關，是均勻地在流逝；相對的時間則是延續性的、一種可感覺的、可度量的時間，通常我們是用日、月、年的量度來代替真正的時間。[8]相對時間又稱為表現時間，這是與我們日常生活、感覺經驗相聯繫的時間感，這是將時間、空間與物質運動聯繫在一起，時間與空間成了不可分割的存在關係。愛因斯坦認為，時空之所以與事物不可分，是因為它們維繫於人的觀察和經驗，只有相對於人的觀察和經驗，事物才具有特定的時空性質。[9]

二、哲學時間的向度

人的存在依附在時間的進程中，生命的存在感受來自時間和空間的變化，特別是時間的變化。時間的往復使生命衰老、消失，人們對此無能為力。

關於「什麼是時間」，從古希臘、蘇格拉底等哲學家，到當代現象學家和存在主義學者，都對時間不斷地進行追問。哲學上的時間本體論：從柏拉圖、亞里斯多德、奧古斯丁、康德、柏格森、到海德格爾等都提出深刻說明。柏拉圖（Plato，BC427-BC347）認為宇宙是上帝根據其理式，所創作出來的摹本，因此時間和宇宙一樣也都是永恆的，時間更是永遠不停的進程。[10]時間是個過程，是運動的本身，人們所經驗的時間也是一個流動過程，也就是說，這是「我」在當下的時間經驗，不過是離我而去的「過去」與正在到來的「未來」之間的過渡而已。[11]每一個人都有他自己的時間。時間只有被擁有時，才是活的時間。[12]或許根本就沒有所謂「現在」的瞬間，[13]只有過去以及未來的時間存

7　楊河，《時間概念史研究》，頁 80。

8　楊河，《時間概念史研究》，頁 79-80。

9　吳國盛，《時間的觀念》，頁 115-123。

10　楊河，《時間概念史研究》，頁 18-21。

11　〔德〕恩斯特·波佩爾（Ernst Poppel）著，李百涵·韓力譯，《意識的限度——關於時間與意識的新見解》，臺北：淑馨出版社，1997 年 2 月初版，頁 8。

12　〔德〕Michael Ende，《默默》，頁 184。

在感。

西方哲學思想裡對時間的描述，第一位有系統地研究時間問題的哲學家是古希臘哲人亞里斯多德（Aristotle，BC384-BC322），他將時間分為過去、現在、未來的三個概念。他指出時間的本質、結構，同時也說明了時間與空間的關係：「時間不能脫離運動和變化，事物的運動是時間存在的基礎，構成我們時間概念的前後、已經包含在運動中。」[14] 亞里斯多德認為時間可以被分割成過去、現在及未來。「時間的間斷性和連續性，與空間的間斷性和連續性密切相關，二者互為表現形式。」[15]在時間的構成中，「現在」體現了時間的永恆性，因為它接續了過去和未來。

康德（Immanuel Kant，1724-1804）提出先驗的時間觀。由於時間沒有開端，空間也沒有界限，時間因而是永恆的、空間則是無限的。他認為人面對的事物，都在時間空間中被體驗，時間和空間透過主體所提供的範疇，是感性直覺的認知。[16]在康德看來，時間和空間不僅具有自身的實在性、絕對性，而且還是物質組成的可能基礎。[17]康德承認絕對時間的存在，同時也對時間作空間化的解釋。[18]對於時間存在的說明有兩種方式，第一是陳述「事物如何存在」，[19]凡是在空間中的事物，必然都在時間之中。[20]因此在時間經驗中可以分為「過去」、「現在」和「未來」；第二是從「事物如何改變」引出時間的觀點。[21]

對於時間的概念，康德認為時間不是從經驗得來的經驗概念，只有假定時間是先驗存在的前提下，我們才能意識到事物的同時或相繼地存在。事實上，時間蘊含著變化的種種可能性，我們因而體會、理解世界的改變。[22]

人的時間始自出生終至死亡，海德格爾（Martin Heidegger，1889-1976）在《存在與時間》中說明，人存在於「世界中的存在」（In-der-Welt-sein）。因為人的存在是「向死的存在」，此有（Dasein）的死亡才是此有存在的盡頭，同時，只有囊括生死兩端，才是完整的存在。時間本身一直在消逝，然而時間是在場的，是與存在相定義的。生命來自時間，時間的

13　〔德〕Michael Ende，《默默》，頁 190。

14　亞里斯多德，《物理學》，北京：商務印書館，1982 年，頁 121。

15　楊河，《時間概念史研究》，頁 41。

16　關永中，《神話與時間》，臺北：大安出版社，2007 年 9 月，頁 75。

17　楊河，《時間概念史研究》，頁 114。

18　吳國盛，《時間的觀念》，頁 132。

19　K·里德伯斯（K. Ridderbos）編，章邵增譯，《時間》，頁 5。

20　楊河，《時間概念史研究》，頁 119-122。

21　K·里德伯斯（K. Ridderbos）編，章邵增譯，《時間》，頁 5。

22　K·里德伯斯（K. Ridderbos）編，章邵增譯，《時間》，頁 166。

流逝使生命體衰老、消亡,而人們在事件的歷程中,在空間中感受到時間的存在。

三、日常時間向度

中國古典小說深受歷史著作的影響。在小說中所選用的歷史紀年,同時意味著所標示的時代背景及社會狀況,提供了讀者關於作品的時空氛圍。司馬遷寫《史記》所創的紀傳體,提供後代作家寫人敘事的藝術風格。[23]史書上所載的中國歷代年號,是以皇帝登基這樣重大的政治事件作為時間的起點;年號,是隨著統治者更替而改換的歷史時間,在「寫出皇帝年號」紀實的時間書寫之下,因而突顯了人與社會、時代的關係。除了小說近「史」的形式,小說所標示的時間似乎都是「過去的」、「前朝的」時間,明清書寫家庭生活的小說它多是強調「真有其事」的時間,使小說更為寫實。

> 中國古代小說不論是何種小說均受到史傳意識的影響,在時間刻度上喜好利用前朝故事演說生活哲理,即使採用現實題材也標以過去時間。[24]

皇帝紀年的書寫,使小說時間更具真實感,且隱然有寓寄作者褒貶之意,小說的所設定的皇帝年號的時間背景,使讀者對其時空有了評判及想像;且以前朝的、過去的時間寫作小說,也有著回憶感傷的美學風格。在皇帝年紀之下,是日月紀年。日月是先民對於自然的認識,萬物依靠太陽生長,在日出而作日落而息的農耕生活中,人們對於日升暮落、週而復始的感知最深刻,因此有了「日」,第二個時間單位是「月」,月的陰晴圓缺提供了較長的時間計算單位。最後是「年」,這是關於作物的收成,穀物一熟為一稔,亦即為一年的時間。

《金瓶梅》中大量地採用著「年-月-日」的編年書寫方式,詳細地記錄著時間的流逝,這種「以年繫月、以月繫日、以日敘事」模式的敘事方式,是源自於編年紀事體的史傳時間。[25]這種編年紀事的方式,也提供了《金瓶梅》小說的敘事時間。從體例上來看,史「傳」所敘述的即是人物生平事迹。《金瓶梅》敘述家庭故事,人物為家庭裡的主體,因此,年月日時間載錄的是人物的生命歷程以及伴隨發生的事件。

---

23 陳平原,《中國小說敘事模式的轉變》,頁227,作者言:金聖歎讚「《水滸》勝似《史記》」;毛宗崗說「《三國》敘事之佳,直寫《史記》彷彿」;張竹坡則直呼「《金瓶梅》是一部《史記》」;臥閑草堂本評《儒林外史》、馮鎮巒評《聊齋志異》,也都大談吳敬梓、蒲松齡如何取法史、漢。
24 魯德才,《古代白話小說形態發展史論》,天津:南開大學出版社,2002年12月初版,頁53。
25 魯德才,《古代白話小說形態發展史論》,頁53。

四、心理及小說的時間向度

　　法國哲學家柏格森（Henri Bergson，1859-1941）認為生命的本質在於時間，而時間的本質則是「綿延」（duration）。同時他認為，時間有兩種：一種是真正的時間，即是生活時間，是純粹綿延的時間；另一種是科學的時間，即是度量的時間，是空間化的時間。[26]柏格森認為時間是內在的、心理的、是綿延不斷的，他提出的「心理時間」，是指現在、過去、未來各個時刻互相滲透。在心理時間中的意識流概念，打破了傳統敘事中精確分割事物的形象，進入人物的內心世界。柏格森認為時間的綿延使得各個意識間無法分割、測量，是彼此滲透的。意識像一條川流不息的流水，它的任何瞬間是不能分割，但同時，它又是一個整體，是不可重複的時間經驗。[27]

　　法國小說家普魯斯特（Marcd Proust，1871-1922）受到柏格森的時間觀念的影響。在普魯斯特的《追憶似水年華》裡提到：「一個小時不只是一個小時；它是一個容器，裝滿了香味、聲響、計劃和天候」。[28]對普魯斯特而言，時間是開始，也是結束；它是事件與人物得以生成乃至於開花結果的原因。[29]普魯斯特在老師柏格森的影響下，創作一部長達 240 餘萬字的《追憶似水年華》一書，開啟了意識流小說的先河。

　　美國心理學家威廉‧詹姆斯（William James，1842-1910）在〈論內省心理學所忽略的幾個問題〉一文（1884 年），首次提到「意識流」，他認為：「意識並不只是片斷的連接，而是流動的，用一條河或者一股水的比來達它是最自然的。」[30]他並提出了「感覺中的現在」[31]的概念，在這一個概念中，人過去的意識會浮現，並與現在的意識交織在一起，過去的、現在的時間因而重疊。意識流的提出，使我們可以理解心理時間是非理性非科學的時間，是存在記憶中，可長、可短、可一再重覆湧現的時間點。而這種心理的、意識流的時間將小說人物的過去、未來、現在同時呈現在一個回憶的時空裡。

　　小說中四季、節令、小說人物生日等時間刻度是年復一年的往復循環，不斷提醒人們時間的存在／或流失的意義，然而年復一年往復循環的節慶時間、生日等時間刻度，卻年年有不同的內容，以及由此產生對於生命的反省。

26　楊河，《時間概念史研究》，頁 167-169。

27　王炎，《小說的時間性與現代性——歐洲成長教育小說敘事的時間性研究》，頁 36。

28　普魯斯特（Marcel Proust），第一卷〈貢布雷〉，《追憶似水年華》第七部《重現的時光》，臺北：聯經出版公司，1992 年 9 月初版，1998 年 2 月三刷。

29　理萊‧葛肯（Marei Gerken）著，黃添盛譯，《追憶一回——普魯斯特》，臺北：商周出版社，2006 年 6 月，頁 8。

30　廖星橋，〈意識流小說〉，《外國現代派文學導論》，北京：北京出版社，1988 年，頁 161。

31　廖星橋，〈現代文學的理論基礎〉，《外國現代派文學導論》，頁 31。

　　巴赫金（M. M. Bakhtin，1895-1975）在《小說理論》對於時間及空間（即所謂「時空體」）有所討論。[32]他認為，我們身上同時寓有兩種時間，自然的生物時間和社會的歷史時間。人的成長是在自然的生物時間裡展開，這種時間是循環的、周期的，但它卻是不可逆轉的，它是均速的、單調的；一旦進入人類的社會生活，時間會因文化或價值內涵的介入，而顯出輕重緩急的態勢。如日常時間裡的節慶，以及個體生命中的一系列值得慶賀的時日，就能在均速的時間中突顯出來。[33]透過時間提供了我們對於文化的認知。

五、中國抒情傳統的時間意識

　　中國文學中最重要的成就及表現是抒情詩。卡西勒指出：「抒情詩人使我們得以洞觀靈魂的深層」、「每一個偉大的抒情詩人都讓我們認識到一種嶄新的對世界的感受」。[34]抒情的本質是個人生命體現，抒情所要描寫對象是我們的心境，描寫的方法是意象的呈現，將抽象的情感寓寄在具體的事物中，以景傳情、情景交融。而抒情的表現所倚賴的往往是時間，時間同時呈現了生命的變化，與人們對此所產生的情感。

　　中國文人的作品中，抒情性及主觀性佔了絕對的地位。[35]事實上任何一部敘事作品都可能含有抒情的因素，任何一部戲劇作品也都含有敘事和抒情的部分。歌德曾說「一部戲劇是最偉大的抒情詩，而一首抒情詩是最小的戲劇。」抒情更是中國古典文學的重要主題，如：滄海桑田、仕宦遠遊、遊子他鄉，以及對於鄉土的記憶、家國的情感、家庭人倫，都是抒情詩吟詠常描寫的主題，並展現「悲秋傷春」、「憶古懷今」、「青山依舊在，幾度夕陽紅」的人生感受，形成了中國文學的一個面向：抒情傳統。[36]

32　巴赫金（M. M. Bakhtin），《小說理論》，《巴赫金全集》第三卷，石家莊：河北教育出版社，1998年，頁 274-275：〈小說的時間形式和時空體形式──歷史詩學概述〉中說明：文學把握現實的歷史時間與空間，把握了展現在時空中的現實的歷史的人。文學同時藝術地掌握了時間和空間的相互聯繫。這就是所謂的「時空體」（直譯為「時空」），時空體一詞同時表示了時間空間的不可分割（時間是空間的第四維度）。然而，時空體的主導因素是時間。

33　王建剛，《狂歡詩學──巴赫金文學思想研究》，上海：學林出版社，2001 年 12 月，導言頁 5。

34　〔德〕卡西勒（Ernst Cassirer），《人文科學的邏輯》，關子尹譯，臺北：聯經出版公司，1986 年 8 月初版，頁 47、203。

35　〔捷〕雅羅斯拉夫・普實克（Jaroslav Průšek），《普實克中國現代文學論文集》，長沙：湖南文藝出版社，1987 年。

36　抒情傳統是一個超越抒情詩文類的、持續而廣泛的文化現象。是源自於本身文化中的一種強固的集體共同存在的感通意識。
　　首先是陳世驤在〈中國抒情傳統〉一文中提出，他指出中國文學的本質與榮采完全在於抒情傳統。《陳世驤文存》，臺北：志文出版社，1972 年 7 月出版──此說見於張淑香，《抒情傳統的省思與探索》，臺北：大安出版社，1992 年 3 月初版，頁 41。

孔子曾言:「逝者如斯夫,不捨晝夜。」(《論語‧子罕》)江水悠悠,人的情感卻聯繫著過去,隱喻了人們對於時間消逝的無奈之感。對於時間的流逝往往是在空間更替中展現出來。抒情的本質是生命的體現,時間呈現生命、心理幽微轉折的變化,這是因為在時間當中,能展現「抒情自我與現實世界的必然衝突。」[37]因為抒情通常藉由時間的通過加以表現:我們經常在記憶中看見曾經存在的過往,並且勾勒未來,而我們總在時間逝去後,追憶過往。關於時間意識的抒情性,可以分為三個部分來看:(一)生命裡重要的片刻——當下、(二)追憶及傷逝之感——過去、(三)上窮碧落下黃泉追尋生命的知音與不朽的生命境界——未來。離別的瞬間教人意識到一切過往將不再,時間在人的容顏留下痕跡,也刻劃在詩人心中,人生的短暫和失落形成詩人生命情境的悲劇性,時間,因而形成了文人永恆的焦慮。

(一)抒情的當下

詩人通過文字塑造所感知的意象,讀者經由詩中意象心領神會,都是一連串經驗的喚起與再生。[38]抒情的特質在於強調抒情主體當下的內心活動,使物我融合為一體,觀

然而究其根本,中國抒情傳統的譜系是濫觴於宗白華〈中國藝術意境之誕生〉一文,《哲學評論》季刊第八卷第五期,重慶,1944 年 1 月。

其後,高友工為此建立理論架構,從樂論、文論、書論、律詩學、和畫論探討中國文學與藝術抒情美典的問題。——此說見於蕭馳,〈中國抒情傳統之譜系研尋——代序〉,《中國抒情傳統》,臺北:允晨文化公司,1999 年 1 月初版。

在此脈絡下,蔡英俊則統合中國傳統詩學中比興、物色與情景交融的說法,說明中國抒情美在時序上的演變過程。參見:蔡英俊,《比興物色與情景交融》,臺北:大安出版社,1990 年 8 月。

另外,呂正惠在〈物色論與緣情說——中國抒情美學在六朝的開展〉,討論了六朝抒情美學的特質,參呂正惠,《抒情傳統與政治現實》,臺北:大安出版社,1989 年 9 月出版。

而後,孫康宜、林順夫分別從斷代史的角度,蔡英俊、呂正惠、余寶琳從傳統詩學的概念發展,刻劃了中國抒情傳統的形成和演變;張淑香對此一傳統之本體作了思辨。見於張淑香,《抒情傳統的省思與探索》,頁 41。

以及廖師棟樑、鄭毓瑜都在抒情傳統上有深刻的論述。可參:廖棟樑,《倫理‧歷史‧藝術:古代楚辭學的建構》,臺北:里仁書局,2009 年 7 月初版。鄭毓瑜,《性別與家國:漢晉詞賦的楚騷論述》,臺北:里仁書局,2000 年。

另外還有華生(Burton Watson)、宇文所安(Stephen Owen)和浦安迪(Andrew Plakes),他們或許未曾有意沿此學術傳統,但其一系列著作卻從各方面拓展了此一領域的研究成果。——此說見於蕭馳,〈中國抒情傳統之譜系研尋——代序〉,《中國抒情傳統》,頁 1。以及孫康宜之作,《抒情與描寫——六朝詩歌概論》,臺北:允晨文化公司,2001 年 9 月初版。

37　高友工,《中國美典與文學研究論集》,臺北:臺灣大學出版中心,2004 年 3 月,頁 365-366。

38　蔡瑜,《中國抒情詩的世界》,臺北:臺灣學生書局,2006 年 1 月初版,頁 8。

照自我的生命，以超越時空限制，祈求同情共感，在短暫的生命中見證永恆的情感。[39]任何作品都有具體的時空，人物當下的情感經驗，如鄉愁、離思等，都是因為空間改變而引發情感的流蕩。

　　中國的抒情美典，討論的是「抒情自我」與「抒情現時」，亦即是人物此刻、當下的感受，是「自我此時」的情感，[40]指稱「一個深刻動人的經驗是在感覺及反省之後一定會對我們個人的精神生命有一種衝擊。」[41]以及在時間流逝後成為記憶裡的瞬間，是「詩人面對此時此刻的情景所感受到的情感的持續表達，以至於外在的現實被重新塑造和構建，成為自我和情景的藝術世界的一個組成部分。」[42]時間的流逝，使生命總有著惘然及悽楚。存在的感受在時間交替時，是一個詩意的瞬刻與另一瞬刻相關連，並作為彼此的互文。往昔詩人的名句和眼前的情景湊聚在一起，或者是面對名山勝水，懷古悼今，於是形成了抒情的當下。[43]

(二)追憶與傷逝

　　我們在面對人世的某個瞬間，交疊著過往的、某個人事物的記憶，對於逝去的時光與人事有無限感懷。平淡乏味的時光，在記憶中沒有留下太多痕跡，但充滿事件的過往，卻能懷想不已。時間無法倒退，通過回憶得以重溫往事、重遊舊地、重睹故人，然而，也使人們感到生命無常。場景和典籍是回憶得以藏身和施展身手的地方，它的「詩意不在於喚起昔日的繁華，引起傷感，而且是在於這種距離。」[44]所謂的距離，便是此刻通往過去的路徑，而我們走過這條路徑時，所留下的即是對於時間的記憶，「詩意不在於記起場景，不在於記起它們的事實，甚至也不在於昔日同今日的對比。詩意在於這樣一條途徑，通過這條途徑，語詞把想像力的運動引導向前。」[45]得不到的或已經失去的，往往保留在記憶裡，通過回憶，往事才有復現的可能。價值和感情的力量不是在回憶起的景色裡，而是在回憶的行動和回憶的情態中。[46]如果沒有記憶，也就感受不到時間的

39　張淑香，〈抒情傳統的本體意識──從理論的「演出」解讀「蘭亭集序」〉，《抒情傳統的省思與探索》，頁 52。

40　高友工，《中國美典與文學研究論集》，頁 87。

41　高友工，《中國美典與文學研究論集》，頁 114-115。

42　孫康宜，《文學的聲音》，臺北：三民書局，2001 年 10 月初版，頁 268。

43　蕭馳，《中國抒情傳統》，頁 146-148。

44　宇文所安（Stephen Owen），鄭學勤譯，《中國古典文學中的往事再現》，臺北：聯經出版公司，2006 年初版，頁 40。

45　〔德〕恩斯特·波佩爾（Ernst Poppel），《意識的限度──關於時間與意識的新見解》，臺北：淑馨出版社，1997 年 2 月初版。

46　宇文所安（Stephen Owen），《中國古典文學中的往事再現》，頁 142、頁 172-173。

過程。

　　一如宇文所安在《中國古典文學中的往事再現》所說道:「在我們與過去相逢時,通常有某些斷片存在其間,它們是過去和現在之間的媒介。這些斷片以多種形式出現,片斷的文章,零星的記憶,某些殘存於世的碎片。斷片把人的目光引向過去。」[47]我們和過去在某些時刻相逢,相逢的瞬間對於我們的生命產生衝擊。離別愁緒往往不只在當下,而是在往後的生活中繼續延續並擴大,對照今昔,古道、荒城傳達的蕭瑟寂寥之感,是一種通向綿長的歷史時間,同時也顯現人的渺小與生命的短暫。[48]人面對時間的召喚,就是不斷地失落每一個當下,成為記憶後,又不斷地為記憶起的片刻而傷感著;或者,帶著對過往的情感,前進。

(三)知音的追尋以及面對死亡追求不朽

　　生命裡的每一段時光,都是一個生命和其他生命的相遇及碰撞,因此,人們期待在生命的際遇裡能尋獲知音。在中國古典文學作品中,有一個部分是知音的追尋,「知音」的擁有,使得當下的時光變得永恆。例如在《金瓶梅》裡,李瓶兒是西門慶的知音,有了知音,使生命存在的當下,得以無憾。

　　在中國的思想體系架構中,對於死亡的討論並不多,而是將重心放在現實人生的安頓,放在內在心性的探討。對於生死,儒家的代表人物孔子只言:「未知生,焉知死」《論語‧先進》、「死生有命,富貴在天」。《論語‧顏淵》孟子接續孔子對於生命的看法,不論鬼神,而言生命的積極意義:「盡其心者,知其性也。知其性,則知天矣。存其心,養其性,所以事天也。殀壽不貳,修身以俟之,所以立命也」。《孟子‧盡心》儒學為入世之學問,儒家重視人存在的價值,雖然儒家並未形成真正的宗教,但儒家的思想卻使中國的知識分子信仰了數千年。孔子並非不懂生死,或拒言生死,而是孔子更願意回到人世,面對安身立命的問題。然而,這也使得儒家的學說對於如何面對死亡,沒有提出深刻的說明。

　　道家中莊子其論雖多言生死,但他的態度在教導人們要「安時處順」。莊子在〈齊物論〉中言:「方生方死,方死方生」、「死生一如」、「死生齊一」[49],因為人的生死和大自然的四季的運行是一樣的,萬物有榮枯,生命當然有消長,所以莊子在妻子死後鼓盆而歌,並不是他毫無情感,而是明白了生命的本然是「雜乎芒芴之間,變而有氣,

---

47　宇文所安(Stephen Owen),《中國古典文學中的往事再現》,頁93。

48　張淑香,《抒情傳統的省思與探索》,頁47。

49　郭慶藩注曰:「今生者方自謂生為生,而死者方自謂死為生,則無生矣;生者方自謂生為死,而死者方自謂死為生,則無死矣。」生死的界定來自人們對於生死詮釋的認知角度。

氣變而有形，形變而有生，今又變而之死，是相為春秋冬夏四時行也」的道理。莊子之言，泯除了生死的對立，消解人們對於形體、富貴、年壽的執著。莊子希望能泯除人們對於生死的執著，以超脫「有限生命」的侷限，然而面對有限生命之後的世界，人們依舊沒有概念。

　　相較於儒家、道家，重視生命哲學。佛教則自東漢末年傳入中國之後，展開了中國對於死亡的討論。佛教教義中，對於時間和空間的看法，根本上認為空間裡的一切都是人的心識意念所造成的，要能看透萬境皆空，才能識得真義。然而在時間上，卻可以是永恆輪迴的。其中因果、輪迴的時間觀及生命觀，影響中國思想、文學創作、藝術活動。然而不論是儒家、道家或佛教之論生死意涵，其終極關懷著重的都是對於現世以及生命的安頓，及對於心靈的關照。

　　人們面對生命大限，總有不捨及焦慮，這使得人們開始追尋不朽的意義。文學作品所捕捉的是當下的、片刻的、是瞬間的感知，而書寫的同時已是永恆。米蘭‧崑德拉（Milan Kundera）在《不朽》一書裡說著：「世俗的不朽是指死後還留在後人的記憶裡，同時，對不朽來說，人是不平等的。」[50]人們追尋生命的終極意義是「不朽」，是精神的不朽，是人類文明的不朽。追尋不朽的另一端，其實是在追尋自我、以及自我的價值。

　　時間，是人們在世間最為抽象的擁有物，在擁有的同時，也正在失去。時間對人們最大的威脅，是來自於它的不可往復，人間的遺憾也源自於生命的有限性；生和死的交界是時間，生者仍在時間的包覆之下，而死者已置身於時間之外。時間區隔了生命的存在與否，「一旦有了時鐘，也就會有死亡和死人，因為我們都知道時間不停流逝，然後某個人的時間用完了，死人是位在時間之外的，活人則仍置身其中。」[51]因為人們終必死亡，終究會位於「時間之外」，人們面對生命終點的到來，因此有所畏懼或體悟，因此人們試著瞭解當下及永恆的意義。

　　中國文人的寫作源自於追求生命不朽的創作意圖，而要求作品「不朽」的立言目標，也是中國文人面對死亡的一種態度。不僅是中國文人以詩文證成生命的圓滿無憾。在西方，作家的創作亦源自於對短暫生命的不捨，一如加拿大作家瑪格莉特‧愛特伍所言：「或許所有的寫作，其深層動機都來自對『人必有死』這一點的畏懼和驚迷。」[52]創作的目的，使有限的生命被延續。寫作接續了過去和現在、生命與死亡、前人與來者，在寫

---

[50]　米蘭‧崑德拉（Milan Kundera），《不朽》，臺北：時報文化出版公司，1991 年 4 月初版，頁 56。
[51]　瑪格莉特‧愛特伍（Margaret Atwood），《與死者協商──談寫作》，臺北：麥田出版社，2004 年，頁 209。
[52]　瑪格莉特‧愛特伍（Margaret Atwood），《與死者協商──談寫作》，頁 209。

作的同時記錄著生命裡不斷流逝的時間。人們在時間的感知中，擁有了對過去的記憶和對未來的渴望；也因為我們有了時間意識，因此就會感受到時間逝去的威脅。時間裡的某個時刻，發生了某個事件，事件和事件構成了的情節，這個時刻在時間洪流中，看似微不足道，卻在回顧整個事件時，因為記憶的索求因此被放大檢視和追憶。

　　抒情的時間意識，強調當下的感悟，每一個當下所照見的是古往今來的歷史長河。與當下所處對照的便是對於過往的記憶，人們面對生命的有限性，興懷憶往，人也因此感到了寂寞，明白了自己的渺小與生命的短暫，宇宙歷史的時空也就更顯壯濶。時間鐫刻了過去和現在，人們於是渴望獲得短暫的生命裡的知音，同時，也能為生命寫下不朽的文字。中國的抒情傳統也影響了敘事文學，當抒情詩裡這些傷春悲秋、時光易逝的內容積累成民族文化心理時，同時也悄悄轉化成描寫家庭生活以及世態人情的小說主題。

六、小結：時間意義的召喚

　　時間與空間是我們理解和掌握世界的基本方式。不同民族、社會、文化，對於「時間」有不同的理解和詮釋，每一種文明也都通過自己的語言系統及符號系統來理解世界。[53]時間不僅僅是一個科學或哲學的概念，而且還是一個時代文化意識的重要組成，時間觀念的變化一定程度上揭示了文化的變遷。當代思想家們對時間問題的關注和執著，在某個意義上折射了我們時代正在經歷的變化。[54]

　　雖然時間是小說的基本結構，但閱讀小說時，我們看到的往往是人物在故事裡的來來去去，我們感受到的是情節的頓挫及起伏，我們很難把眼光投向「時間」，時間在事件的發展裡不斷推移著，而空間是我們以為的場景地貌。小說作為敘事文學，在時間裡串連了起事件的發展；而事件堆疊成的故事，在時間先後的次序中展開；情節扣緊因果關係，時間因而隱沒在情節安排的背後，這是一般對於小說的認知。

　　小說中對於「時間」的關注，成為有趣且重要的研究命題，在西方的十八世紀晚期興起了「成長小說」（Bildungsroman）[55]。「成長小說」中人物的啟蒙、發展到省悟是一

53　〔法〕路易·加迪（Louis Gardet）等著，《文化與時間》，臺北：淑馨出版社，1992 年 1 月初版，1995 年 8 月二版，頁 284。

54　吳國盛，〈第一版序〉，《時間的觀念》，頁 3。

55　王炎，《小說的時間性與現代性──歐洲成長教育小說敘事的時間性研究》，北京：外語教學與研究出版社，2007 年 5 月初版，頁 58，文中說明：「成長教育小說」（Bildungsroman）這種小說形式發端於十八世紀下半葉的德國，後來成歐洲重要的小說形式。成長教育小說表達了成長、希望及幻滅的主題。成長教育小說是「自覺地、富於藝術地表現一個生命過程的普遍人性」（王炎，頁 59）。成長教育小說的目標則是「整合個人時間與歷史時間，以便實現存在的整體性。」（王炎，頁 179）。

段成長的歷程；到了二十世紀則是「意識流小說」重要發展階段，意識流小說將「故事時間」[56]扣在某一個片刻，卻在人物的內心獨白或自由聯想中，將過去、現在、未來的時間同時並現，時間被拉長、壓縮成為小說裡的「敘事時間」。[57]敘事時間不再是順序或等速前進，只是在閱讀過程中，讀者會根據日常生活邏輯的時間概念將它重建。[58]而中國的古典小說則已在明代萬曆年間約西元十六世紀，形成描寫家庭生活細節的小說。

《金瓶梅》透過季節變遷、年歲更迭、個人的時間認知中，展現由家庭幅射出去的人際網絡及社群關係，也透過空間的轉移看到時間的流動與變化。小說人物的成長變化、家庭興衰、社會脈動及國家的隆盛衰敗，這些都是通過「時間」摹寫出來。也因此，家庭人物得不斷地面對「當下」與「失去」，例如，人們盼著家庭的團聚，卻也得面對狂歡後的淒涼與寂寞；同時又是不斷地擁有「回憶」與「期待」二者並存的生命情感。

客觀的世界與自我往往有衝突，在尋求安身立命或自我定位時，人們極為努力地抵抗時間的消逝，故言「抒情自我在敘述文學中必須安身立命於時間的真實中。」對於生命「最直接的威脅莫過於時間不斷地流逝」[59]。當我們理解小說展現的時間意義時，我們同時觀看了敘事文學所表現的抒情意義，觀照人們存在的永恆課題。《金瓶梅》的時間描寫，便是在「始終如一地流逝著」的日常時間中，透過對於事物及事件的描寫，感知時間甚至空間的變化。

在戴華萱《臺灣五〇年代小說家的成長書寫（1950-1969）》，2006 年，輔大中文所博士論文，在該文裡整理並釐清了「成長小說」名稱、起源、定義及小說的特色，在該文頁 11-12，提到，「在二十世紀，成長小說幾乎已經成為西方小說寫作的主要模式。」「在中西方迥異的歷史發展與風土民情的影響下，『成長』的概念與內容必然不盡相同，但由於該文類的成形與理論的發展源自於西方，在傳統中國裡沒有。」傳統的中國小說裡並沒有「成長小說」的名稱或討論，但不意味著傳統小說沒有成長的概念。

56　譚君強，《敘事理論與審美文化》，北京：中國社會科學出版社，2002 年 9 月初版，頁 151，「故事時間」是故事發生的時間狀態，是指「事件、或者說一系列事件按其發生、發展、變化的先後順序所排列出來的時間。」

57　羅鋼，《敘事學導論》，昆明：雲南人民出版社，1994 年 5 月一版，1995 年 7 月二次印刷，頁 132，作者將故事加工處理、再次鋪排並呈現在敘事文本的時間狀態，形成所謂的「**敘事時間**」。敘事時間是作家的重要敘事話語和敘事策略。
　　譚君強，《敘事理論與審美文化》，頁 151，小說的敘事時間並不是故事時間的摹仿與重複，而是一種再創造，是「在敘述本文中所出現的時間狀況，這種時間狀況可以不以故事中實際的事件發生、發展、變化的先後順序以及所需的時間長短而表現出來。」

58　羅鋼，《敘事學導論》，頁 131-133。

59　高友工，〈中國敘述傳統中的抒情境界——《紅樓夢》與《儒林外史》讀法〉，《中國美典與文學研究論集》，臺北：臺灣大學出版中心，2004 年 3 月，頁 366。

第二節　關於空間

　　空間是所有事物、現象存在的場所；空間在本質上是靜止的、不變的，如果抽離時間因素，空間中的一切，即完全凝固靜止。[60]同時，空間又是一個由許多意象所合成的抽象名詞，不同的文化以不同的方法分割且定義人們生活的世界及空間。[61]事實上空間就像時間一樣，是一個物理特質，它本身並未告訴我們任何外顯的社會關係。[62]

　　人是現實地存在於時間、空間之中。時間的知覺，是生命自覺的起點；空間則是人生存所在。二者雖是人們不可逃逃的存在，但都只是抽象的概念，必須藉由具體的物象來呈現。[63]我們對空間是有所感知，因為我們的存在佔有一方空間的課題。

　　空間並不是一個價值中立的存在或是人們活動的背景，它一方面滿足人類遮蔽、安全與舒適的需求，一方面更展現人們在某時某地的社會文化價值與心理認同。[64]相對於時間，空間被認為是靜止的、被動的，只是人物活動的背景或舞臺。[65]空間的書寫，往往結合時間與記憶，使得空間填滿時間的描寫。空間和時間在個人經驗中共存、互成網絡、並且彼此界定。[66]

　　空間是所有事物、現象存在的場所，如果抽離時間因素，空間中的一切，即完全凝固靜止。[67]同時，空間又是一個由許多意象所合成的抽象名詞，不同的文化以不同的方

60　陳清俊，《盛唐詩時空意識研究》，《古典詩歌研究彙編》第一冊，臺北：花木蘭出版社，2007年9月初版。

61　段義孚（Yi-Fu Tuan），《經驗透視中的空間和地方》，潘桂成譯，臺北：國立編譯館，1998年3月初版，〈緒言〉，頁2、31，就人種學家研究表示：地方，乃是生物所需感覺價值的中心在，例如有食物、水、休憩，和適宜生產的場所。

62　曼威·柯司特（Manuel Castells），〈都市問題（1975年後記）〉，吳金鏞譯，引自：夏鑄九、王志弘編譯，《空間的文化形式與社會理論讀本》，臺北：明文書局，1993年3月再版1刷，2002年12月增訂再版4刷，頁190。

63　李清筠，《時空情境中的自我影像——以阮籍、陸機、陶淵明詩為例》（臺北：文津出版社，2000年10月初版，頁7）

64　畢恆達，〈導讀——體驗·解讀·參與空間〉，《空間就是權力》（臺北：心靈工坊，2001年6月初版，頁2）

65　范銘如，《文學地理——臺灣小說的空間閱讀》（臺北：麥田出版社，2008年9月初版，頁15）

66　段義孚（Yi-Fu Tuan），潘桂成譯，《經驗透視中的空間和地方》（臺北：國立編譯館，1998年3月初版，頁123）

67　陳清俊，《盛唐詩時空意識研究》，《古典詩歌研究彙編》第一冊（臺北：花木蘭出版社，2007年9月初版）

法分割且定義人們生活的世界及空間。[68]在文本中，因人物與其他人物所形成的位置，使時間、空間充滿了文化意涵及意義。

空間的論題是非常複雜的，它可以是包含地理、物理、天文學，可以是建築空間、虛擬空間、語言表述的空間、大腦的意識空間、繪書或地圖的空間……等。[69]空間的書寫，往往結合時間與記憶，這也是描寫家庭生活及世態人情的《金瓶梅》，有別於其他類型小說很重要的部分。

一、地方與空間

提到空間，首先會使人們想到更基本的「地方」，空間（space）和地方（place）指涉的意義不同：「地方」，是移動中的停頓，[70]地方可被譯作場所、地點。主體在某一地點不斷生發存有意義，轉化成涵詠蘊藉具人文與生命意義的空間，[71]這種空間感受，形成個人的地方感，亦即人類對於空間形成的主觀和情感上的依附。[72]如此，「地方」不再只是一個空間及名稱的聚合。小說使用的地點、地名，都使得我們對於作品的時空背景，有種「地方感」。也就是說，當我們越來越認識空間，並賦予它意義，一開始渾沌不分的空間就變成了地方，空間也在命名之後，成為有意義的地方，地方當然也是一種觀看、認識和理解世界的方式。[73]因為人也靠地方感來界定自己。[74]

事實上，文化已內化在地理的空間建構中，給予所描述的空間特殊的意義，[75]在空間中提供人群對於過去和未來的想望。[76]小說安排的地方或地名，呈現小說文化的某一部分背景。小說裡的空間建構，使得小說人物及情節被固定在某一個特定的時間空間之中。

[68] 段義孚（Yi-Fu Tuan），〈緒言〉，《經驗透視中的空間和地方》，頁2、31，就人種學家研究表示：地方，乃是生物所需感覺價值的中心在，例如有食物、水、休憩，和適宜生產的場所。

[69] 在《空間——劍橋年度主題講座》一書中，我們可以看到關於空間的各種上述議題的討論。馬光亭、章紹增譯。《空間——劍橋年度主題講座》，2006年，北京：華夏出版社。

[70] 段義孚（Yi-Fu Tuan），《經驗透視中的空間和地方》，頁130。

[71] 潘朝陽，〈空間・地方觀與「大地具現」暨「經典訴說」的宗教性詮釋〉，《中國文哲研究通訊》103卷三期，2000年9月，頁178。

[72] Time Cresswell，徐苔玲、王志弘譯，《地方：記憶、想像與認同》，臺北：群學出版社，2006年，頁14-15。

[73] Time Cresswell，徐苔玲、王志弘譯，《地方：記憶、想像與認同》，頁16-21。

[74] Mike Crang，王志弘、余佳玲、方淑惠譯，《文化地理學》，臺北：巨流出版社，2006年9月初版4刷，頁136。

[75] Mike Crang，王志弘、余佳玲、方淑惠譯，《文化地理學》，頁40。

[76] Mike Crang，王志弘、余佳玲、方淑惠譯，《文化地理學》，頁137。

地理學的空間，是特定的地理形式，由地形、氣候、植被、農業、工業、人口等因素所標示的空間。地理學關注的是：「要對已發現的世界的區域差異事實作出解釋，所謂區域差異不僅僅是某些事物在地方與地方之間的差異，而是包括每個地方上現象的總體組合與任何其他地方上現象的總體組合之間的差異。」[77]地理學家討論的是人與地的相關位置。而人文地理學的核心則是「人如何通過空間進行聯繫，人如何在空間中組成社會，關於空間的概念，以及對空間的使用如何變化。」[78]

二、文化空間與文學空間

在**空間**的研究討論上，中國古代詩詞、散文、戲曲方面的空間研究，多集中於文人的空間經驗為基礎，研究文學意境、藝術成就、作品內容，[79]或探討文學作品中的人文主義地理學（Humanistic Geography）。所謂人文地理學[80]，所探討的是人與空間的相互關係。人文地理學側重於研究人類活動所創造的人文現象，它是研究人類社會現象的地理學，並以研究人地關係的地域系統為核心的科學。人文地理學也是研究人和環境相互關係的

77　童強，《空間哲學》，北京：北京出版社，2011 年，頁 18。

78　〔英〕約翰斯頓，唐曉峰譯，《地理學與地理學家》，北京：商務印書館，1999 年，頁 56-57。

79　近年來的研究成果及著作，討論文人的空間經驗，以及在此間的感知。如：金明求，《虛實空間的移轉與流動：宋元話本小說的空間探討》，臺北：大安出版社，2004 年初版。李清筠，《時空情境中的自我影像──以阮籍、陸機、陶淵明詩為例》，臺北：文津出版社，2000 年 10 月初版。楊雅惠，〈山水詩意境中的空間意識──以北宋「三遠」為例〉，《國家科學委員會研究彙刊：人文及社會科學》，第 8 卷第 3 期，1998 年 7 月。陳清俊，〈中國詩人的鄉愁與空間意識〉，《牛津人文集刊》，第 1 期，1995 年 10 月。張曉風，〈中國詩中時間與空間並崎的現象──乾坤萬里眼，時序百年心〉，《古典文學》第 11 集，臺北：臺灣學生書局，1990 年 12 月。劉若愚，陳淑敏譯，〈中國詩中的時間、空間與自我〉，《書目季刊》第 21 卷第 3 期，1987 年 12 月；黃永武，《中國詩學·設計篇·詩的時空設計》，臺北：巨流出版社，1982 年 5 月。陳世驤，〈時間和律度在中國詩中之示意作用〉，《陳世驤文存》，瀋陽：遼寧教育出版社，1998 年。上述作品，除了金明求以宋元話本小說為討論對象外，其餘多以詩作為討論的對象。

80　周簡文，《人文地理學概要》，臺北：中華書局，1964 年 3 月，提及，德·賴粹爾（F. Ratzel）於 1882-1891 年刊行的人文地理學（Anthropo geographie）是近代人文地理學的第一部著作。德·賴粹闡述人與空間的相互關係，奠定人文地理學的基礎。

陳慧琳主編，《人文地理學概要》，北京：科學出版社，2001 年 6 月，〈緒論〉頁 1-2，言：人文地理學側重於研究人類活動所創造的人文現象的區域系統。它是研究人類社會現象的地理學。人文地理學是以研究人地關係的地域系統為核心，研究地表人文現象的分布演變和傳及其空間結構的形成過程、特點並預測其發展變化規律的科學。

段義孚，〈譯者序〉，《經驗透視中的空間和地方》，頁 7，表明：傳統地理學研究「地理區的客觀的地理感」，人文主義地理學者研究「地理區的客觀地理知識的地理感」。

學問，後來興起的「文化地理學」是在人文地理學的基礎上，更進一步關注群體差異的形式、物質文化，探討文化如何使空間變得有意義，是地理學與文化學跨學科的研究學問，試圖在文化與地理之間建構起互文性的闡釋。[81]

所謂**存在空間**，強調主體性的空間，在此空間中，人與人、人與世界彼此具有聯結關懷。主體之人作為空間的中心點並向外擴展，在此過程中，不斷投射且賦予空間意義和價值，此即段義孚所言「自我中心空間」，從基本的「房間」，向外擴展並構成了「家園」－「鄰里」－「鄉土」－「邦國」－「世界」－「宇宙」，每一個層圈，都賦予其自我主體價值觀投射。[82]

人文空間的討論，其實是在時間的範疇上，對於空間變化的討論，以及人文地理學與文學相互作用關係。當代文化研究領域對空間議題的重視與日俱增，連帶地衝擊文學批評裡對空間元素的思考。[83]對於空間，是不能脫離充滿文化意義的地景來理解，[84]也就是說，而空間一直是處在社會歷史文化的作用底下。

在空間的論述中，空間不是靜態的，而是持續的建構著。黑格爾言：「空間的真理就是時間，因此空間就變成時間。」[85]時間與空間是不可分離的狀態，空間意象會帶出時間的流轉。時間和空間交構成難以分割的時空表現：時間往往和歷史、文明、政治、理性形成一種連繫的關係；空間則是和懷舊、靜態、複製、美學、身體參照想像，形成隱喻關係。事實上時間和空間都和過去、現在、未來交疊，或作為隱喻，或作為回憶。

在文本中的時間與空間的關係上：例如巴赫金（M. M. Bakhtin）在〈小說的時間形式和時空體形式〉所言：「這裡的時間是沒有事件的時間，因之幾乎像停滯不動一樣，這裡既不發生『相會』，也不存在『離別』。這是濃重黏滯的空間裡爬行的時間。」[86]時

81　Mike Crang 著，王志弘、余佳玲、方淑惠譯，《文化地理學》，頁 3，文化地理學的開端可以溯及十六世紀的民族誌，例如拉斐多列端所描述的新世界民族和風俗。（頁 11）文化地理學還關注了空間被使用的方式、人群在空間中的分布。（頁 15）

82　潘朝陽，《人文主義的地理思想》，臺北：五南圖書公司，2005 年，頁 69-70。

83　范銘如，《文學地理——臺灣小說的空間閱讀》，臺北：麥田出版社，2008 年 9 月初版，導論，頁 37-38，此書說明人文主義地理學的空間議題，並將當代的研究現況略加說明，（見是書，導論，頁 16-17）並對於人文地理學者有概略的說明及介紹。作者提出：空間是敘事的必要條件之一，小說人物或作家在文本內外上的空間位置更是詮釋作品歷史文化意涵的重要參照。（導論，頁 32）上述的討論使得人文空間的詮釋更多的討論的視角。

84　〔英〕阿雷恩·鮑爾德溫，《文化研究導論》，北京：高等教育出版社，2004 年，頁 133。

85　黑格爾（Georg Wilhelm Friedrich Hegel），《自然哲學》，北京：商務印書館，1980 年，頁 47。

86　巴赫金（M. M. Bakhtin），《小說理論》：《巴赫金全集》第三卷，頁 449：「這樣的小城，是圓周式日常生活時間的地點。這裡沒有事件，而只有反覆的『出現』。時間在這裡失去了向前的歷史進程，而只是在一些狹窄的圈子裡轉動，這就是日復一日，週復一週，月復一月，一生復一生的圓

間在這裡失去了向前的歷史進程，而只是在一些狹窄的圈子裡轉動、在飲食日常中度過，過了一天是老樣子，過了一年也是老樣子，日復一日地重複著相同的日常生活，即為日常時間，時間就被空間化了。

而這個日常時間的停滯，使文本的敘述只是重覆在一些細微的事物上，時間便成為日復一日繁瑣的敘述，時間的進程沒有太大的變化或張力，呈現一種家庭時間中最單調的一個部分，宅院的時間凝結在空間的視域裡。時間在此是緩慢沈重地推展著。這裡表現的是家庭日常時間瑣碎、乏味的部分，一如無風酷熱午后的時光，時間在空間裡黏滯了。時間展現在空間之中，而空間通過時間被理解，這是藝術時空體的特徵。[87]時空體主導的因素雖是時間，然而時間必須安置在空間的表現上，才能呈現時空的流動移轉。

三、權力的空間與身體的空間

尼采開啟了哲學領域中的身體中心論，「身體」成為尼采權力意志的本體論，[88]尼采的身體論顛覆了在此之前強調靈魂而否定身體的哲學本體論，身體成為存在的重要論題。尼采提到：「我完完全全是身體，此外無有，靈魂不過是身體上的某物的稱呼。」[89]在尼采這裡，身體這個詞指的是所有衝動、激情的宰制，這些衝動、驅力和激情具有生命意志，從身體表現出來的就是權力意志。[90]列斐伏爾認為空間意味的是一個社會關係的重組，與社會秩序的建構過程，這是社會性的，而社會空間不但是行為的領域，還是行為的基礎。[91]空間與身體的互動關係中，空間表現出政治性、文化性、歷史性的，這也形成了更多文化空間的討論。

對於海德格爾而言，空間，意味著人的存在，空間是定義我們存在的抽象概念，也就是說，空間不只是地理的位置，而是人在其中的一種存在性的、哲學意義上的空間性。所以他說：「空間並不是人的對立面。它既不是外在的對象，也不是內在的經驗。並不是有人，此外還有空間；因為當我說『一個人』時，說出的這個詞即聯想到人的存在，一種以人的生存方式——即居住的存在，我所命名的『人』就已經命名了寓於物的四元

圈。過了一天是老樣子，過了一年也是老樣子，過了一生仍是老樣子。日復一日地重複著同一些日常生活的生活行動……這是普通世俗的圓周式日常時間。」

87 巴赫金（M. M. Bakhtin），《小說理論》：《巴赫金全集》第三卷，頁 275。

88 汪民安、陳永國編，《後身體文化、權力和生命政治學》，長春：吉林人民出版社，2003 年。頁 11-12。

89 尼采，徐梵澄譯，《蘇魯支語錄》，北京：商務印書館，1997 年，頁 27-28。

90 尼采，徐梵澄譯，《蘇魯支語錄》，頁 218。

91 吳冶平，《空間理論與文學的再現》，蘭州：甘肅人民出版社，2008 年 12 月第 1 版，頁 4-5。

之中的那種逗留。」[92]如果空間以某種方式屬於世界，那麼世界內的存在者就必定具有空間性。[93]

　　梅洛－龐蒂在《知覺現象學》裡指出，身體是世界的定位，身體寓於時間空間中。我們無法自我們所位居的時空抽離，因為我們生活在自身與歷史互相定義的時空中。[94]傅柯認為，空間形式是由人類行動所產生，就如同其他物體一般，操作了既定生產方式與特殊發展方式；表現了特定歷史的社會中，國家的權力關係。[95]傅柯進而關注身體遭受懲罰的歷史，他指出權力將身體作為一個馴服的生產工具，並以身體寫下的是生產史。[96]此外，傅柯揭示了身體與政治的關係，身體在人類歷史的演進中不斷地受到社會權力機制的分割、重組、控制。歷史在某種意義上就是身體的歷史。[97]性別壓迫的歷史必然是身體控制壓迫的歷史，而身體控制的歷史必然是空間控制的歷史。[98]中國古代社會中，女性的身體是被控制、壓迫的對象，女性的身體空間因道德訓誡的要求，因此是被侷限、壓抑扭曲的。[99]

　　即使在當代，許多的空間也展現了身體與權力的關係。身體與空間、身體與權力有著密不可分的關係。身體具有生產力，生產了社會與歷史，而身體生產的過程就是社會的過程。[100]身體的生成是一個非常政治性的過程和結果。[101]身體並不是全然地定被空間所片面決定，在某些特定的時刻，它也可以決定空間的建構，甚至透過這種決定來顯示和肯定自身的存在價值。[102]當我們省視一本文學作品，重建它的空間現場，重讀人物身體在此空間文本中的意義，也意味著我們重新面對當時文化、社會、歷史背景下的人文風景。

92　〔德〕海德格爾，孫周興譯，《演講與論文集》，香港：三聯書店，2005 年，頁 165。

93　童強，《空間哲學》，北京：北京大學出版社，2011 年 1 月第 1 版，頁 71

94　夏鑄九、王志弘編譯，《空間的文化形式與社會理論讀本》，頁 402。

95　夏鑄九、王志弘編譯，《空間的文化形式與社會理論讀本》，頁 260。

96　汪民安、陳永國編，《後身體文化、權力和生命政治學》，頁 20。

97　謝納，《空間生產與文化表徵——空間轉向視閾中的文學研究》，謝納，《空間生產與文化表徵
　　——空間轉向視閾中的文學研究》，北京：中國人民大學出版社，2010 年 11 月 1 版，頁 261。

98　謝納，《空間生產與文化表徵——空間轉向視閾中的文學研究》，頁 223-224。

99　謝納，《空間生產與文化表徵——空間轉向視閾中的文學研究》，頁 224。

100　汪民安、陳永國編，《後身體文化、權力和生命政治學》，頁 18。

101　黃金麟，《歷史、身體、國家——近代中國的身體形成 1895-1937》，臺北：聯經出版公司，2001
　　年，頁 7。按：雖然本書討論的是清末民初的中國社會，以及在此歷史條件下，中國希望能富國強
　　兵，因而關注「身體」。此和筆者要討論的《金瓶梅》的「身體」空間，時空環境並不相同，但此
　　書啟發筆者對於人物身體與環境的觀察。

102　黃金麟，《歷史、身體、國家——近代中國的身體形成 1895-1937》，頁 235。

第三節 《金瓶梅》的內容及論題

　　《金瓶梅》[103]作者署名為「蘭陵笑笑生」，蘭陵笑笑生是何許人，以及成書時間學界至今仍無定論。《金瓶梅》大約成書於明代中期，最遲於萬曆二十年前後已有抄本流傳。《金瓶梅》取材自《水滸傳》中「武松殺嫂」的一段情節敷演而成。「酒、色、財、氣、權力和欲望」描寫成西門家的家庭發展史，寫出人性的食色欲望，也寫出人性的種種算計。清代劉廷璣在《在園雜志》中對《金瓶梅》作了如此的評論：

> 若深切人情世務，無如《金瓶》，真稱奇書……其中家常日用，應酬世務，姦詐貪狡，諸惡皆作，果報昭然。[104]

《金瓶梅》寫家庭人物情感及家庭生活及果報，所寫是一個家庭，並擴展成幾乎是一整個社會的樣貌。西門慶不斷地在迎娶妻妾中謀得財富，並在官商勾結互為謀利中成了一方土財主，千方百計巴結京城太師蔡京，使他成了山東提刑所理刑副千戶，甚至轉任正千戶掌刑，還得以與百官一起入京朝拜萬歲爺，這一路寫著西門慶的發跡史。

　　《金瓶梅》描寫西門家庭內人物的關係，並由西門家裡往外寫及所交往的權貴、衙役、吏胥、富商巨賈、朝中顯宦甚至青樓娼妓、幫閒者、惡棍、流氓、尼姑道士等人。所描寫的人物從家庭裡延伸到親族、鄉里。《金瓶梅》書寫一個家庭連著一個家庭，進而寫及整個社會，這是由家庭延伸出去的人情往來，而這些人際關係，往往是透過人物的生日、喜喪、祭祀等重要的時間刻度來表現。

　　《金瓶梅》寫西門家妻妾生活、家庭宴飲及情欲關係。通過種種時間刻度的敘述，表現出西門家與鄉里親族及權貴的人際關係、官商勾結的社會，以及最後家事破散後，樹倒猢猻散的淒涼。這是一個充滿果報思想的家庭小說，可看到家庭秩序的混亂失序——潘金蓮在妻妾中的興風作浪、西門慶和女性們的顛鸞倒鳳欲望人生、閨房中的情事成為小說人物生活中最為觀照的主題。小說人物的生命也透過輪迴使時間不斷循環，果報的意義得以存在。人們的身體雖死亡，但靈魂一再重生，因而取消了時間的現實義，「存在」於天地宇宙間便有了更大的可能性。

　　《金瓶梅》是以家庭人物及家庭生活為中心，架構出人際關係網絡，並拓展到世態人情的一部小說。魯迅曾言《金瓶梅》一書是「著此一家，盡罵諸色」，「寫他一家事迹」的小說，是聚焦在家庭裡的許多枝微末節的生活瑣事、繁瑣的吃喝衣食、是日復一日的

---

103 本文所用版本：《新刻繡像批評金瓶梅會校本》，臺北：曉園出版社，2001 年 9 月初版。
104 黃霖編，《金瓶梅資料彙編》，頁 253。

起居生活。特別是對於家庭關注的視角已悄悄地轉移到女性的身上，寫女性生活的閒、煩、悶、愁。

《金瓶梅》描寫家庭生活與社會關係。小說對於日常生活細節的描述中，使讀者看到「時間」的痕跡，例如人物的生日、忌日、各種紀念日、節令。時間連接了家庭空間的場景及活動。

關於《金瓶梅》時間、空間的描寫：

1、**小說描述家庭人物的關係。**在取材上，以家庭為中心，描寫父母子女、兄弟姐妹、妻妾奴婢、婆媳翁姑、妯娌連襟及其他血親姻親的相處，及彼此之間的情感。描寫他們的生活環境及生活狀態，包括飲食、衣著、情感、欲望、壽喜喪葬等。

2、**描寫由「家庭人物關係」向外擴展出來的「人際關係網絡」。**以一個家庭為主線，由此串聯其他家庭，[105]包括描寫與親族鄰里的人情往來，這些人情世故往往展現在喜慶婚喪、生日、歲時節慶送往迎來的時間刻度裡，通過家庭的親戚圈與社交圈，反映更為廣濶的人生圖景與社會生活。[106]也因此，時間刻度在《金瓶梅》中顯得格外重要。

3、**小說的內容包含家庭內、外世界的書寫，進而為某一個朝代社會的縮影。**家庭人物與市井街坊的往來，使家庭人物的描寫延伸到家庭外的社會生活，並銜接社會、國家的書寫。這裡關注家庭整體的命運，[107]在「家庭－家族」、「家族－國族」的連結下，指出以家庭為核心，向外擴展的家－社會－國家的書寫。

4、**小說聚焦在家庭秩序的書寫。**不論是今生今世、或前世今生的家庭人物關係，寫的是家庭的秩序、失序、或者是家庭秩序的重建。透過家庭中的女性看掌權者對於家庭秩序的建構，或者是破壞。在小說中，並沒有英雄或典範人物，全是些不徹底的小人物[108]，寫「家事」不寫「國事」、這是對綱常倫理的重新思考，因此《金瓶梅》寫的是欲望男女，而不是寫義士節婦。

5、**時間課題與空間敘事帶給小說重要的反省。**人們終究要面對生、老、病、死，家庭亦年年走過春、夏、秋、冬四季的更迭。小說透過時間的推移、空間的變化，表現人的存在處境，以及在此處境下對生命、命運的關懷。

---

[105] 段麗江，《禮法與人情——明清家庭小說的家庭主題研究》，頁33。

[106] 王建科，《元明家庭家族敘事文學研究》，北京：中國社會科學出版社，2003年11月初版，頁462。

[107] 段麗江，《禮法與人情——明清家庭小說的家庭主題研究》，頁34。

[108] 在這裡藉用張愛玲之語。張愛玲，〈自己的文章〉，上海：《新東方》雜誌，1944年7月：「所以我的小說裡，除了《金鎖記》裡的曹七巧，全是些不徹底的人物。他們不是英雄，他們可是這時代的廣大的負荷者。因為他們雖然不徹底，但究竟是認真的。他們沒有悲壯，只有蒼涼。悲壯是一種完成，而蒼涼則是一種啟示。」

綜言之,《金瓶梅》的時間課題,是「在一定長度的時空中去展開故事,是將故事設置在歷史的風雲變幻之中」[109]去把握家庭種種情事,或者是寓寄家國興亡、社會脈動於家庭變遷中,並反映出市井百姓生活的面向。

《金瓶梅》以一位男性為中心,刻畫了一批形象鮮明的女性及其家庭生活。小說細緻地描述日常家庭生活、以及家庭人物的各種關係。自《金瓶梅》以降的家庭小說描寫著家庭及世情,扣緊人世裡最真實的面向。家庭小說的發展從講述日常事件開始,透過家庭內、外的大小事件,透過人情往來,時間彰顯的不只是事件的演繹進展,還有人們對於記憶的詮釋,透過夢境和輪迴的描述,使人們得以一再重復逝去的時空。

在小說中,事件與事件的重疊縫隙裡,我們可以看到歷史時間、寫實時間以及屬於個人的、群體的大大小小時間刻度的標記。《金瓶梅》描寫的是「一個家庭」的故事,是貼近女性的視角,或者說是站在觀察女性人物的角度重新省思家庭內部的生活,以及反省家庭的秩序、家庭秩序如何被安頓的問題。

一、敘事時間的論題

時間在日常生活中被淹沒,但日常生活又不斷回應著時間的流逝。《金瓶梅》的敘事時間是直線前行的寫實時間,這是最貼近真實生活的時間之流,但是事件卻往往是並時產生的,因此加入了錯時,如補敘、追述的敘事手法,使得事件的說解更為完滿。同時在小說中,說書者／敘述者以「光陰迅速」、「一宿晚景提過」、「話休饒舌」等語詞使時間迅速過場。

預敘的時間敘述不僅預告人物、家庭未來的命運、勾勒情節發展,或者引起讀者的閱讀期待心理。在小說中,詩詞判文、首回預告、占卜算命的預言、燈謎的情節暗示、人物話語中對於情節的預告等表現,使寫實時間有了超現實時間的手法。至於夢境、幻境的描寫,也使得小說的時間能合理地在過去、未來中進出,並寄託了小說所要構設的主題命意。

《金瓶梅》的時間敘事,有明顯的時間錯置。這究意是作者「有意無意」的表現?或者是傳抄刊印的訛誤,一直是歷來讀者熱衷討論的問題,在此我們必須回到文本裡看,才能理解《金瓶梅》透過時間的錯置所要表現展現的隱喻／意旨是什麼?

在日復一日的書寫中,家庭小說則似乎成了在事件與事件的縫隙裡描寫,比如一個家宴、一個聚會或一次的祭祖活動等等,然而人物、事件與日復一日的串連者便是「時間」。翻開小說,映入眼簾的幾乎都是時間的語詞:「光陰迅速又早到正月十五」、「次

---

109 梁曉萍,《明清家庭小說的文化與敘事》,頁 22。

日」、「又過了幾日」、「蔡太師生辰」、「除夕」、「元宵節」、「清明」、「中秋節」……時間語詞串起了事件及日常生活，彰顯了小說的日常性。

　　瑣碎的日常生活語詞形成的敘事修辭，這種細節美學抗衡了父權社會底下，君君臣臣父父子子的儒學思想，將忠孝節義的大敘事，翻轉為書寫無聊的、沈悶的生活裡的小情小愛。對男性而言這是無用的、瑣碎的小敘事，但對於家庭中的女性，這過生活的方式。也就是說，這種對於家庭生活的描寫，其實是站在女性的視角去看家庭事務，因此一頓飯可以寫上好幾頁、閨房情事成為小說要緊的大事紀，女性的閒、悶、煩、愁，生活裡的吃、喝、拉、撒，日子裡的有趣的、無趣的部分，都成為家庭小說描寫的重點。小說敘事的視角不僅從仰視英雄豪傑、神仙傳說的巨大意義，轉而低頭看人物的「過生活」方式，更重要的是以女性為敘事中心的生活方式。

二、存在空間的關懷

　　個人存在於家庭中、家庭又包含於社會群體及國家組織之中。《金瓶梅》時間的寫實性，因為小說往往會標示一個存在於過去的歷史年代，透過這個歷史年代／皇帝年號的書寫，使讀者的前理解已對此時代有所評判及褒貶。時代的興衰有時和家庭的興衰有極密切的關係；生命的劫難，有時源自於自身所依傍的那個時代，有時則是因為因果輪迴的計算。個人的劫難時間，表現的是一種文化的認知，是關於自我的／群體的劫難命運。然而在宿命論背後往往有一個大而有力的主宰，以其好惡、或以宇宙定律、道德上的善惡來裁定人的命運，因此強調果報輪迴、強調命定。

　　然而人不僅有命運，還有意志，意志使得人對抗或超脫宿命。在生命功過的計算中，人仍能展現自己存在的可能性，而不是全交予命運來決定。因果輪迴的報應之說，使得人們得以反思人存在的意義與價值：家庭／國家、今生／來生，以及人／我、男／女之間的關係與差異。

　　《金瓶梅》對於時間滿格的書寫方式，寫出生活裡種種的細節，比如說仔細描寫的飲食服飾、閨房裡欲望、夫妻主僕之間、對於滿園花開花落的傷春悲秋，一頓飯裡最為細節的刻劃。事實上，使家之所以為家的意義，就是生活裡的這些細節，這也是從女性視角去看待家庭的生活。透過女性視角的書寫及閱讀，不僅表現在小說的命名、男女的情感，更多的是家庭細瑣生活的敘事美學。

　　小說所要表達的往往是家庭秩序的建構，家庭的核心／邊緣價值是什麼，這個家庭是秩序的或是失序的？在小說中我們看到家庭秩序化過程的破壞，荒謬或過於盛大的葬禮，都是衝撞秩序的書寫。然而在衝撞秩序的同時，是要表現何種文化意涵，或者是要重尋／建構何種家庭價值，這是值得我們思考及關懷的部分。

第二章 《金瓶梅》敘事時間的表現

小說敘事時間的討論，首先要說明什麼是敘事，接著釐清時間在敘事文本中如何被建構，進而討論《金瓶梅》中時間性議題所表現的敘事功能及象徵意義。

第一節 敘事節奏的表現

一、從敘事到敘事時間

什麼是**敘事**？敘事就是作者通過講故事的方式把人生經驗的本質和意義傳達給他人。[1]敘事，當動詞用時，就是敘述事件或故事；當名詞用時，它的意思是「對事件或故事的敘述。」[2]海登‧懷特（Hayden White）在闡釋歷史敘事時對於「敘事」時說明：

> 敘事完全可以看作是一個對人類所普遍關心的問題的解答，而這個問題即是：如何將了解（knowing）的東西換成可講述（telling）的東西。[3]

敘事即是**講述**事件，在講敘的同時，我們也賦予被講述的事物深層的意義：「敘事與其被當作一種再現的形式，不如被視為一種談論事件的方式。」[4]事物在被講敘的過程，也重新被整理。

法國哲人保羅‧利科（Paul Ricoeur）在《時間與敘事》中提到，敘事話語並非簡單地反映或被動地記錄著一個已經被虛構的世界；它精心整理在感知和反思中被給予的材

---

1 〔美〕浦安迪（Andrew Plaks），《中國敘事學──浦安迪教授講演》，北京：北京大學出版社，1996 年 3 月初版，頁 5-6。

2 傅延修，《先秦敘事研究──關於中國敘事傳統的形成》，北京：東方出版社，1999 年 12 月初版，頁 9。

3 〔美〕海登‧懷特（Hayden White）著，董立河譯，《形式的內容：敘事話語與歷史再現》，北京：文津出版社，2005 年 5 月初版，頁 3。

4 〔美〕海登‧懷特（Hayden White），董立河譯，《形式的內容：敘事話語與歷史再現》，頁 3。

料，塑造他們，並創作新的東西。[5]解構批評學者希利斯・米勒（J. Hills Miller）的觀點來看，「敘事」是重構已存在的事物：「敘事就是對已發生的事情進行整理或重新整理、陳述、或重新講述的過程。」[6]敘事因此不只是「敘述」，而是進一步重組所要敘述的話語。然而，與其把敘事當作一種再現的形式，不如視為一種談論事件的方式。[7]

對於所描述的事物有所闡釋，熱奈特（Gerard Genette）將此稱為「敘事性的話語」[8]。敘事也使得事件在被講述的過程中有了新的生命，在所講述故事的背後，都有著作者欲表達的意圖，而閱讀／聆聽故事的讀者／聽眾，則是「期待故事中所蘊涵著的意義顯現」[9]，這就是所謂的「敘事意圖」。對於任何一個民族來說，敘事活動是文化中重要的部分。在米克・巴爾（Mieke Bal）的《敘述學——敘事理論導論》一書裡說明，敘事研究是對於文化的透視，是「一種文化表達模式」，同時進行了「文化分析的細讀與文化研究」。[10]

不論是文學或是歷史，在「敘述」的過程都記錄了時間，「敘事」的同時，不僅包含了時間，還包含了對於事件的解釋及文本的意喻。「每一個偉大的歷史敘事都是一種時間性的暗喻。」[11]歷史成為現實世界的隱喻、借鑑或說明；文學敘事，則是在真實世界中創造出一個獨立的時空結構。

熱奈特（Gerard Genette）在它的《敘事話語》討論到小說的「閱讀時間」、「故事時間」、「敘事時間」。其中，**「閱讀時間」**是指讀者閱讀小說的時間，是主觀且個人的。**「故事時間」**是指故事發生的時間狀態，是指「事件、或者說一系列事件按其發生、發展、變化的先後順序所排列出來的時間。」[12]大體上來說，「故事時間」、「閱讀時間」都是依著事件或個人的自然時序進行的時間。而作者將故事加工處理、再次舖排並呈現在敘事文本的時間狀態，形成所謂的**「敘事時間」**，在閱讀過程中，我們會根據日常生活邏輯的時間概念將它重建，[13]敘事時間是作家的重要敘事話語和敘事策略，[14]同時，作

5　〔法〕保羅・利科（Paul Ricoeur），王文融譯，《虛構敘事中的時間塑形——時間與敘事卷二》，
　　北京：三聯書店，2003 年 4 月初版。

6　張京媛等譯，《文學批評術語——Critical Terms for Literary Study》，香港：牛津大學出版社，1994
　　年，頁 95。

7　〔美〕海登・懷特（Hayden White），董立河譯，《形式的內容：敘事話語與歷史再現》，頁 3。

8　〔美〕華萊士・馬丁（Wallace Martin），伍曉明譯，《當代敘事學》，頁 102-103。

9　高小康，《中國古代敘事觀念與意識型態》，北京：北京大學出版社，2005 年 9 月，頁 8-9。

10　〔荷〕米克・巴爾（Mieke Bal），譚君強譯，《敘述學》，頁 266。

11　〔美〕海登・懷特（Hayden White），董立河譯，《形式的內容：敘事話語與歷史再現》，頁 245。

12　譚君強，《敘事理論與審美文化》，北京：中國社會科學出版社，2002 年 9 月初版，頁 151。

13　羅鋼，《敘事學導論》，昆明：雲南人民出版社，1994 年 5 月一版，1995 年 7 月二刷，頁 131-133。

14　羅鋼，《敘事學導論》，頁 132。

者在敘述故事時，可以通過突然加快或放慢敘述速度來控制讀者的閱讀心理。[15]事件的發生從開始到結束，整個過程就是事件的時間，接著是作者的寫作時間。事件時間和敘事時間是可以虛構的，只有作者的寫作時間是真實的時間。

　　小說的敘事時間並不是故事時間的摹仿與重複，而是一種再創造，是「在敘述本文中所出現的時間狀況，這種時間狀況可以不以故事中實際的事件發生、發展、變化的先後順序以及所需的時間長短而表現出來。」[16]敘事時間，因此是一個雙重的時間序列，它將一種被講述的故事或事件的時間表達出來，同時，又將其建構成為被語言敘述、被藝術表現出來的時間。如同敘事學家熱奈特所言：

> 被敘述的事情的時間和敘述這件事情的時間。這種雙重性，使一切時間變成為可能，它是敘述手法的組成部分……它使我們將敘事的功能之一，視為：將一種時間構建為另一種時間。[17]

小說的敘事時間是小說家所採取的敘事策略之一，敘事時間的安排推動了情節，也建構小說的意義。當代敘事學的時間理論，對敘事作品的時間性進行細緻的分析，[18]對於小說敘事時間的關注，及對時間的各種不同處理手法，成為現代敘事作品的特徵之一。[19]這就是在敘事文學中對於時間的再創造，這也是我們理解小說文本意義的重要訊息。

二、小說的敘事節奏

　　「節奏」這個詞是從音樂理論中借來的，指的是一首音樂演奏的速度。這裡藉以描述我們對時間的掌握，作為時間測量的方式。英國小說家福斯特提出小說節奏的概念，利用同一事物在不同段落中出現，造成讀者似曾相識的感覺，藉此縫合故事將散落的情節串起，同時又會在整體的節奏中找到情節表現的個別自由。[20]霍夫金曾經形容：「人類是唯一為時間所束縛的動物」，「我們所有對自身以及這個世界的認知，都是經由我們

15　格非，《小說敘事研究》，北京：清華大學出版社，2002 年 9 月初版，2005 年 5 月二刷，頁 64。

16　譚君強，《敘事理論與審美文化》，頁 151。

17　〔法〕熱奈特（Gerard Genette），《敘事話語》，王文融譯，北京：中國社會科學出版社，1990 年初版，頁 12。

18　〔美〕華萊士·馬丁（Wallace Martin），伍曉明譯，《當代敘事學》，頁 120。

19　譚君強，《敘述理論與審美文化》，頁 194。

20　〔英〕福斯特（E. M. Forster），《小說面面觀》，臺北：志文出版社，1973 年 9 月初版，2000 年 6 月三刷，頁 217。

對時間的想像、解釋、利用,以及實踐來傳達。」[21]敘事的節奏即是衡量敘事時間速度的尺規。

文學作品有自身的敘事節奏,因為「語言的神奇,表現在它是自由地出現並做為純遊戲使用的時候,就自動擺脫了其他情況下牢固地統治它的任意性,遵循著一種與它的內容看似毫不相干的準則。這一準則就是節拍、韻律、節奏。」[22]米克‧巴爾在《敘述學》一書中說明:

> 把什麼當作是描述速度的尺度,也就是節奏這一問題。[23]

小說情節鬆緊張弛的表現,就掌握在敘事節奏上。事實上,故事節奏的變化不僅關係到作品的敘事風格,有時也會關係到作品的成敗。[24]小說中的時間是重要的角色,一切的背景、場面、思緒和事件都被時間所役使,空間同樣也在時間中變形。為了使作品的情感流程有所交替變化,作者和詩人把握連續和中斷的節奏,不僅能使詩文曲折波瀾,也與讀者心理時間的節奏相應和。[25]至於家庭小說在節奏掌握上所使用的手法,則有省略、概述、停頓等敘事手法。

三、敘事時間的幅度——省略、概述、停頓

在日常時間的進行中,使用概述、停頓等超越實時門手法,以控制小說情節進展的張弛。時間幅度是指敘事所跨越的時間距離,它們所表現的話題正是時間的流逝及時長的問題,[26]在不同的敘事文本中會有不同的表現。如傳記小說、成長小說以及描寫家庭生活的小說,它們的時間幅度,往往侷限在一個較短的時空中,表現了人的一生、一代或兩代家庭的興衰。至於歷史小說、神魔小說往往需要較長的時間因此時間跨度也較大。

敘事節奏的快慢,在於小說被敘述的時間及涵蓋事件發生的篇幅及時間長短,二者之間的比例,這就是所謂的敘事幅度。反之,敘事時間長,篇幅多,但所涵蓋的事件時間短,敘事的幅度則較小。敘事幅度又關係著敘事情節的疏密度,當情節密度小,則敘

21　〔美〕羅伯特‧列文（Robert Levine），范東生、許俊農等譯,《時間地圖————不同時代與民族對時間的不同解釋》,合肥:安徽文藝出版社,2000 年,頁 96。

22　奧古斯特‧威廉‧史雷格爾,〈關於文學與藝術的講稿〉,摘自托多洛夫（Tzvetan Todorov）,《批評的批評——教育小說》,王東亮、王晨陽譯,臺北:桂冠出版社,1997 年,頁 10。

23　〔荷〕米克‧巴爾（Mieke Bal）,譚君強譯,《敘述學》,頁 116。

24　格非,《小說敘事研究》,頁 67。

25　楊匡漢,《時空的共享》,石家莊:河北教育出版社,1998 年 7 月,頁 195。

26　〔荷〕米克‧巴爾（Mieke Bal）,《敘述學:敘理論導論》,頁 250。

事的速度就越快，敘事的幅度也就越大；相反的，當敘事的速度慢，敘事的幅度就越小，代表情節的敘述密度就越大。文本的疏密度與敘事時間的速度形成敘事節奏感，[27]這是作家在時間整體性的運用下所作的敘事策略，在不同的敘事文本中展現不同的時空安排，變換著敘事時間的比例尺，這不僅牽動了敘事節奏的疏密張弛，同時敘事者對於事件的觀察角度。

　　省略指的是在敘事時有時對於所敘述的內容時，會省略某一段時間的講述，而我們在上下文中觀察出某一段時間被跳過、被忽略，這段被省略的時間可能是不重要的，但有時省略的時間未必不重要，而在後文敘述的線索中被看到，或者在後文中補述這一段被省略的時間。省略的作用使情節進行的節奏加快，這和概述的作用有相似的地方。

　　《金瓶梅》對於家庭生活的描述十分細膩，然而，對於與情節發展無關的事物多半省略不言，因而我們「只能在某種訊息基礎上邏輯地推出某些東西已被略去。」[28]例如在《金瓶梅》中，西門慶和元配陳氏的婚姻並沒有敘述，只提到「西門大官人先頭渾家陳氏早逝，身邊只生得一個女兒，叫做西門大姐。」（第一回）陳氏的這一段故事是被省略掉，主要是因為她在文中並沒有作用也未出現。

　　小說中的**省略**將能使情節聚焦於被敘述的事物上。例如在《金瓶梅》中，武松氣不過嫂嫂潘金蓮和西門慶聯合害死了哥哥武大郎，欲捉拿西門慶問罪，沒想到卻誤打死了和西門一起喝酒的皂隸李外傳，官府衙門最後將「武二往孟州充配去了，不題。」（第十回）往後的一大段時間在文中都已省略，沒再提及。直到八十七回才又提到武松殺嫂祭兄一事，並簡單回溯到武松充軍之後的時間。

　　　按下一頭。單表武松，自從塱發孟州牢城充軍之後，多虧小管營施恩看顧。次後施恩與蔣門神爭奪快活林酒店，被蔣門神打傷，央武出力，反打了蔣門神一頓。不想蔣門神妹子玉蘭，嫁與張都監為妾，賺武松去，假捏賊情，將武松烤打，轉又發安平寨充軍。這武松走到飛雲浦，又殺了兩個人，復回身殺了張都監、蔣門神全家大小，逃躲到施恩家。施恩寫了一封書，皮箱內封了一百兩銀子，教武松到安平寨與知寨劉高，教看顧他。不想在路上聽見太子立東宮，放郊天大赦，武松就遇赦回家。（第八十七回）

武松充軍後的時間並沒有全部被省略，在後文仍略述其中的一小段事件。如同米克‧巴

27　楊義，《中國敘事學》：《楊義文存》第一卷，北京：人民出版社，1997 年 12 月初版，2004 年二刷，頁 144。

28　〔荷〕米克‧巴爾（Mieke Bal），譚君強譯，《敘述學》，頁 120。

爾（Mieke Bal）所說的：省略有時是一種「**假省略**」，[29]因為在後文出現簡單說明，但所說明的仍只是某幾個事件，而不是在一段時間內完整的情節發展。舉例說明，如：「二年後，我回到這裡」，二年的時間被省略，但同時在說明二年的時間已過去了。再回到武公充軍到殺嫂事件上，武松充軍時間裡發生的事件被省略，但仍留下「一百兩銀子」的伏筆，好讓後文裡武松能拿出百兩銀子以贖出嫂子潘金蓮，才有「殺嫂祭兄」的情節。

概述的方式也是一個大的時間幅度，它可以對故事背景、事件、人物身世約略交代，同時也能將長度大的時間壓縮成簡單的敘述語言，以此加快敘事的速度與節奏。概述有時也包含介紹人物出場、預敘後文、預言未來的功能，因為它常常是兩個場景之間的過渡，或者在場景之前的鋪陳說明。[30]

「省略」，使情節進行的節奏加快，這和「概述」的作用有相似的作用，不同的是，至於「概述」所略過的時間，是作者透過敘述者講述出來。在明清小說中，通常在第一回都會有情節概述，概述時代背景及人物生平等等的史傳手法。例如《金瓶梅》首回：

> 話說大宋徽宗皇帝政和年間，山東省東平府清河縣中，有一個風流子弟，生得狀貌魁梧，性情瀟灑，饒有幾貫家資，年紀二十六七。這人覆姓西門，單諱一個慶字。（第一回）

> 他父親西門達，原走川廣販賣藥材，就在這清河縣前開著一個大大的生藥鋪……這西門慶生來秉性剛強，作事機深詭譎，又放官吏債，就是朝中高、楊、童、蔡四大奸臣，他也有門路與他浸潤。所以專在縣裡管些公事，與人把攬說事過錢，因此滿縣人都懼怕他。（第一回）

這裡概述了西門慶的身世背景，同時寫出他的發跡是緣自於官商勾結，使得讀者對於西門慶行惡作壞的行徑有所理解。接著進入西門慶家庭的敘述時，勾勒西門家妻妾的身分，以及西門慶淫色的形象：

> 這西門大官人先頭渾家陳氏早逝，身邊止生得一個女兒，叫做西門大姐……只為亡了渾家，無人管理家務，新近又娶了本縣清河左衛吳千戶之女填房為繼室……又嘗與勾欄內李嬌兒打熱，也娶在家裡做了第二房娘子。南街又占著窠子卓二姐，名卓丟兒，包了些時，也娶來家做了第三房。（第一回）

29　〔荷〕米克·巴爾（Mieke Bal），譚君強譯，《敘述學》，頁120。

30　羅鋼，《敘事學導論》，昆明：雲南人民出版社，1994年5月初版，1995年7月2版，頁148。

短短幾段文字裡，以「概說」同時又間雜了「省略」的用法，將西門慶發跡的原由、官商勾結的關係，以及他的幾個妻妾作了快速的預覽。上文已述西門慶元配的陳氏的部分幾近省略地用一句話帶過，至於如何又娶了吳月娘作繼室，以及其他妾室的介紹都以概述的方式呈現。

　　小說往往聚焦在主要的敘事情節上，過多的枝節描寫會將小說帶離主題，因此小說在剪裁上，使用省略及概述的方法能去蕪存菁，能將所要表達的主題及情節的敘述更清楚地展現。在其他主題類型的小說，如歷史小說、神魔小說、英雄傳奇小說，同樣也使用概說的方式推進情節、或簡述人物生平。然而，不論是英雄事蹟或歷史演義故事，敘事的焦點多放在「事件」上：在概說時，往往是把一段長的歷史時間濃縮在一小段敘事時間裡，而講述的重點正是「事件」。[31]《金瓶梅》描述的重點，在於家庭人物的生活細節上，因而在概說情節時，敘事重心轉移到「人物」或「家庭生活」的細節描寫。

　　《金瓶梅》著墨在日常生活，時間的進展緩慢，日常生活的細節蔓蕪冗長，以**概說**的方式濃縮一段長的時間，或者省略某些不斷重複的細節，剪裁情節，使得時間得以快速推移，透過概述觀看小說裡的人事物，則呈現一種高跨度的敘事手法，使小說時間的節奏有所張弛。概述在整個作品中，具有連接和轉折的功能，概述多運用於對故事背景、事件全貌的介紹，或者對於人物身世的交代，然後在後文裡再對這些事件人物的情節加以展開，[32]作為時間過場的作用。概述也是「背景」，用以連接各種不同場景的手段。[33]

31　例如，《水滸傳》第二十二回武松的出場，宋江見武松這表人物，心裡歡喜，但問起武松何以在此之故，武松答道：「小弟在清河縣，因酒後醉了，與本處機密爭了，一時間怒起，只一拳打得那廝昏沈，小弟只道他死了，因此，一迳地逃來，投奔大官人處來躲災避難。今已一年有餘。」
又如第六十四：「卻說宋江軍中因這一場大雪，定出計策，擒了索超。其餘軍馬都逃入城去。」又例如，在《三國演義》第七回首言：「卻說孫堅被劉表圍住，虧得程普、黃蓋、韓當三將死救得脫，折兵大半，奪路引兵回江東。自此孫堅與劉表結怨。」在第八十七回裡同樣地快速瀏覽了諸葛亮的事蹟：「卻說諸葛丞相在於成都，事無大小，皆親自從公決斷。兩川之民，忻樂太平，夜不閉戶，路不拾遺。又幸連年大熟，老幼鼓腹謳歌，凡遇差徭，爭先早辦，因此軍需器械應用之，無不完備，米滿倉廒，財盈府庫。」至於《西遊記》在第二十七回首：「卻說三藏師徒，次日天明，收拾前進。那鎮元子與行者結為兄弟，兩人情投意合，決不肯放；又安排管待，一連住了五六日。那長老自了草還丹，真是脫胎換骨，神爽體健。他取經心重，那裡肯淹留，無已，遂行。」
這些概說講述的重點在於人物所發生的「事件」上，家庭小說則注重「人物」的白描手法，如《金瓶梅》第一回武松的出場：「單表迎來的這個壯士怎生模樣？但見：雄軀凜凜，七尺以上身材，闊面稜稜，二十四五年紀。雙眸直豎，遠望處猶如兩點明星，兩手握來，近觀時好似一雙鐵碓。腳尖飛起，深山虎豹失精魂；拳手落時，窮谷熊羆皆喪魄。頭戴著一頂萬字頭巾，上簪兩朵銀花；身穿著一領血腥衲襖，技著一方紅錦。這人不是別人，就是應伯爵所說陽穀縣的武二郎。只為要來尋他哥子，不意中打死了這個猛虎，被知縣迎請將來。」

32　譚君強，《敘述理論與審美文化》，頁174。

同時具有加快節奏、簡化情節變化，對故事的部分或整體作簡要的說明，使得時間快速推移。

另外，故事時間暫時停頓，使敘事描寫集中某一段落，當故事重新啟動時，當中並無時間軼去，這一段描寫便屬於停頓。敘事文學中，停頓的出現十分頻繁，在時間停頓的描寫，如影片的定格特寫，因為對於某些事物有深刻描寫，讀者並不會意識到故事的停頓，卻能因此更加掌握敘事文本的細節處。[34]故事時間的停頓是指「在其中的故事時間顯然不移動的情況下，出現的所有敘述部分。」換句話說，這裡的時間跨度是零。[35]

停頓在敘事節奏上是具有延緩的效果，[36]在意識流小說裡，外在時間的流動似乎靜止了，只呈現空間裡的一景，或人物的內心世界。然而，在寫實主義的家庭小說中，時間是與情節一起推移進展。因此，時間定格、敘事停頓，往往是要透過敘述者的眼光去觀察場景、對於某一個對象大量描寫，或者是讓敘述者加以解釋或發表議論的時刻。[37]在古典小說中「看官聽說」的敘事者加入議論，是使小說時間跨度等於零的停頓。**停頓**，使讀者能通過敘述者的眼光去觀察小說呈現的人物、空間或事件。例如西門慶初次見到潘金蓮的描寫，即是寫實時間被中斷，小說敘述著：

> 一日，三月春光明媚時分，金蓮打扮光鮮，單等武大出門，就在門前簾下站立。約莫將及他歸來時分，便下了簾子，自去房內坐的。（第二回）

這裡的故事時間是寫實時間的表現，文字原呈現出時間推移之感，接著描寫：

> 婦人（按：潘金蓮）正手裡拿著叉竿放簾子，忽被一陣風將叉竿刮倒，婦人手擎不牢，不端不止打在那人（按：西門慶）頭上、婦人便慌忙陪笑，把眼看那人，也有二十五六年紀，生得十分浮浪。頭上戴著纓子帽兒，金鈴瓏簪兒，金井玉欄杆圈兒，長腰才，身穿綠羅褶兒；腳下細結底陳橋鞋兒，清水布襪兒；手裡搖著灑金川扇兒，越顯出張生般龐兒，潘安的貌兒。
>
> 這個人被叉竿打在頭上，便立住了腳，待要發作時，回過臉來看，卻不想是個美貌妖嬈的婦人．但見她黑鬒鬒賽鴉鴒的鬢兒，翠彎彎的新月的眉兒，清冷冷杏子眼兒，香噴噴櫻桃口兒，直隆隆瓊瑤鼻兒，粉濃濃紅豔腮兒，嬌滴滴銀盆臉兒，

33　〔荷〕米克・巴爾（Mieke Bal），《敘述學：敘理論導論》，頁 123。

34　羅鋼，《敘事學導論》，頁 151-153。

35　譚君強，《敘述理論與審美文化》，頁 178。

36　〔荷〕米克・巴爾（Mieke Bal），《敘述學：敘理論導論》，頁 127。

37　譚君強，《敘述理論與審美文化》，頁 178-179。

輕嬝嬝花朵身兒，玉纖纖葱枝手兒，一捻捻楊柳腰兒，軟濃濃粉白肚兒，窄星星
尖趫腳兒，肉妳妳胸兒，白生生腿兒……（第二回）

人物出場樣貌的細寫，使得小說敘事時間停頓。小說的時間進展與現實生活裡幾乎一致，
這是寫實時間的表現，然而在描寫中，對事件作仔細的描述，使描寫的時間大於事件發
生的時間，敘事時間因此被拉長了，敘事時間的進行也被延長了。小說描寫人物內心的
種種糾葛情思，外在時間是恆常的流逝，時間的進行實則並沒有停留或延緩，但小說卻
停頓下來。一如意識流小說的時間進行。威廉・詹姆斯（William James）認為：人過去的
意識會和現在的意識在思緒裡交織在一起，過去的、現在的時間因而是重疊的，人物左
思右想的短暫時刻中，內心思緒的情感及時間，交融了過去與現在，可以是一生一世的
時間。普魯斯特（Marcel Proust）在《追憶似水年華》曾提到的：一個小時不只是一個小
時，在一個小時裡可以裝載更多的時間空間的描寫。

　　在小說整體的敘事時間而言，中國古典小說與西方小說的敘事傳統不同。西方小說
往往以一人一事一景寫起，中國古典小說多半是先展示一個廣濶而超越的時空結構，中
國古典小說往往在一開始時便展現出一個超越的時空，因此小說的敘事時間，多以時間
的整體性及超越性為關懷角度。敘事的方式多是由整體到細節，時間也由大的跨度展開，
再聚焦到小的事件及時間上。

　　中國古典文學中，神話的時間跨度最大，往往從盤古開天闢地、女媧煉石補天寫起；
歷史小說則寫三皇五帝、商周列朝，這使得中國小說多半進行高速度大幅度的時間敘事；
神魔小說更不待言，寫神話融合廣濶的想像時間和空間，想像縱橫飛越古往今來，或從
天地混沌未明的遠古寫起，或是交織著神話與歷史的三皇五帝，展現了半神話、半歷史
的高時間大幅度。[38]無論是神話小說、歷史演義小說或者是神魔小說，都有著較大的時
間幅度。描寫家庭生活的《金瓶梅》的時空背景則只是一個家庭數十年的時光。

第二節　敘事時間的錯時——追敘、補敘、插敘、預敘

　　以寫實為前提的小說敘事時間，事件發生的時間往往是不可逆轉的，然而並時產生
的事件在小說中卻必須分開來敘述。小說敘事時間的安排，是可以任意錯置過去、現在
及未來，這樣的時間序列處理方式使得事件的敘寫有不同的處置方式。對於敘事文本裡
這些時間序列的安排，若以講述的「此時」為一時間點，依著時間順序說明事件的發生，

38　楊義，《中國敘事學》，頁130-136。

稱為「順序」；對於未來發生的事件先行預告稱為「預敘」[39]；在事件發生之後才敘述所發生之事則稱為「追敘」或「補敘」，或者因為這是插入說明，又稱為「插敘」。

　　情節時間的安排與故事發展的時間順序之間的差別，稱之為「時間順序偏離」（chronological deviation），或稱為「錯時」（anachronies）。[40]在「錯時」中，敘述的當下提到將來的時間點，預寫了未來的事物，這樣的內容即為「預敘」；提到過去的時間點，追述已發生的事物，則是對事件加以追敘、倒敘、補敘，這些都是「錯時」的時間表現，使情節敘述有更多變化，同時也能在情節進展中，作為補充說明，也能使人物不在場的情節亦得以被補足。

　　預敘，在小說的寫作中，是一種先行敘述，可以預告情節，提前講述某個後來發生的事件，使讀者能預先窺視情節，亦即「事先講述或提及以後事件的一切敘述活動。」[41]此時，讀者並不能馬上明白整個事件的完整過程，但可以使讀者有期待心理。到後來，人物命運或事件出現轉變時，讀者恍然大悟。預敘雖是提前將未來的事件先行敘述，事先揭發故事的結果，反而能使讀者在閱讀時對於情節走向及結局有著期待。

　　小說中敘述者的預告使得敘述者預設了與讀者的互動、敘述者的聲音形成「作者干預」或「敘述干預」的現象，[42]然而對於強調善惡果報、因果輪迴的作品，敘述者現身於作品預示未來，多半是作為道德勸說或表達因果觀念，讀者因此對於情節預告是否減少閱讀期待並不在意，卻能加強作品呈現的果報效果。

　　故事進行到某一時刻，連貫的敘事突然中斷，敘述時間讓位給「錯時」。[43]「錯時」是時間表現上，以追敘、補敘或預敘的方式，使小說情節敘述有更多的變化。所謂追述

39　〔法〕熱奈特（Gerard Genette），《敘事話語‧新敘事話語》，北京：中國社會科學出版社，1990年，熱奈特解釋「預敘」為：「事先講述或提及以後事件的一切敘述活動」。

40　〔荷〕米克‧巴爾（Mieke Bal），《敘述學：敘理論導論》，頁 97。

41　〔法〕熱奈特（Gérard Genette），《敘事話語‧新敘事話語》，又見於譚君強，《敘述理論與審美文化》，頁 14。

42　趙毅衡，《苦惱的敘述者──中國小說的敘述形式與中國文化》，北京：十月文藝出版社，1994年 3 月一版，頁 27：每一個敘述文本都呈現出敘述者的聲音，然而作者並不等於是敘述者，敘述者是作者安排的一個人物，有時能代表作者的意念，有時則傳遞作者的反諷或其他訊息。是書作者提及，韋恩‧布斯在《小說修辭》中使用「作者干預」（authorial intrusion）一詞並不正確，因此更正成「敘述者干預」，因為在明清白話小說裡我們可以很明顯地看到，敘述者可能扮演的兩種角色，一個是「出場但不介入」的敘述者，也就是以第一人稱進行的「說書者」，他總是對著虛構存在的「看官」說解講述；另一個是隱藏的敘述者，隱藏在作品中化身成為作品中的一個人物而進行敘述。

43　譚君強，《敘述理論與審美文化》，頁 166。

或稱為倒敘,則是指事件發生的時間之後講述所發生的事情。[44]是敘述者用以說明或提醒讀者,關於小說的進展,並說出部分情節,或者補充人物不在場的情節空白。

不論是預敘或追敘的敘事手法的作用在於:描繪出變化的時空概念,使得直線時間中斷、回溯或前瞻。錯時的表現也補足小說人物「不在場」的事件之時空背景。至於錯時——不論是追述「過去」還是預期於「未來」,都與「現在」有著或長或短的距離。

《金瓶梅》第一回以**補敘**的方式介紹人物的出場,伯爵道:「昨日在院中李家瞧了個孩子兒,就是哥這邊二嫂子的姪女兒桂卿的妹子,叫做桂姐兒。幾時兒不見他,就出落的好不標緻。」(第一回)這裡說明桂姐出落地的美麗動人,也描寫了桂姐的出身,同時也補述了西門慶第二房妾李嬌兒與桂姐的親戚關係。同時,也令讀者聯想到,西門慶及友人應伯爵必然都喜好出入青樓。

另外在《金瓶梅》第一回中,西門慶和應伯爵的對話裡,西門慶說著:「**昨日**便在他家,前幾日卻在那裡去來?」伯爵說道:「便是**前日**卜志道兄弟死了,咱在他家幫著亂了幾日,發送他出門。他嫂子再三向我說,叫我拜上哥,承哥這裡送了香楮奠禮去,因他沒有寬轉地方兒,晚夕又沒甚好酒席,不好請哥坐的,甚是過不意去。」西門慶回答:「便是我聞得他不好得沒多日子,就這等死了。我**前日**承他送我一把真金川扇兒,我正要拿甚答謝答謝,不想他又作了故人!」(第一回)這裡**追敘**小說情節,不斷地在昨日、前日中來來回回,所描寫的不過生活裡的細節罷了。

無論是倒敘或追敘,都是一種敘事手法,把時間倒裝剪裁,補充故事發展的細節,對於人物遭遇有補敘或加強的效果,使得家庭小說在時間敘事的寫作技巧上能有更多的變化。

張竹坡在評點《金瓶梅》第一回回評中提及:「一部一百回,乃於第一回中,如一縷頭髮,千絲萬縷,要在頭上一根繩兒紮住;又如一噴壺水,要在一提起來,即一線一線同時噴出來。」這裡說明家庭小說在首回概敘時,已寫出全文要旨及主要敘事架構,預告情節或結局是概敘時常使用的敘事方式。接著的情節敘事是如一壺噴洩而出的水,如果要「一線一線同時噴出」,分敘人物事件主要是使用順序的手法,而追敘、補敘等插敘手法,雖會使時間的直線性被破壞,但能補充情節。

寫實小說的時間進行應該是日常的、均速的,但日常且均速的時間,不能使小說的事件被完整呈現,也不能表達家庭事件並時性的發展。因此,小說中以變形的時間:倒敘、插敘、補敘、追敘為情節發展的補充說明。預敘,使得時間的描寫超越了此刻,同時是在敘述中展現較為宏觀且整體的「未來情節」;倒敘、補敘、追敘同樣也是超出了

44　譚君強,《敘述理論與審美文化》,頁 155。

「此刻」的時間，但卻是把時間暫時拉回過往，在此刻的時間之上，還有一個早已發生的過去的時間，倒敘、補敘及插敘，不僅在補充正在進行的故事的不足，同時也展現出小說較為枝節的演出。它們是小說進行中的錯時。使得原本直線前行的家庭時間，不斷地歧出，也不斷地擴增小說所觀察到的面相。

第三節　預敘情節的敘事意義

　　中國敘事文學中所重視的不是一人一事的描寫，而是整體架構。《金瓶梅》的預敘，往往是對於歷史、人生的透視及預示，並宣稱宗教的果報思想：一個預先形成的未來、一個終局已被寫定的人生，在此意指人們接受了「命定」的觀念，顯示了文化中某部分的喻指——命定、果報的意涵。小說敘事時間的預敘有許多方式，其中有明言也有暗示的，如首回的詩詞判文、看官聽說等概說情節的方法，或以占卜、預示後文、伏寫情節的發展。情節的預告往往使小說的時間進行被中斷，使讀者更能關注及凝視未來可能發生的事件。然而不論那種情節預告，都是作者介入了家庭小說寫實的、日常的、均速且直線前行的時間。然而這些作者介入的預敘手法，除了使讀者先窺的閱讀期待心裡之外，同時帶有史家評判或說書人現身評論的意味，同時傳達了所隱喻的民族情感及文化意涵。

一、詩詞判文及首回預告

　　在《金瓶梅》首回寫著對於情節及終局的預告：

　　　跳不出七情六慾關頭，打不破酒色財氣圈子，到頭來同歸於盡。（《金瓶梅》第一
　　　回）

這裡的預敘架構了文化思維，指稱生命彈指而過、人生一瞬、欲望情感到頭來一場空。首回預告回應了佛教傳入中國後形成的果報思想，指出人存在的有限性，人生彈指而過，現實人世不過是人暫居的他鄉。生命的短暫形成了存在的困境，因此，人必須把握住當下，才能提昇存在的價值，否則只是不斷地在情色欲海裡翻騰，流離在一次又一次的欲望中。

　　《金瓶梅》首回還寫著：「二八佳人體似酥，腰間仗劍斬愚夫，雖然不見人頭落，暗裡教君骨髓枯。」（第一回）詩文預告了小說男女主角的下場。說明西門慶一家是如何地富貴，如何地在欲望中翻滾，到後來，又是何等地淒涼，一切都化成空，親友兄弟一個也靠不住，權謀才智到頭來一點也用不上，享受不過幾年的榮華富貴，只留下善惡果報天網恢恢的話頭，有道是：

內中又有幾門寵爭強，迎姦賣俏，起先好不妖嬈嫵媚，到後來也不免屍橫燈影，血染空房。正是，善有善報，惡有惡報；天網恢恢，疏而不漏。（第一回）

這裡預言故事的結局，在西門家上演的鬥寵爭強、食色姦淫，最後收束到果報思想上。正文開始：「話說大宋徽宗皇政和年間……」帶出故事時間，接著再描述西門慶家庭的故事，這裡寫出亂世裡貪官污吏，善有善報、惡有惡報的話頭，則是呼應了中國的果報思想。

詩詞判文或首回所預敘的，不只是情節的走向，它更指向人們必須勘破生命存在的困境，也就是生命存在的有限性。小說在首回預敘小說的主旨大意、提點讀者小說的結局、指出情節概要。概說全文或引詩為證的敘事手法，承襲自宋元講史平話的傳統，具備了史傳品評人物、以及向聽眾（讀者）說講的功能。一如說書人面對聽眾講說時，現身設問、提示、提醒聽眾關於情節，在講述的同時，說書人也不斷加入自己的評價，也不斷提醒著讀者，認清小說人物面對的困境／讀者存在的困境，時而又隱身於故事之後繼續講說故事。這樣的敘事方式，使小說所要勾勒的果報思想或寓寄人生如夢的主旨，不斷地重複並提醒讀者。預敘展現了文化的深層意涵，不論是命定的思想，或者人生繁華一夢的存在處境。

二、占卜算命

占卜算命在中國古典小說中是極常見的預敘手法，預告小說情節或人物的未來。使直線前行的時間，可以穿梭於現在和未來。中國古典小說較少刻劃人物心理，對於人物的描寫多半是透過行為表現或外在形象的描摹，而占卜的行為往往會透露小說人物的內心思想。

《金瓶梅》多次以算命、卜卦或面相的方式來預言人物的命運。第二十九回周守備差人送一位面相先生吳神仙到西門慶家，為其妻妾、女兒及寵婢論命。吳神仙的相命，為後文作了伏筆。[45]他預告了西門慶活不過三十六歲，因為他「不出六六之年」，西門慶死時才不過三十三歲（第七十九回）；他也預言了李瓶兒「三九前後定見哭聲」，後來李瓶兒死時正是二十七歲（第六十一回）；潘金蓮「終須壽夭」，「雖居大廈少安心」，潘金蓮果然早夭。

因為潘金蓮居心不定，才給了武松殺嫂祭兄的機會；吳月娘則因生子而貴；預言孫雪娥是「不為婢妾必風塵」，最後孫雪娥從西門家被贖出後果然淪入風塵；孟玉樓則是

45　參附錄一。

「晚歲榮華定取」、「終主刑夫兩有餘」，她果然剋夫二回，晚年確實也享富貴榮華；西門大姐則「不過三九，當受折磨」，最後受不了陳敬濟的折磨，自縊時不過才二十四歲（第九十二回）；龐春梅是命中注定要「戴珠冠」、「益夫而祿」、「一生受夫愛敬」、「三九定然封贈」，果然她深受夫君寵愛，但在夫婿周統制邊關陣亡，皇帝墓頂追封為都督一職，作為都督夫人的龐春梅卻也「淫情愈盛」，「貪淫不已」，生出骨蒸癆病症，死時才二十九歲。

第四十六回、六十一回的卜卦或九十一回的批命，大抵和第二十九回相去不遠，再次印證相命師父的預言，並將情節向結局處推展。例如在第四十六回「鄉里卜龜兒卦兒的老婆子」為月娘等人卜卦，說道月娘長壽，「往後有七十歲活」，至於兒女命上「往後只好招個出家的兒子送老罷」，伏寫了月娘的兒子將會出家。有意思的是在這回裡潘金蓮卻不肯卜卦算命，她說：

> 我是不卜他。常言：算的著命，算不著命。想前日道士說我短命哩，怎的哩，說的人心裡影影的。隨他明日街死街埋，路死路埋，倒在洋溝裡就是棺材。（第四十六回）

潘金蓮之所以不肯算命，當然不是因為她不迷信，要不她也不會因為前日道士說她短命，她就感到「說的人心裡影影的」，有所不安；更不會在西門慶迷戀李桂姐時聽從劉理星之言，用柳木作成男女之形，書寫生辰，放在枕頭裡又化符入水讓西門慶喝了，好讓他的心緊緊繫在她身上。（第十二回）正因為她對於論命結果是相信且畏懼的，因此她寧可不聽不算，「隨他明日街死街埋」，完全符合她縱欲享樂的初衷，果然，不須占卜，潘金蓮也為自己論了個命，她的下場果真是「路死路埋，倒在洋溝裡就是棺材」，沒個善終，這也符合了《金瓶梅》「蓋為世戒」的寫作書旨，[46]同時，不肯算命的潘金蓮，其實也為自己卜了命，作了預言。

潘金蓮之所以不願占卜，是因為內心懼怕面對未來的種種可能，然而她之所以懼怕，是因為她其實是相信第一次占卜的結果，因為，她心裡清楚自己縱欲淫樂的生命態度，將會招致某種後果，於是她拒絕再次占卜算命。她要的是眼前的逸樂生活，讀者透過小說人物占卜的行為，窺視了人物的內心。占卜作為時間敘事上的意義，是把未來要發生

46　東吳弄珠客題，〈金瓶梅序〉，《新刻繡像金瓶梅序》，頁1，文中所言：「《金瓶梅》，穢書也。袁公亙稱之，亦自寄其牢騷耳，非有取於《金瓶梅》也。然作者亦自有意，蓋為世戒，非為世勸也。如諸婦多矣，而獨以潘金蓮、李瓶兒、春梅命名者，亦楚《檮杌》之意也。蓋金蓮以姦死，瓶兒以孽死，春梅以淫死，較諸婦為更慘耳。」

的事,先行透露,肯定命定之說。

三、小說人物預告情節的話語

在西門慶死後,潘金蓮和女婿陳敬濟調情打鬧通無忌憚,終於被月娘撞見二人姦情,月娘要王婆領出潘金蓮要她再嫁,沒想到王婆貪財忘禍,陳敬濟出得五、六十兩銀子,王婆不許。春梅再嫁周守備,備受寵愛,春梅晚夕啼哭要周守備買來潘金蓮作伴,甘願作小妾,沒想到周守備出價九十兩,王婆依是不肯。最後是武松奉上一百兩聘禮及五兩謝銀,王婆歡喜不已,王婆拿著二十兩到西門家與月娘交割清楚,月娘問道,什麼人娶去?王婆答:「兔兒沿山跑,還來歸舊窩。嫁了他家小叔,還吃舊鍋裡粥去了。」月娘聽了心一驚,暗自跌腳,她告訴孟玉樓:「往後死在他小叔子手裡罷了。那漢子殺人不眨眼,豈肯干休。」（第八十七回）當晚潘金蓮再嫁入門,武松殺嫂剖心將心肝五臟供祭在哥哥武大郎靈前,王婆也被一刀割下頭來。月娘的預言猶在耳邊,潘金蓮已三魂渺渺,魂歸枉死城。在此處,月娘預見也預告了潘金蓮的未來,人物對於情節預告的話語,合理而妥貼地表現出來。

小說中的情節預告,使小說的時間不斷地從直線前行的進展中停頓、岔開及抽離,也使得小說的時間表現有更多的變化。至於預告結局使讀者所期待的,則是情節鋪陳的過程。

第四節　時間的過場

明清白話小說儘管已轉為書面閱讀的小說,但仍承襲宋元話本的敘事體例,並仍然以讀者為聽眾,並未改變白話小說的說書體性格。[47]敘述者對讀者宣講說明,或交代後話時,最常使用的手法便是「看官聽說」、「卻說」、「話說」、「原來」等語詞。其中的「原來」多用來補敘、追敘人物事件;「看官聽說」等語詞則作為敘述者對於所宣講故事情節、人物的介紹、事件的說明及評論。這樣的方式,除了承襲宋元白話敘事的說書體性格外,同時保有了史家評論的敘事傳統,並形成了事件的進行以及敘述者夾議夾評的敘果。[48]《金瓶梅》中使用「看官聽說」,使時間快速過場之外,同時也使文本表現出多重時空。

---

47 魯德才,《古代白話小說形態發展史論》,天津:南開大學出版社,2002年12月,頁2。
48 〔美〕浦安迪,《中國敘事學》,頁100。

一、「看官聽說」的敘事意義

「看官聽說」[49]夾敘夾評是其主要的形式,在話本小說中,說書人是書中的角色,時而跳出來品評人物世態,與情節融合為一,同時也與聽眾保持一定的距離。[50]到了明清小說已是書面寫成的作品,仍延續這種敘事口吻。在第三人稱的小說作品中,敘述者以第一人稱走到作品前敘述並且試圖和讀者對話,頗有後設小說的意味,敘述者不再單純地存在於作品中講述故事,而是一面與作品裡的人物保持距離,也走到作品前,直接面對讀者,邀請讀者參與小說,這是作者利用敘述者/說書人介入小說敘述的形式。然而不同的是,後設小說是探索小說虛構與真實性的關係,探索語言文字呈現的迷障,思考並反省讀者、作者以及寫作的問題;說書人使用「看官聽說」則是書面文學延續口頭文學時,保留敘述者/作者介入文本的形式,同時帶有史家評論的姿態。然而,此二者的作者介入,都使作品呈現一種既疏離又寫實的美感距離,作品的時空變化有更繁複的表現。

在第三人稱的小說敘事中,作者安排一個以第一人稱出場的敘述者/說書人,這也意味在以第三人稱為敘事角度時,和作者介入敘述時第一人稱的敘事角度,會有不同的敘述觀點。「看官聽說」的使用之下使小說時間快速進行。

《金瓶梅》在詞話本裡大量使用「看官聽說」,顯示《金瓶梅》的創作仍受說書體的影響,但在《金瓶梅》的改訂本裡,便大幅刪節「看官聽說」的使用。[51]《金瓶梅》第二回以說書人口吻,向聽眾敘述西門慶的性格、身分:「看官聽說:這人你道是誰?卻原來正是嘲風弄月的班頭,拾翠尋香的元帥,開生藥鋪覆姓西門單諱一箇字的西門大官人便是。」(第二回)這裡概敘西門慶的家世背景,同樣的表現在第十回也出現在關於李瓶兒的身世介紹,並對她的財富來源所作的敘述:

> 看官聽說:原來花子虛渾家姓李,因正月十五所生,那日人家送了一對魚瓶兒來,就小字喚做瓶姐。先與大名府梁中書為妾。梁中書乃東京蔡太師女婿,夫人性甚嫉妒,婢妾打死者多埋在後花園中。這李氏只在外邊書房內住,有養娘伏侍。只因政和三年正月上元之夜,梁中書同夫人在翠雲樓上,李逵殺了全家老小,梁中書與夫人各自逃生。這李氏帶了一百顆西洋大珠,二兩重一對鴉青寶石,與養娘

---

49 參附錄二。

50 魯德才,《古代白話小說形態發展史論》,頁2。

51 寺村政男,《日本研究《金瓶梅》論文集》,濟南:齊魯書社,1989年10月,頁247,提到,《金瓶梅》從「詞話本」到「改訂本」的移行過程中,「看官聽說」的部分也被大幅度的刪削。

走上東京投親。那時花太監由御前班直陞廣南鎮守，因姪男花子虛沒妻室，就使媒婆說親，娶為正室。太監到廣南去，也帶他到廣南，住了半年有餘。不幸花太監有病，告老在家，因是清河縣人，在本縣住了。如今花太監死了，一分錢多在子虛手裡。（第十回）

「看官聽說」概述人物、說明事件背景、作為正文的評論。《金瓶梅》第三十回指出當時世道奸險、邪佞盈朝、政治黑暗，生靈塗炭，為西門家的發跡留下伏筆：「看官聽說：那時徽宗，天下失政，奸臣當道，讒佞盈朝，高、楊、童、蔡四箇奸黨，在朝中賣鬻獄，賄賂公行，懸秤陞，指方補償。」（第三十回）這裡指出作品所呈現的時代背景。在文中加入「看官聽說」的敘述，同時，還有「補敘」情節內容及「預告」後文的作用。

例如潘金蓮對於李瓶兒因產子而貴感到憤怒，埋下殺機，養貓唬死官哥兒，好重奪西門慶的愛憐：「看官聽說：潘金蓮見李瓶兒有了官哥兒，西門慶百依百隨，要一奉十，故行此陰謀之事，馴養此貓，**必欲唬死其子**，使李瓶兒衰寵，教西門慶親於己。」（第五十九回）在此，潘金蓮妒嫉瓶兒故養了雪獅子，平日以紅絹裹生肉令其撲咬餵食，調養得極為肥壯，足見潘金蓮一心要驚嚇官哥兒。作者介入說明時則清楚補充說明潘金蓮的意圖，同時也對小說人物作了批評，使小說呈現出說書人現實存在的時空與小說文本虛構時空的交疊。

同樣的作法在第九十六回：「看官聽說：**當時**春梅為甚教妓女唱此詞？一向心中牽掛著陳敬濟在外，不得相會，情種心曲，故有所感，發於吟咏。」（第九十六回）這裡提到龐春梅「當時」教妓女唱詞的用意，是因情種於心中，有所感發，這裡再一次暗示了春梅和陳敬濟的私情。

另外「看官聽說」作者介入預告了後文情節：「看官聽說：古婦人懷孕，不側坐，不偃臥，不聽淫聲，不視邪色，常玩詩書金玉，故生子女端正聰慧，此胎教之法也。今月娘懷孕，不宜令僧尼宣卷，聽其死生輪迴之說。**後來感得一尊古佛出世投胎奪舍，幻化而去，不得承受家緣。**蓋可惜哉！正是：前程黑暗路途險，十二時中自著迷。」（第七十四回）這裡的「後來」即預告情節發展。在第七十四回，月娘正懷孕，卻已預告喜聽佛法的月娘所產之子孝哥兒，在日後會隨著禪師幻化而去，這也是全文主旨。

在第七十九回，作者預告著西門慶淫樂過度，不久將髓竭人亡：「看官聽說：一己精神有限，天下色慾無窮。又曰：嗜慾深者，其生機淺。西門慶只知貪淫樂色，**更不知油枯燈滅，髓竭人亡。**」（七十九回）這裡除了預告後文情節，也對人物作了評論，這是「看官聽說」敘述者以說書人的姿態，走出小說同時也介入敘述，並使時間過場，可以任意在過去、現在、未來中變化著。

二、「光陰迅速」及「一宿晚景題過」[52]的時間過場

　　中國古代說書人都是以一兩句話帶過一段時間，或者一個動作講上兩天兩夜。小說中則以「光陰迅速」、「話休饒舌」、「有話則長，無話則短」、「一宿晚景提過」，等更大的時間幅度描寫家庭時間的流逝，並作為小說時間的過場，使情節可以快速的推移，將日復一日的家庭生活推進，同時在空白情節處以一句話補足。

　　例如「光陰迅速，又早九月重陽。」（第十三回）、「話休饒舌。撚（燃）指過了四五日，卻是十月初一日。西門慶早起。」（第一回）、「光陰似箭，日月如梭，又早到八月初六日。西門慶拿了數兩碎銀錢，來婦人家，教王婆報恩寺請了六箇僧，在家做水陸，超度武大，晚夕除靈。」（第八回）這在家庭小說中是常見的時間記錄的方式。又例如：「光陰迅速，日月如梭，不覺八月十五日，月娘生辰來到，請堂客擺酒」。（第二十三回）對於時間的流轉並未有藝術性的修飾。這樣的時間過場，相較於當代文學中透過意象轉換而表現的時間過場，雖然顯得粗糙，卻能快速無礙地轉換時空及場景。

　　另外以「光陰迅速」、「有話即長，無話即短」概說一段特定指出的時間，例如：「有話即長，無話即短，不覺過了一月有餘。」（第二回）、「光陰迅速，西門慶家已蓋了兩月房屋。」（第十六回）這裡將一段時間以「光陰迅速」來概說，使得家庭時間似乎是沒有斷裂地在敘述著。

　　「有話則長，無話則短」、「光陰迅速」、「話休饒告」，除了有結束上文，開啟下文的功能，同時作為時間的過場。另一個與此相近的詞是：「一宿晚景提過」，使時間快速推移，並用來轉換敘述語境，不過這個詞使用的頻率並不高。

　　不論是「光陰迅速」、「話休饒舌」、「有話則長，無話則短」，或是「一夜晚景提過」都是在《金瓶梅》中大量使用，這似乎也意味著，《金瓶梅》仍接續宋元說書體例，但到了《紅樓夢》時對於時間過場的筆法則傾向於意象的使用、景物及事件的描寫，減少使用說書人的語體方式來表現時間的過往。

　　這些語詞的使用在小說時間敘述上，表面上是破壞了原有時間的進展，使得時間停頓，場景跳接，但更大的作用則是接續小說中所有的線性時間，這裡所要表現的是和日月並進、與歲月同行與日推移的時間敘述。

　　「次日」、「第二日」等語詞也表現出時間推移的作用，與上述語詞似乎有相近之處，它們都是在小說中對於日常時間的快速推移，也同樣使日復一日進行的時間斷裂、停頓，同時又形成時間滿格的作用。「次日」、「第二日」的書寫在「時間長度」的意義上，

52　見附錄三、附錄四。

比較接近「一夜晚景提過」。至於「光陰迅速」、「話休饒舌」、「有話則長，無話則短」，則使時間有更大的跨度，同時省略了這一大段時間內的日常生活載錄。然而，它們的「敘事意圖」卻是不同的：「年－月－日」編年體例的使用，是小說日常時間的書寫，「次日」、「第二日」切割了年月日的記錄，同時又連續起年月日的進展，這是編年體例的延伸與變形。至於「光陰迅速」、「話休饒舌」、「有話則長，無話則短」、「一夜晚景提過」，則是說書人語體描述時間的進行，說書人介入小說時間的進行，使小說時間更為立體，使得小說的敘事時間具有表演的立體感，時間在說書人敘述中得以快速進行或延展。

第五節　小說時間的錯置

《金瓶梅》小說中的時間表現，有時因傳抄上的訛誤或因作品本身的疏漏，形成小說時間上的錯亂。《金瓶梅》一書中在時間的敘述上，多有年歲錯置、時間錯亂的現象，這種乖謬的時間表現，究竟是撰寫傳抄或印行的訛誤？抑或是作者故為參差的表現手法，意在以虛寫實，形成真事隱去的敘事效果呢？

《金瓶梅》第二十六回及四十九回分別提到李嬌兒的生日。第二十六回寫道：「**四月十八日，李嬌兒生日**」。在第四十九回卻寫著：「那日**四月十七日**，不想是王六兒生日，家中又是李嬌兒上壽，有堂客吃酒。」雖然第四十九回，並沒有細說這一日的上壽，究竟是事前的暖壽，或者根本就是李嬌兒的生日，然而從文字的敘述「李嬌兒上壽之日」看來，這兩回的描寫使得李嬌兒的生日在小說中，似乎有十八日、十七日二種說法。

又如官哥兒的生日。在三十回提到瓶兒生下官哥兒是「**時宣和四年戊申六月念三日**」，在三十九回西門慶請吳道官為官哥兒誦經作法事以保平安，卻說官哥兒是「**丙申年七月廿三日申時建生**」（丙申年是政和七年）；在第五十九回官哥兒死後，請來陰陽先生徐先生看黑書時，月娘說道：「哥兒還是**正申時**永逝」，於是徐先生將陰陽秘書瞧了一回，說道：「哥兒生於**政和丙申六月廿三日申時**」，卒於「**政和丁酉八月廿三日申時。**」在這裡官哥兒的生日竟有：**宣和四年戊申六月念三日、政和七年丙申年七月廿三日申時、政和丙申六月廿三日申時**等三種不同的說法。

官哥兒在文中雖然只是一個早夭的孩子，但他卻是牽引西門家妻妾比肩不和的重要角色，李瓶兒因他而貴，也因他的死而心碎病逝。同時，因為官哥兒的存在，使得這幾房妻妾展現不同的生存方式：月娘想盡辦法求子；瓶兒溫柔而有氣度地對待西門慶及家人，因為她在西門家已佔有重要地位；潘金蓮意欲害死官哥兒；孟玉樓則旁觀一切，並不涉入妻妾爭鬥中。如此重要人物的死亡敘述，作者竟會有此疏漏，令人難以置信。評

點家張竹坡在《金瓶梅讀法》裡也看到了這一點,他認為,《金瓶梅》小說裡的時間幾乎是按照著「日－月－年」前進著,小說若一筆一筆依照時間排列,就如同是「西門計帳簿」一筆一筆記著時間的進行,將會使得小說變得死板乏味:

> 《史記》中有年表,《金瓶》中亦有時日也。開口云西門慶二十七歲,吳神仙相面,則二十九歲,至臨死,則三十三歲,而官哥則生于政和四年丙申,卒于政和五年丁酉,夫西門慶二十九生子,則丙申年,至三十三歲,該云庚子,而西門慶乃卒于戊戌。夫李瓶兒亦該云卒于政和五年,乃云七年。此皆作者故為參差之處。

因此張竹坡推論《金瓶梅》的時間錯置,是作者故為參差的小說筆法,是作者特意作為的美學效果。張竹坡認為:

> 何則?此書獨與他小說不同。看其三四年間,卻是一日一時,推著數去,無論春秋冷熱,即某人生日,某人某日來請酒,某月某日請某人,某日是某節令,齊齊整整揑去,再將三五年間甲子次序排得一絲不亂,是真個與西門計帳簿,有如世之無目者所云者也。

一日一時揑過去的是家庭時間的進展,吃飯、喝酒、生日、節令是家庭人物年復一年歲月流轉的生活,然而,在次序排得一絲不亂的家庭日常時間中,卻見「特特錯亂」的時間:

> 故特特錯亂其年譜,大約三五年間,其繁華如此,則內云某日某節,皆歷歷生動,不是死板一串鈴,可以排頭數去,而偏又能使看者五色瞇目,真有如揑著一日日過去也。此為**神妙之筆**,嘻!技至此亦化矣哉![53]

不論是作者的神妙之筆或作者故為參差筆法,都是作者「有意」為之。這樣的說法,倒是符合現代小說所認為「小說是虛構的」原則,是作者有意識的作為。張竹坡認為小說裡「特特錯亂其年譜」的筆法,使全書在接近實錄的時間之外,有了三五年的時間錯置。這裡言西門慶從生子官場得勢的幾年光景、繁華若此的情節,歷歷如繪,而不是一件一件的編年記事。讀者在這樣榮華又充滿食色欲望的情節中,感到聲色炫目,如同讀者也參與其中,不知不覺中日子便推移過往。同時,家庭編年敘事中出現特特錯亂的年譜,使得讀者得以在如水之流的時間敘事中,產生**停頓**、**陌生化**的效果,而更能因為時間的

53　張竹坡,〈金瓶梅讀法〉,《金瓶梅資料彙編》,北京:新華書局,1937 年 3 月初版,1987 年 3 月一刷,頁 76。

中斷，重新感受時間，突顯了時間的存在。因此，這裡應是作者特意將小說時間錯置形成的敘事敘果。對此，葉朗在《中國小說美學》裡讚揚張竹坡的看法，葉朗說：

> 就像《金瓶梅》這部小說要比《三國演義》、《水滸傳》等小說更接近於近代小說的概念一樣。張竹坡的小說美學也要比金聖歎、毛宗崗等人的小說美學更接近代美學的概念。張竹坡的小說美學值得我們重視的地方就在於此。[54]

所謂「近代的小說概念」，是指小說是虛構的，即使「逼真」也是因為其虛擬幻設如同真實存在，所以才會逼近真實，並不是中國古典小說中所強調歷史敘事的實錄精神。在此，張竹坡的評點是後設地討論《金瓶梅》。對於《金瓶梅》裡的時間錯置，就作者寫作的意義來看，不應是小說在傳抄、印行、或作者撰寫時行文的疏漏，而是作者使用「接近近代小說概念」的筆法，使讀者在停頓發出疑問，同時感受到時間的存在，突顯家庭小說的時間性。

　　小說在時間上如何虛構出一個逼真的藝術境界，這是值得追問的。《金瓶梅》時間敘述的特性之一，是如實地書寫細瑣的日常生活，對於時間之流描寫的手法，在近代小說中以「意識流小說」最令人驚豔。「意識流小說」將時間、心理意識、小說情節交織鋪演，然而這裡頭並沒有時間錯亂的問題。反而在某一類型小說裡，忽焉長大的女孩或者是女鬼，為了追逐她所欲求的對象，而加速長大。然而，這小女孩／女鬼是在她自己的時間裡成長，異於現實人世的日月年，有點像是天上／人間，或人間／鬼域裡各自有不同的計時方式，卻並時出現的魔幻寫實或超現實手法。雖然《金瓶梅》並不是意識流小說，但《金瓶梅》時間錯置與這類的小說有相似的手法，都是有意地將時間變形，使讀者在閱讀中因停頓而能感受到時間的存在。

　　在人物年歲的記錄上，在《金瓶梅》裡有歲時錯亂、人物年齡前後不一的問題。年歲的錯置，使不斷前進的家庭時間停格，在停頓的時間中反而能感受到時間的流逝，於是增加時間運用描寫的自由。相較於有情人間的悲歡離合及生老病死，不斷向前奔流的時間則顯得無情而又冷漠。

　　小說時間的錯亂，或者因為索隱史實而須掩人耳目，因此將時間錯疊混亂了時間的自然刻度，雖然這並不妨礙小說情節的進展，卻是令讀者發出疑問並一再回顧的問題。於是讀者詢問：這究竟是作者「有意的」或是「無意」的表現呢？

　　這其實是作者在家庭小說寫實的時間年歲裡，作超現實的表演。是作者以虛構的方

54　葉朗，《中國小說美學》，臺北：里仁書局，1987 年 6 月，頁 246。

式對於寫實傳統的反省,「遊戲變成象徵的原因」[55],是對於文學傳統的戲擬及反轉。也就是說,描寫家庭生活小說是架構在寫實主義的基礎之上,小說的時間必然是日常的、寫實的描寫,日月年歲一如真實人世裡的生活,然而,小說又以夢境、因果輪迴等非寫實的時空,寓寄深刻的人生哲理。輪迴的時空使得小說時間得以在現在、過去、未來、以及更大的永恆性裡變異來去,這便有了魔幻寫實的意味,也就是在寫實小說的基礎以魔幻的筆法構造了小說的時空,重點在於對現實人世的反省。

第六節 結 語

《金瓶梅》小說時間的寫實手法,使小說時間以順敘的筆法進行,中國文化裡長久以來的命定思想,使得小說情節不斷出現預告情節或結局的預敘手法。然而,讀者卻不會因此減少閱讀好奇或閱讀期待,只是將對於「結局」的期待轉而為「過程」、對情節走向的期待心理。

小說在敘事時間上,使用概述及省略的方式,使小說在主題描寫上更能聚焦在人物的細節上,使得日常時間冗長的進行,得以加快敘述的節奏。《金瓶梅》在描寫的家庭時間上,大量使用近乎真實的實錄時間,以強調小說的真實性,然而小說時間的形式和現實生活不同,小說的形式,猶如電影的銀幕、繪畫的畫布,會產生框架效果[56]。我們透過對此框架的窺視,體會到文本描寫的意義,這是因為小說建構的時空是可以被重讀,可以被分割。

小說時空的分割方式是使用敘事手法中的概述、補敘、倒敘和預敘等方式,是作者走入小說的描寫中,把小說的情節敘事時間/故事時間/敘述者講述的時間表現出來,使得小說的時間描寫不只是直線的時間觀。在日復一日的家庭生活裡,我們看到家庭小說在鐘錶循環的時間刻度中,走過四季的循環,那是一去不復返的光陰。也在家庭生活的描寫裡,透過人物的算命占卦預言裡,看到文化裡深層的命定思想,當然也看到了人們對於永恆的渴望,相信時間的永恆性及以空間的無限性。

口語文學中說書人的影子仍然存在明清小說中。《金瓶梅》的大量使用「看官聽說」等語詞,表現出快速的時間過場。並以「一夜晚景提過」、「光陰迅速」等語詞,補足小說時間留白的部分,使小說時間滿格,維持小說一貫線性前進的筆法;有意思的是,

---

55 〔德〕沃爾夫岡·伊瑟爾(Wolfgang Iser),陳定家、汪正龍等譯,《虛構與想像——文學人類學疆界》,長春:吉林出版社,2003 年 2 月初版,頁 328。

56 龔鵬程,《文學散步》,臺北:臺灣學生書局,1985 年初版,2003 年再版,頁 234-235。

這些使時間能快速過場的語詞，同時也點出敘述者以說書人的姿態出現。使時間滿格的同時，也使故事時間在此時停頓，並作了場景的跳接。這也是一種破壞時間綿延的方式，在破壞的同時卻又以更大的跨度接續了時間的進行，小說因此表現出二重時空：小說本身的時空，以及說書人／敘述者存在的時空。說書人置身的必然是綿延的、不可被分割的真實時空，然而虛構敘事文學所構建的便是可被斷裂、描述的時空。作者在真實世界裡書寫虛構世界，相對於小說裡的絕對時空，說書人身處的時空在敘說「看官聽說」的瞬間被書寫入小說中，而此瞬間即是敘述者大量使用「話說」、「原來」等敘述語句的時候。這是表現在敘述者／說書人、作品、讀者的時空，而這三者又交會出一個「有意無意」時間錯置的效果。

在《金瓶梅》中使用錯亂的家庭年譜，一如作者隱其名而為「蘭陵笑笑生」，在全文裡接近實錄的時間裡，有了三、五年錯亂的時間，使得充滿食色饗宴的《金瓶梅》在似水流年的時間過往中，產生小說陌生化的效果。在讀者停頓下來觀看這「特特錯亂的小說年譜」，同時能更加感受小說時間性的話題。《金瓶梅》的時間錯亂，似乎給予《紅樓夢》很好的寫作範式，在《紅樓夢》中有更多的歲時錯亂、人物年歲前後不一的問題，這在歷來的研究中屢屢被討論到。事實上，不論是寫實的日常時間，或小說有意無意所呈現時間的乖謬，這似乎是作者逕行設下的時間遊戲，在《金瓶梅》中作者透過時間的敘事，對於生命進行深刻的反省。在家庭日常時間的進行中，出現錯亂的年歲，使得讀者得以在直線前行的時間敘事中，產生停頓、陌生化的效果，因而突顯時間。這也是作者在小說寫實記載的時間年歲裡，作超現實的表演。小說的時間可以在記憶裡、在夢境裡被修改或遺忘，時間在講敘的同時也被更改，這才是《金瓶梅》敘事時間展示的另一層意義，時間是既魔幻又寫實的存在，同時構設了對於時間存在的反省。

第三章　《金瓶梅》中個人時間刻度及群體時間刻度的敘事意義

工業技術的進展，時間刻度得以被標示，每個人都擁有節奏一致規律相同等速進行的鐘錶時間。然而，時間從來就不是客觀的存有，時間是主觀的感受，因為在回憶中時間以高速向我們飛掠而來，然而處於煎熬的時刻，時間則是分分秒秒計較地過著。

所謂的時間刻度，是通過測量得到的鐘錶時間或日月年紀，是人們對於時間流程的標誌，同時也表現出強烈的現實感。[1]在日復一日的的家庭生活中，特別的時間刻度帶來的不同的感受，例如婚喪喜慶、生日、節慶或紀念日。《金瓶梅》中大量書寫「生日」及「歲時節慶」等具有特殊意義的時間刻度，前者圍繞著人物開展出去，後者則是展示了環境。[2]「生日」所代表的是具有個人時間周期性的紀念日，表現出個人特質或強調個人社會地位、並由此延伸出去的人情往來。「生日」展現個人的人際網絡，祝福的方式因人而異，因此充滿了流動性及變異性，並展現出俚俗各異的家庭文化。「歲時節慶」則是群體所共同面對，源自於約定俗成的社會風俗活動，是具有社會象徵意義的時間刻度，更是帶有深厚的文化沈積意涵。

生日／節慶本身是一個事件、一個場景，是家庭生活中的一個活動。若將生日／節慶放回家庭中觀照，人們面對的是「永遠不會再重來」的時間。在生命中，某個特別的時間被刻記，例如屬於個人時間刻度的生日，以及屬於群體時間刻度的節慶，使得個人乃至群體的生活在日復一日中有不同的表現。使得小說不只是糾結在不斷流逝的瑣碎時光裡，還能有了不同於尋常日子的特殊時光，使得日常的時間又有了特別的意義。

節日，是群體共同面對的時刻，與在場的親友斟茶把酒言歡，也回憶著不在場的親友，家庭的情感、人事的牽纏，都在記憶裡更加綿長。節慶成為中國家庭團聚重要時日，也成為社群記憶的符號。節慶時間，代表一種集體面對的時間刻度，具有恆久性、固定性，同時也內斂成一種文化的氛圍。群體紀念某一時刻，形成一種儀式，當此儀式的完

1　徐岱，《小說敘事學》，北京：中國社會科學出版社，1992 年 9 月一版，頁 254。
2　楊義，《中國敘事學》，頁 174。

成,也代表著一年時間的往復。「隨著每一個周期性慶典的舉行,慶祝者發現自己好像處在同一個時期內:和往年的慶典或前一個世紀的慶典,或五個世紀前的慶典一樣的展示。」[3]歲時節慶通過周期性的出現及儀式,使人們一代一代延續著儀節習俗,刻記著文化。

第一節 「生日」的敘事意義

生日,提供《金瓶梅》在寫作上不同於其他類型小說的書寫角度,小說中生日關係到情節鋪陳、人物性格及身分表現,並進一步對於存在有所討論。有時也作為後文事件的開端,對於情節有伏寫的作用;在存在意義上,生日與死亡往往有了連結,在慶生的同時,隱然有死亡的陰影。生日這個時間刻度意味著人情往來的各種可能性,是家庭人物之間以及家庭人際網絡聯結的重要時間點。《金瓶梅》中提到的生日——如果我們把小孩出生、滿月的儀式,也視為某一種形式的「生日會」,那麼在《金瓶梅》中,小至西門慶兒子的出生、滿月、週歲,上至西門慶、妻妾、鄰里、西門慶的粉頭等相關人物的生日,以及權貴壽誕的描寫,大概佔了全文的三分之一,生日這個時間刻度在《金瓶梅》裡可說是最重要的時間刻度。

一、作為小說情節敘事的伏筆

生日的敘述是圍繞著個人,並由此展開事件及情節。在《金瓶梅》裡,角色人物的生日出現的次數極為頻繁,有時是作為後文情節敘事的伏筆。[4]例如《金瓶梅》自第六十二回開始,寫著李瓶兒的死亡及喪禮,從頭七、二七、三七一路寫下來,寫西門慶在喪禮期間仍不改淫心,日夜穿梭於女人僕婦之間,記時記事瑣碎。到了第六十七回,寫西門慶答謝前來致哀者後,回到月娘房裡吃飯,月娘叨念著:「這出月初一日,是**喬親家長姐生日**,咱也還買分禮兒送了去,常言先親後不改,莫非咱家孩兒沒了,就斷禮不送了。」(第六十七回)西門慶接話說:「怎的不送」,「於是吩咐來興買四盒禮,又是一套粧花段子衣、兩方銷金汗巾、一盒花翠。寫帖兒,叫王經送了去。」喬親家長姐兒是和官哥兒「炕上聯姻」的女娃,行文至此,李瓶兒及官哥兒都已經死去,但西門慶仍出手濶綽地為官哥兒曾定下親事的長姐兒送上生日禮,因為李瓶兒母子雖已去世,但西門

3　〔美〕保羅康納頓著,納日碧力戈譯,《社會如何記憶》,上海:上海人民出版社,2000 年,頁76。

4　參見附錄五。

慶家和喬大戶官商的關係／利益仍結合在一起。

　　這裡提到「這出月初一日」，在日期的表現意義上不只是記錄了一個時間，同時是藉著喬大姐的生日，將讀者的記憶喚回過往，再次提醒讀者，曾有一個備受寵愛的娃兒官哥兒中道夭折，死去的官哥兒停留在過去，但是喬家長姐兒將繼續與年月增壽。而西門家與喬家的關係透過長姐兒的生日也將繼續延續著；相反的，喬大姐的存在，也一直提醒讀者官哥兒的不存在。

　　第七十九回，西門慶在自家和吳大舅、應伯爵、謝希大、常峙節等人聽戲飲酒，西門慶趁空和來爵老婆戲耍一回，滿足了性欲，又回到席上和應伯爵等人飲酒。只見應伯爵問西門慶：「明日**花大哥生日**，你送了禮去不曾？」西門慶回答，早晨已送過去了。然後下文接著其他的情節發展，花大哥的生日雖是一語帶過，但仍表示這是西門慶送往迎來其中的一日。回過頭來看，連李瓶兒都死了，「花大哥」應是無足輕重，提不提這段話，完全不影響故事的鋪演，那麼小說書寫此一情節的目的、用意為何？其實這是以生日記錄家庭日常生活裡的片斷，也寫出西門慶家庭人情往來的細節。

　　《金瓶梅》中兩度提到李嬌兒的生日，都只在記錄時間，至於李嬌兒的生日是如何過，並不曾描寫，似乎也不重要，生日只作為後文情節敘述的伏筆：「一日，也是合當有事。四月十八日，**李嬌兒生日**，院中李媽媽並李桂姐，都來與他做生日。」（第二十六回）這裡的「合當有事」，表明敘述的重點在於接下來的情節發展。原來，因為潘金蓮從中挑撥離間，使得宋蕙蓮和孫雪娥在李嬌兒生日這天大吵並打了起來，最後宋蕙蓮因氣憤不過，含羞自縊，亡年二十五歲。李嬌兒的生日，是作為引發後文情節的時間點。

　　另外一次是提到李嬌兒的生日，重點也不在她的生日上，倒藉著她的生日描寫了西門慶在外的情欲演出。當然，我們也可以理解到李嬌兒在西門慶妻妾中的地位並不高，她出身青樓，本非良家婦女，也不曾像孟玉樓及李瓶兒一樣，嫁入西門家時為西門慶帶來大筆財富，更不像潘金蓮在情欲上費盡心思滿足西門慶。李嬌兒在西門慶妾室中的地位，僅優於孫雪娥，李嬌兒的生日也表現出她在西門家無足輕重的地位。她的生日和前文提到花大哥生日有相似的作用，是引發後文情節敘述的時間點，只是家庭日常生活裡記錄時間的一個細節。

　　另外在第六十八回，提及應伯爵領著黃四家人，備帖於初七日在院中鄭愛月家置酒席宴請西門慶，西門慶看了帖子笑著說：「我初七日不得閒，**張西村家吃生日酒**。倒是明日空閒。」張西村家在小說裡是不曾出現的人家，出現「張西村家吃生日酒」，重點當然不是張西村這戶人家，只是為了提及「初七日」這個西門慶「不得閒」的時間，同時也表現小說人物必然有的送往迎來、人際關係等生活細節。

　　西門慶的正室吳月娘的生日，理應風光盛大，但對於她的生日描述在《金瓶梅》只

出現過二回。第一次提及月娘生日那天作者只是淡寫幾筆月娘的生日宴客，並描述月娘是在聽佛經宣講度過生日的情景：「光陰似箭，日月如梭，不覺八月十五日，**月娘生辰**來到，請堂客擺酒。留下吳妗子、潘姥姥、楊姑娘並兩個姑子住兩日，晚夕唱佛曲兒，常坐到二三更才歇。」（第三十三回）提到月娘生日，生日似乎只是作為時間的過場，好令讀者察覺「光陰似箭」的時光匆匆。是夜，西門慶也並未與壽星歡度，反而是和潘金蓮共度春宵。作者在此也表現月娘喜佛之心，因為她的生日都在佛經講唱中度過，伏寫了月娘在小說文末得到善終的果報緣由。

第二次仍寫月娘潛心聽佛：「一日，八月十五日，**月娘生日**。有吳大妗、二妗子並三個姑子，都來與月娘做生日，在後邊堂屋裡吃酒。晚夕，都在孟玉樓住的廂房內聽宣講佛經。」這樣的描述在於穿針引線，引出後文的幾個事件。「到了二更時分，中秋兒便在後邊竈上看茶，絲著月娘叫，都不應。月娘親自走到上房裡，只見玳安兒正按著小玉，在炕上行事。看見月娘推開門進來，慌得湊手腳不迭。月娘便一點聲兒也沒有言語，只說得一句：「『賊臭肉，不在後邊看茶去，且在這裡做甚麼哩！』」（第九十五回）趁著主子生日，小廝和丫頭也忙不迭地在滿足自己的欲望。因為月娘的體諒，便替玳安做了鋪蓋、新衣服、新帽、新靴襪，又送予金銀首飾、絹衣等，擇日就將小玉配給了玳安做媳婦，倒也成了兩個欲望兒女，顯示月娘的寬厚及體恤下人的性格。最後在官哥兒出家後，月娘收玳安為義子，並將玳安改姓西門，西門玳安夫婦服侍月娘至終老。然而，月娘成全了玳安與小玉的情事，卻也因此引起家庭內廝僕間的風波。

回到玳安與小玉成親後，另一個小廝平安兒，因見玳安衣著勝過別人，又有家室，但自己長玳安二歲，月娘卻未給予他妻室，這令平安兒感到不平，於是平安兒起了貪念，偷走了當鋪裡的金頭面和鍍金鈎子後逃走，沒料到卻被吳典恩巡簡捉拿住。吳典恩自作主張，認定是玳安與月娘有奸情才會把丫頭配給他，並逼著平安兒作假口供，加上典當物品的人急欲要領回，讓月娘陷入困局。

這個困局又牽連上西門慶裡另一個丫頭春梅，但此時春梅已嫁給周守備，成為周守備的寵妾。月娘陷入困局，卻讓春梅在月娘眼前的地位，有了極大的不同。原來吳月娘叫來薛嫂，請春梅在周守備前說幾句話，幫著解決這個問題。事後月娘宰了一口鮮豬、治酒及紵絲尺頭致謝了春梅。春梅道：「到家多頂上妳奶奶，多謝了重禮。待要請妳奶奶來坐坐，你周爺早晚又出巡去。我到過年正月裡，**哥兒生日**，我往家裡來走走。」（第九十五回）春梅利用月娘孩兒孝哥兒生日的理由，名正言順返回主人家，「生日」化解了原本是尊卑身分不同的尷尬，使春梅終於能以守備夫人的身分與月娘平起平坐。時間流逝，人物身分也已變異，原來的主僕變成平起平坐的兩位夫人，「時間」對於人事作了嘲弄，也看到時間所蘊含的「變化的可能性」。

　　春梅終於風光回到西門家,這裡細細鋪寫春梅著大妝:「戴著滿頭珠翠金鳳頭面釵梳,胡珠環子。身穿大紅通由四獸朝麒麟袍兒,翠藍十樣錦百花裙,玉玎璫禁步,束著金帶。坐著四人大轎,青段銷金轎衣。軍牢執藤棍喝道,家人伴當跟隨,擡著衣匣。後邊兩頂家人媳婦小轎兒,緊緊跟隨。」(第九十六回)春梅在家人前後簇擁下回到她曾任婢女的西門家,對比過去主子家的豪奢氣派,西門家如今只剩滿園蕭索,無比的淒涼。月娘和春梅以姐妹相稱,這樣風光的回到主子家,似乎回應了吳神仙對龐春梅的相命:「必得貴夫而生子,兩額朝拱,主早年必戴珠冠。行步若飛仙,聲響神清,必益夫而得祿,三九定然封贈。」(第二十九回)雖然當時月娘極為不以為然地說:「相春梅後來也生貴子,或者你用了他,各人子孫也看不見。我只不信,說他後來戴珠冠,有夫人之分,端的咱家又沒官,那討珠冠來?就有珠冠,也輪不到他頭上。」春梅對著西門慶倒是說了:「各人裙帶上衣食,怎麼料得定?莫不長遠只在你家做奴才罷。」對比前塵往事,這回春梅風光重返西門家,重遊舊家池館,但見西門家院荒蕪,也道盡人世興衰莫測。

　　這從月娘的生日時一個看似無意的動作,發現了玳安與小玉的幽情,卻鋪寫了後半部的情節:月娘叫丫頭看茶,丫頭無答應——於是月娘往後邊尋丫頭——撞見小玉和玳安之情事——月娘寬厚使二人完婚,卻引起小廝平安兒不滿盜走家私——巡簡誣賴月娘清白——透過春梅請周守備結決官司——春梅遊舊家回應當年面相之言——玳安成了西門玳安侍俸月娘終老。月娘生日的描寫,其意義在於月娘的「生日」這一天發生了什麼事件又引發了何事,以及事件所串聯成跌宕起伏的情節,並決定了小說人物的命運。

　　孟玉樓的生日在《金瓶梅》中出現過四次,有二次是以玉樓生日作為楔子,引出後文。有一回言孟玉樓生日,目的卻是為了帶出宋蕙蓮和西門慶之情事:「話次日,有吳大妗子、楊姑娘、潘姥姥眾堂客,因來與**孟玉樓做生日**,女娘都留在後廳飲酒,其中惹出一件事來。」(第二十二回)原來,賣棺材宋仁的女兒名喚金蓮,先賣在蔡通判家房裡使喚,嫁給廚役蔣聰為妻,後來旺刮搭上金蓮。一日蔣聰酒醉被其他廚役打死,月娘答應了來旺,將金蓮後改名蕙蓮嫁給來旺。二十四歲的蕙蓮生得白淨,聰明靈巧,腳兒比潘金蓮還小,這點令西門慶著迷不已。

　　在孟玉樓生日那天,「西門慶安心早晚要調戲也這老婆,不期到此正值孟玉樓生日,月娘和眾堂客在後廳吃酒。」(第二十二回)西門慶為了能沾惹宋蕙蓮,以替蔡太師製造慶賀生辰繡蟒衣,以及準備家中穿的四季衣服為理由,把來旺打發前往杭州,因為這一個路程,往返也有半年時間。在玉樓生日這一天,西門慶的心思在都花在蕙蓮身上,只是苦無調情的機會。玉樓生日過後的某一日,月娘往對門大戶家去吃酒。西門慶與蕙蓮正巧撞個滿懷,西門慶要玉簫送「一疋翠藍兼四季團花喜相逢段子」(第二十二回)給蕙蓮作裙子。玉簫成為西門慶和蕙蓮的中間傳話者以及把風者,好讓他們在藏春塢山子洞

裡私通，恰巧又叫潘金蓮撞見，埋下了日後金蓮教唆西門慶陷害來旺之因。潘金蓮獻計西門慶，設計讓來旺兒拿走三百銀兩誣賴來旺作賊，西門慶並利用官府之便，將來旺遞解徐州。潘金蓮進而調唆，引起宋蕙蓮與孫雪娥口角衝突，最後逼得宋蕙蓮含羞自殺。

孟玉樓的生日成為往後事件發展的引線，引出下文的事端，在生日中一個動作引發後文的連環效應，生日的敘寫除了展示家庭活動，同時也成為小說情節前因後果的重要意義，使這個時間點包藏著更多男女情欲的流動。

在《金瓶梅》中，人物的生日引發了後文的情節發展，或可能牽動另一個人一生的際遇，如《金瓶梅》裡月娘撞見玳安和小玉的燕好，成全了玳安和小玉，卻引來小廝平安兒的不滿，使月娘得面對官司，最後只好請出守備愛妾春梅。而潘金蓮卻教唆西門慶棒打宋蕙蓮的丈夫來旺，宋蕙蓮因此賠上生命，上吊而亡。生日，因此不只是個人的時間，而是家庭人物共同面對的時間，有時也改寫了個人的命運。

二、充滿食、色欲望的糾纏

《金瓶梅》描寫家庭生活及事件，食色欲望是其中重要的環節，特別是原本難以越界的男女分際，在生日成為合理又正當的藉口，使欲望男女得以突破禮教大防。《金瓶梅》中生日的描寫，多以備酒、設席、唱戲連結食、色欲望的鋪陳。

一開始，潘金蓮使和西門慶勾搭上，但西門慶忙著娶回孟玉樓，新婚燕爾，如膠似漆，遂把潘金蓮拋在腦後，接著陳敬濟要娶西門慶女兒西門大姐，西門家上下一片忙亂，三朝九日，足足亂了一個多月，早把潘金蓮拋在一邊。七月將盡，到了西門慶的生辰，潘金蓮日夜思量，想出了利用西門慶生日，在賀禮上加工以誘惑西門慶。潘金蓮拜託王婆，總算把西門慶給請來，潘金蓮藉機獻上充滿性暗示的生日賀禮：

> 向箱中取出上壽的物事，用盤盛著，擺在面前，與西門慶觀看。卻是一雙玄色段子鞋；一雙挑線香草邊闌，松竹梅花歲寒三友醬色段子護膝；一條紗綠潞紬、水光絹裡兒紫線帶兒，裡面裝著排草玫瑰花兜肚；一根並頭蓮瓣簪兒。簪兒上銀著五言四句詩一首：奴有並頭蓮，贈與君關鬢。凡事同頭上，切勿輕相棄。（第八回）

這裡的肚兜、髮簪、手絹、小腳繡花鞋都是暗喻女體，充滿挑逗意味的禮物，西門慶看到這些東西當然喜不自勝，遂與潘金蓮共度雲雨：「到了晚夕，二人儘力盤桓，淫欲無度。」這時潘金蓮欲將西門慶從新婚的孟玉樓身旁，拉回自己的身邊的情色手腕，這是潘金蓮尚未嫁入西門家，當她成為西門慶第五妾後，更是不斷以性來維持西門慶的愛寵。文中也多次因為西門慶晚夕不入她的房，而使她妒嫉萬分，掀起家庭波瀾，最後也因為她無邊的欲望而使西門慶喪命。

　　另外有一回，西門慶同應伯爵等人，一時興起，踏著落雪來到妓院，找西門慶每月花二十銀子包養的李桂姐，然而卻不見桂姐。西門慶問起虔婆，虔婆說道：「桂姐連日在家伺候姐夫，不見姐夫來。今日是他**五姨媽生日**，拿轎子接了與他五姨媽做生日去了。」（第二十回）一個不知名姓的「五姨媽」生日，當然是虔婆的藉口。西門慶對於自己包養的妓女桂姐，自然是不能忍受她與其他男人有關係，然而桂姐有自己的打算，她另關生計，桂姐為了避開西門慶的盤問，「親人的生日」成為不在場極為合理的藉口。

　　原來桂姐是瞞著西門慶，接了杭州販絲商人為恩客。也是合該有事，一日席間，西門慶往後邊更衣去，親眼撞見桂姐的好事。氣得西門慶把吃酒的桌子掀翻，碟兒盞兒打得滿地粉碎，著實大鬧一場，氣得離開妓院。桂姐對於包養自己的男人不再理會自己自然是焦急萬分，但得等待合適的時機及場合才能使這件事有個善終。一直等到孟玉樓生日時，桂姐才利用前來慶賀祝壽的藉口，向西門慶陪罪，「只見李桂姐門首下轎，保兒挑四盒禮物……一盒果餡壽糕、一盒玫瑰糖糕、兩隻燒鴨、一副豕蹄。只見桂姐從房內出來，滿頭珠翠，穿著大紅對衿襖兒，藍段裙子，望著西門慶磕了四個頭。」（第七十四回）豔麗不已的李桂姐名義上是為孟玉樓祝壽，實則以此為藉口，極為盛重地以父女之禮向西門慶磕了四個頭，作為謝罪，好讓事件落幕。[5]生日在此成為維持關係、或改善彼此關係的重要時刻。

　　食物與欲望在《金瓶梅》中，是一種互動的關係，食物不但常常是欲望的媒介，在交歡的全部過程中也常有佳餚美酒貫穿其中。飲食與性交兩種行為，儼然為小說創造出「交歡」的快樂和激情。換句話說，食物和性愛不但是構成這部小說的基本原料，在整部小說裡兩者甚至互為糾纏。飲食和性愛經歷一直不停地在進行交互作用。[6]

　　食色糾纏寫成了《金瓶梅》一書，生日則是可讓西門慶的種種欲望、以及食色情欲有了合理的藉口。生日因此也成為曖昧、欲拒還迎的男女戲碼勾引彼此的極佳藉口。就在李瓶兒生日那天，西門慶讓家僕玳安拿了壽禮送給瓶兒祝壽：

> 話說光陰迅速，又早到正月十五日。西門慶先一日差玳安送了四盤羹菜、一罈酒、一盤壽桃、一盤壽麵，一套織金重絹衣，寫吳月娘名字，送與**李瓶兒做生日**。（第

5　在《金瓶梅》裡不只一次出現向人磕四個頭，其用意是認乾爹之大禮。例如在第五十五回，西門慶第二度向蔡太師獻上生日賀禮時：「西門慶先朝上拜了四拜，這四拜是認乾爺。」又如第七十二回，王三官的母親林太太與西門慶淫樂之後，林太太「教西門慶轉上，王三官把盞，受其四拜之禮。」「自此以後，王三見著西門慶以父稱之。」這樣的情節，在第三十二回，李桂姐見西門慶作了提刑官，與虔婆鋪謀定計，買了四色禮，做了一雙女鞋，來拜月娘作乾娘，進來（桂姐）先向月娘笑嘻嘻拜了四雙八拜，然後才與他姑娘和西門慶磕頭，把月娘哄得滿心歡喜。

6　胡衍南，《飲食情色金瓶梅》，臺北：里仁書局，2004年4月初版，頁323。

十五回）

這個看似平常的生日賀禮，還以正室月娘的名字為帖，然而，其中包藏的是更多的欲望。收到賀禮的李瓶兒自然是要回禮的，在一來一往中但見男女關係的曖昧。李瓶兒要奶媽老馮拿著五個束帖，請吳月娘、李嬌兒、孟玉樓、孫雪娥及潘金蓮一同歡慶，但她「又捎了一個帖兒，暗暗請西門慶那日晚夕赴席。」（第十五回）生日的禮尚往來成為鋪陳欲望的方法，暗藏食色男女的情欲流動。

第四十九回描寫西門慶的第二房李嬌兒的生日，文中對李嬌兒的生日並沒有太多的描寫，而當日也是西門慶的姘頭王六兒的生日，王六兒遣了個小廝到西門慶家，告訴西門慶：「今日是她生日，請爹好歹過去坐坐。」（第四十九回）正得到胡僧藥，一心想和婦人試試藥效的西門慶，得了這好時機，正中下懷。西門慶便使琴童「先送一罈酒去」，接著兩人見面，話題自是以生日為由展開，西門慶說道：「我忘了你生日。今日往門外送行去，纔來家。」同時向袖中取出一根簪兒，遞與王六兒作為賀禮，並道：「今日與你上壽。」婦人接過來觀看，是一對金壽字的簪兒。（第五十回）接著二人喝酒吃肉，看牌玩耍，兩人關係自然是一步步接近。接著，西門慶與王六兒試了胡僧藥，幾度雲雨方罷休。生日給予原本沒有理由獨處的男女，有了成全欲望的合理藉口。

除此之外，當西門慶看上昭宣府王三官娘林太太，找來媒婆文嫂合計，文嫂表明林太太的確是「幹這營生的」，同時與她同住在深宅大院裡的兒子又總是在外眠花宿柳，把花樣般的媳婦丟在家裡，一切都合乎西門慶的算計。文嫂對林太太說：「（西門慶）昨日聞知太太貴誕在邇，又四海納賢，也一心要來與太太拜壽。」於是隔了幾天的午間，西門慶「戴著白忠靖巾，便同應伯爵騎馬往**謝希大家吃生日酒**。」（第六十九回）然後晚間約掌燈時分離席出來，前去會見林太太。說話之間兩人眉目顧盼留情，兩人卻又假意先寒暄應酬一番。作為媒人婆的文嫂當然深知此意，於是在傍插口說話，遂以生日為由給二人下一次的幽會有了充分的理由，說道：「老爹且不消遞太太酒。這十一月十五日是**太太生日**，那日送禮來與太太祝壽就是了。」西門慶回道：「啊呀！早時你說，今日是初九，差六日。我在下已定來與太太登堂拜壽。林氏笑道：豈敢動勞大人！須臾，大盤大碗，是十六碗美味佳餚，傍邊絳燭高燒，下邊金爐添火，交杯一盞，行令猜枚，笑雨嘲雲。」（第六十九回）接著描寫兩人酒為色膽，芳情已動。文嫂於是退出席間，讓兩人交歡雲雨。

這裡描寫西門慶因應伯爵生日的理由得以流連於外，卻又藉機逃席，到了新歡林太太家。他們倆初次見面時，文嫂便以林太太生日在即，幫西門慶找到下次登門拜訪的好理由。在這裡以生日開啟話題，男女並各自心領神會地約定下次見面的時間，「生日」

成為一種時間的籌碼，得以進行男女欲望的交易。

到了林太太生日那天，西門慶因升任正千戶掌刑而遠赴東京，錯過林太太生日，西門慶一回到家立刻要玳安補送豕蹄、鮮魚、燒鴨、南酒等，作為林太太補壽之禮。同時，西門慶親自備了「一套遍地金時樣衣服」前往獻壽，當然這些事細節的前提是兩人得以進行男女歡愛，接著在美酒佳餚之餘，林太太還讓兒子王三官拜西門慶為乾爹。這一日不論在形式上與實質上，兩人的關係都又進了一層，西門慶成為王三官乾爹，那麼與林太太的交往則名正言順，林太太與西門慶原本是難以搭上關係的男女，卻在「生日」這個人際關係的重要節日裡，得以見面並獨處，「生日」交錯成男歡女愛的藉口。

關於「欲望」的鋪陳自然是《金瓶梅》一文的重點，同時在《金瓶梅》中，「欲望」往往連接「食物」的饗宴，而生日是個人生命中重要的宴飲時刻，所連接的更是情色的欲望。[7]

三、以生日刻劃人物形象

(一)寫出人物的性格

由於「生日」是日常生活中具有獨特紀念意義的，屬於個人的節日，「生日」在這裡的目的之一是表現人情往來，伏寫後文。展現自己和旁人關係。更可利用這個時間刻度表現出人物的個性、描寫人物的際遇和命運。例如有一回寫潘金蓮生日，李瓶兒來祝壽，並側寫李瓶兒的大方和善於作人。李瓶兒更是利用潘金蓮生日這個機會，討好西門慶的妻妾，好使自己能成為西門家的一員：

> 一日，正值正月初九，李瓶兒打聽是潘金蓮生日，未曾過子虛五七，李瓶兒就買禮物坐轎子，穿白綾襖兒，藍織金裙，白紵布髻，珠子箍兒，來與金蓮做生日。進門先與月娘磕了四個頭，拜了月娘，又請李嬌兒、孟玉樓拜見。……又要向潘金蓮磕頭，潘金蓮那裡肯受，相讓了半日，兩個還平磕了頭。（第十四回）

李瓶兒她很清楚西門家妻妾的地位。雖是潘金蓮的生日，但她一進門先向正室吳月娘磕頭敘禮，又不忘向二房、三房拜禮致意，這樣作小伏低的姿態，是因為她希望能嫁入西門家，所以西門慶的妻妾都是她極欲攏絡的對象。

不久，孫雪娥走過來，李瓶兒見她粧次少於眾人，仍起身詢問，足見瓶兒的敏銳及善於觀察。瓶兒就要行禮，月娘方才對李瓶兒說：「只是平拜拜兒罷」，不要李瓶兒盛

7　參見胡衍南，《飲食情色金瓶梅》，是書對於「飲食與性交的互動」、「最美的食物：肉體」，到西門慶所呼應的晚明商人的享樂與放縱，都有精彩深刻的描寫。

禮相待。這裡寫出孫雪娥雖也為西門慶的妾室，但在西門家的地位只等同於婢女，甚至地位比潘金蓮的丫頭春梅還低，但李瓶兒仍以她的敏感度，注意到孫雪娥和其他僕婦的不同。後來月娘注意到李瓶兒鬢上的金壽字簪兒，因為樣式好看，問起在那裡打造想要每人照樣配一對兒戴。李瓶兒見狀立刻大方獻禮：「大娘既要，奴還有幾對，明日每位娘都補奉上一對兒。此是過世公公御前帶出來的，外邊那裡有這樣的範！」（第十四回）

瓶兒私下對著僕婦馮媽附耳低言，讓她第二天早上送來。當晚李瓶兒在潘金蓮屋內歇息。次日一早，臨鏡梳妝，春梅伏侍瓶兒，瓶兒見她靈變機巧，知道她是西門慶收用過的丫頭，便贈她一副金飾，春梅和金蓮因此都稱謝不迭。等到馮嬤嬤來到之後，李瓶兒各奉上了一對金簪給月娘、李嬌兒、孟玉樓、孫雪娥等人。月娘客氣推辭，瓶兒笑說：「好大娘，什麼稀罕之物，胡亂與娘們賞人便了。」李瓶兒將眾人都打點妥貼，連潘金蓮的丫頭春梅及在西門家沒有地位的孫雪娥仍一一送禮。李瓶兒善於攏絡西門慶身旁妻妾及貼身丫頭的用心可見一般。

正如鄉里卜龜兒卦兒的老婆子，為李瓶兒相命卜的靈龜卦辭所言：「為人心地有仁義，金銀財帛不計較，人吃了轉的，他喜歡，不吃他，不轉他，倒惱。」（第四十六回）瓶兒的大方的個性及圓融的行事手腕，在她成為西門慶的第五小妾時，更是得到西門慶的寵愛，但相對的，在她成為西門慶愛妾，也受到潘金蓮極大的妒嫉及威脅。

李瓶兒的性格在小說中是有明顯的改變：她對丈夫花子虛是精明幹練並顯得有些狠毒，以及對第二個招贅進來的丈夫蔣竹山的態度是果斷近乎刻薄。但當她意欲成為西門慶的小妾時，變得謙恭溫婉，大方對待其他妾室及丫頭僕人，連潘金蓮的母親她也攏絡。這裡描寫了李瓶兒在潘金蓮有意無意的爭寵競賽中逐漸失去自我、甚至失去兒子的性命及自己的生命。生日，在《金瓶梅》中，不僅伏寫情節進展，同時展現人物性格，也表現家庭成員地位的高下。

至於潘金蓮，作者用旁人的生日或潘金蓮的生日描摹她的性格，把她爭強、善妒及尖酸薄的個性都勾勒出來。第三十九回寫潘金蓮生日，「且說那日是潘金蓮生日，有吳大妗子、潘姥姥、楊姑娘、有郁大姐，都在月娘上房坐的。見廟裡送了齋禮來，又是許多羹菓插卓禮物，擺了四張卓子，還擺不下。」（第三十九回）廟裡送來了齋禮，同時也送來了官哥兒的名字，且說道士給李瓶兒的兒子官哥兒取名為「吳應元」，潘金蓮驚怪地道著，怎麼給孩子改了姓！潘金蓮又見紅紙上寫著西門慶及吳月娘的姓氏，旁邊只有李氏傍著再沒有別人，潘金蓮忿恨不平，她說：「你說賊三等兒九格的強人！你說他偏心不偏心，這上頭只寫著生孩子的，把俺每每都是不在數的，都打到贅字號裡去了。」月娘出面緩頰的說，若（西門慶的妻妾們）都名列在上，得列出長長一個隊伍，不叫人看笑話了。金蓮還是強要說嘴，處處顯示出潘金蓮潑辣爭強的性格。在此虛寫潘金蓮生日，

實寫官哥兒（以及李瓶兒）備受西門慶呵護，以及潘金蓮的妒意及刻薄言語等種種行為及個性。

潘金蓮的尖酸刻薄及精明計較，下人們最是清楚。賁四老婆先與玳安先有姦情，後來賁四老婆又和西門慶有染，這晚賁四娘子同玳安睡，擔心西門慶的妻妾們會說話：「我一時依了爹，只怕隔壁韓嫂兒傳嚷的後邊知道，也似韓夥計娘子，一時被你娘說上幾句，羞人答答的，怎好相見？」（第七十八回）玳安獻策表示：月娘及李瓶兒心地較寬厚，其他的妾沒什麼地位，倒是潘金蓮得拉攏：「如今家中，除了俺大娘和五娘不言語，別的不打緊。俺大娘倒也罷了，只是五娘快出尖兒。你依我，節間買些甚麼兒，進去孝順俺大娘。別的不希罕。他平昔好吃蒸酥，你買一錢銀子菓餡蒸酥，一盒好大壯瓜子送進去。這初九是俺五娘生日，送些禮去，梯己再送一盒瓜子與俺五娘，管情就掩住許多口嘴。」不如趁著潘金蓮生日時送個禮，好叫她少些語言。

透過玳安的口及眼，看到潘金蓮「快出尖兒」，指她嘴快心尖札得人疼，不得不獻禮攏絡，不過精明厲害的潘金蓮豈是不明白下人的心呢。到了潘金蓮生日那天，西門慶吩咐小廝攢出燈，收拾乾淨，各處張掛，又叫來與買來鮮菓，叫來小優，晚夕擺酒上壽。就在扎燈時金蓮數落著琴童、玳安等小廝：「說的是也不是？敢說我知道，嗔道賊淫婦買禮來。與我也罷了，又送蒸酥與他大娘，另外又送一大盒瓜子與我，要買住我的嘴頭子。他是會養漢兒。我猜沒別人，就知道是玳安兒這賊囚根子替他鋪謀定計。」金蓮心思精明，看得出旁人對她獻殷勤是別有用心的，也明白西門慶處處沾染女人的個性，同時她的言語之苛刻也由此可見。

另外在孟玉樓生日時，潘金蓮的母親潘姥姥也都與玉樓作壽，在此就可以看得出來潘金蓮、孟玉樓的個性截然不同。話說這一晚，楊姑娘與吳大妗子、潘姥姥坐轎子先來了，然後薛姑子、大師父、王姑子，並兩個小姑子妙趣、妙鳳，並郁大姐，都買了盒兒來，與玉樓做生日，月娘在上房擺茶，眾姐妹都在一處陪待。（第七十三回）但潘金蓮卻想要佔有西門慶與之雲雨，表現她強烈的欲望需求。

西門慶在席間想起去年此時，宴席上還有李瓶兒，今年此刻「玉人何處啊」？於是要伶人唱了一回「憶吹簫，玉人何處也」，當伶人唱到「她為我褪湘裙杜鵑花上血」，西門慶忍不住淚潸潸。潘金蓮見唱此詞，知道是西門慶思念李瓶兒，心裡妒意難平，甚至在宴席上說出不堪入耳的話：「一個後婚老婆，又不是女兒，那裡討杜鵑花上血來？好個沒羞的行貨子。」又和西門慶就在席上拌嘴，下了席也還要搶白：「俺們便不是上數的，可不你那心罷了。一個大姐姐這般當家立紀，也扶持不過你來，可可兒只是他好。」月娘只得出來調停，要潘金蓮少說些話，月娘說道：「好六姐……你我本等是遲貨，應不上他的心，隨他說去罷了。」金蓮說了更尖酸刻薄的話：「他就惱，我也不怕他……

就是今日孟三姐的好日子,也不該唱這離別之詞。人也不知死到那裡去了,偏有那些佯慈假孝順,我是看不上。」反倒是壽星孟玉樓顯得落落大方,一點也不在意。(第七十三回)這裡正呼應了卜龜卦兒的老婆子,為孟玉樓的個性及際遇所卜的卦詞:

> 為人溫柔和氣,好個性兒。你惱那個人也不知,喜歡那個人也不知,顯不出來。
> 一生上人見喜下欽敬,為夫主寵愛。(第四十六回)

話說在西門慶死後陳敬濟常和潘金蓮獨處燕好,秋菊也三番兩次向月娘告狀,這回月娘終於撞見陳敬濟和潘金蓮二人的好事,自此陳敬濟只得躲在前邊,無事不敢到後邊去,春梅也被領出去賣了。陳敬濟不得見金蓮,月娘又凡事不理他。直到十一月七日孟玉樓生日,短短幾句話,寫出月娘的耿直和玉樓的寬厚,「玉樓安排了幾碟酒菜點心,好意教春鴻拿出前邊舖子,教敬濟陪傅夥計吃。月娘便攔他說:他不是材料,休要理他,要與傅夥計,只與傅夥計自家吃就是了,不消叫他。」(第八十六回)但玉樓還是備了酒菜點心要春鴻拿出來給大家吃。這裡寫孟玉樓生日,同時側寫孟玉樓作人厚道。

透過孟玉樓生日的吃茶聽戲,作者讓我們看見潘金蓮的妒忌惡毒,也看見孟玉樓的大度。好妒縱欲的潘金蓮自然是沒有好下場,為了西門慶不斷忍讓的瓶兒,終究賠上了自己,而冷眼旁觀的孟玉樓最終倒有了好去處。《金瓶梅》的作者利用「生日」家庭聚會,一面描寫出人物性格,同時也伏寫了她們的命運,這裡也隱約有著因果報應的意旨,但著墨更多的則是大家庭裡妻妾爭寵、主僕相處的種種家庭生活細節。

(二)用以鋪陳權勢或地位

祝壽過生日是人際關係中一種重要的往來藝術,顯示祝福者與被祝福者的此刻的關係深淺,也決定祝壽者與壽星日後的關係發展。在《金瓶梅》中,以生日來表現人物權勢欲望、書寫人物的身分地位,並展現對外的人際關係往來。小說中,生日展現西門家財力權勢,在生日慶賀場上有綾羅綢緞,有歌有酒,有美人,以及細緻佳餚和重金厚禮打造的場景,彰顯西門慶的交遊宴飲、應酬排場。「生日」在這裡的重點,並不是「誰」在過生日?也不是「何時」過生日?重點是他們「如何」過生日?或者「過壽慶生背後的意圖」是什麼?這裡可以看到市井人家西門慶是如何努力結交權貴,從一介土豪爬升到五品大夫的官職,同時也可以看到西門慶躍升為權貴的奢華排場。

《金瓶梅》透過京城蔡太師的生日,將西門慶官商勾結及攀附權貴的面貌表現得淋漓盡致。首先,西門慶教來旺押了五百兩銀子,往杭州替蔡太師製造慶賀生辰用的錦繡蟒衣,以及家中所穿用的四季衣服。在此細細描述西門慶如何準備,精緻的蟒衣、五彩的布匹、金銀打造的賀禮,令享盡榮華富貴的蔡太師也能心神蕩漾的禮物:

西門慶打點三百兩金銀，交顧銀率領許多銀匠，在家中捲棚內打造蔡太師上壽的四陽捧壽的銀人，每一座高尺有餘。又打了兩把金壽字壺。尋了兩副玉桃盃、兩套杭州織造的大紅五彩羅段紵絲蟒衣，只少兩足玄色焦布和大紅紗蟒，一地裡拿銀子也尋不出來。李瓶兒道：「我那邊樓上還有幾件沒裁的蟒，等我瞧去。」西門慶隨即與他同往樓上去尋，揀出四件來：兩件大紅紗，兩件玄色焦布，俱是織金邊五彩蟒衣，比織來的花樣身份更強幾倍。（第二十七回）

這裡細寫籌措賀禮的細節，以及生日賀禮的內容。接著是來保等人帶著生日賀禮來到蔡太師府，首先打理守門的官吏，接著又拜見蔡太師府的翟管家，並送上一份大禮給翟管家：「來保先遞上一封揭帖，腳下人捧著一對南京尺頭，三十兩白金。」（第二十七回）終於在翟管家的安排下來保等人見到蔡太師，來保等人擎獻給蔡太師的生日賀禮是：

但見：黃烘烘金壺玉盞，白晃晃減仙人，錦綉蟒衣，五彩奪目，南京紵段，金碧交輝。湯羊美酒，盡貼封皮，異菓時新，高堆盤盒。（第三十回）

從門房到管家，再到主角上場，成為表現達官貴人生日的一種「儀式」。所謂的儀式，指欲攀附權貴者，準備得以和受贈者身分地位相稱，甚至獻上遠遠超越其身分地位的奇珍異品。在此同時，還必須先打點權貴身邊的管家、執事，使他們願意為來者傳遞消息。通過層層人物的贈禮賂饋，顯示出權貴之人地位的不易高攀，情節達至最高潮處，便是在面見當權者獻上厚禮時，當權者欲拒還迎卻又喜不自勝的容貌，最後權貴人不著痕跡地回饋攀附權貴者，他所期待的權力地位。

這幾乎是中國古代官場的一景，只是依附在「生日」這個名目之下，所有官場裡權力結構，或官商勾結交疊攏絡的黑暗面便被合理地掩蓋。透過蔡太師的生日獻禮的「儀式」，我們看到的是官商勾結的表現。而這生日豐厚又貴重的賀禮描寫，也逐步揭示西門慶能從一個「鄉民」成了「山東提刑所理刑副千戶」，官居「五品大夫之職」（第三十回）。連駄運送交生辰禮物者——家僕吳典恩，都被安了個「山東清河縣的驛丞」的職位，來保也成為山東鄆王府「王府校尉」，真所謂一人得道雞犬升天。

《金瓶梅》二度寫出蔡太師的生日，把官商勾結的醜態作了深刻的描寫。第五十五回再度描寫蔡太師的生日，這次是西門慶親自將生日賀禮到蔡太師家，在翟管家的安排下見了蔡太師。此時的西門慶不僅富上加貴，還擁有更多的權勢關係。西門慶一上堂便向著蔡太師「朝上拜四拜」，蔡太師並不答禮，因為這四拜是認乾爺的跪拜禮，蔡太師接受了西門慶的拜儀，西門慶又以父子稱道，說道：「孩兒沒恁孝順爺爺，今日華誕，特備的幾件菲儀，聊表千里鵝毛之意。願老爺壽比南山。」接著西門慶送上二十箱賀禮，

賀禮中不乏「龍袍」、「蟒衣」以及黃金及奇珍異彩，「須臾，二十扛禮物擺列在地下。揭開了涼箱蓋，呈上一個禮目。」「蔡太師看了禮目，又瞧見檯上二十來扛，心下十分懽喜。」因為獻上的奇珍異品，使得西門慶因此特別受到蔡太師的青睞，也將西門慶的地位向上推了一層，因為蔡太師獨獨設宴款待了他：

> 蔡太師那日滿朝文武官員來慶賀的，各各請酒，分做三停：第一日是皇親內相，第二日是尚書顯要、衙門官員，第三日是內外大小等職、只有西門慶，一來遠客，二來送了許多禮物，蔡太師倒十分歡喜，因此就是正日獨獨請他一個。（第五十五回）

這裡強調，因為西門慶的厚禮，使得皇親內相、衙門官員的款待都不及西門慶，因為蔡太師「獨獨」請了西門慶一人，就在宴席上西門慶以子自稱，兩個人「說笑喌喌，真似父子一般」。西門慶稱道：「孩兒戴天履地，金賴爺爺洪福，些小敬意，何足掛懷。」西門慶進一步祝賀蔡太師：「願爺爺千歲」，蔡太師也歡喜回道：「孩兒起來」，二人互稱乾爹義子，使得二人的關係更緊密地糾結在一起。

「生日」這個時間成為多重意義的表現，一則展現西門慶的財富，同時又能攀龍附鳳，富上加貴，得到「山東提刑所的正千戶」的官位。蔡太師的生日在《金瓶梅》裡出現了兩次，兩度生日西門慶都竭盡能力的獻上珍奇異寶，並攏絡管家，權貴之家的生日果然是充滿意義的符碼。[8]權貴者和欲攀附權貴並藉此達到某些目的者，權貴與攀附權貴者，利用生日時人情往來的理由，各取所需，這在充斥著官商勾結文化的《金瓶梅》裡俯拾可得，此也不斷暗示著是當朝的文化：官商勾結，或者百姓懼怕位居高官者，不得不在當權者生日時，極盡所能獻上奇珍異品，好確保自己的榮華富貴。

如果把嬰兒的滿月作為人出生以來的第一個被慶賀的「生日」，那麼這個滿月／生

8　這裡將西門慶二次為蔡太師祝壽作了一個簡表：

	西門慶與翟管家的互動	西門慶獻給蔡太師的賀禮	西門慶得到的好處
蔡太師第一次生日（第三十回）	獻上一對南京尺頭，三十兩白金	兩把金壽字壺、兩副玉桃盃、兩套杭州織造大紅五彩羅段紵絲蟒衣，黃烘烘金壺玉盞，白晃晃減仙人、湯羊美酒、異菓時新、高堆盤盒。	山東提刑所的理刑副千戶（第三十回）
蔡太師第二次生日（第五十五回）	雖未描寫西門慶給翟管家的獻禮，卻描寫翟管家盛待西門慶，擺上珍饈美味，只差龍肝鳳髓罷了，其餘什麼都有。	大紅蟒袍一套、官祿龍袍一套、漢錦二十足、蜀錦二十足、火浣布二十足、西洋布二十足，其餘花素尺頭共四十足、獅蠻玉帶一圍、金鑲奇南香帶一圍、玉杯犀杯各十對，赤金攢花爵杯八隻、明珠十顆，又另外黃金二百兩。	蔡太師獨獨設宴款待了他。宴席上，西門慶以子自稱，兩個人說笑，真似父子一般。（第五十五回）後來得到「山東提刑所的正千戶」

日，同時是家庭的重要日子。又若是這個嬰兒恰巧是權貴人家喜獲的第一個麟兒，在滿月慶祝上將更顯示出這個家庭人際／權貴關係的強度。

西門慶第六個娘子李瓶兒添了個男娃，人人皆來送禮慶賀，有誰不來趨附新興的權貴呢，如文中所言：「時來誰不來，時不來誰來」？（第三十回）充分表現出趨炎附勢的官場文化。至於如何才能趨吉避凶，平時要儲備人脈資源，「生日」是極佳的時機。當西門慶因為女婿陳經濟的父親陳洪被參問罪，門下親族用事人等，照例都要發派邊境充軍，這時官商關係派上用場。西門慶立即派家僕來保、高安拿著揭帖寫著厚禮「白米五百石」（第十八回），見了蔡京的兒子蔡攸，蔡攸正是當時皇帝的寵臣。透過蔡攸又引見了當朝右相、資政殿大學士兼禮部尚書李邦彥，來保並獻上寫著「五百兩金銀」的揭帖給李尚書（第十八回）。

在禮物、金錢、人情利益關係的綿密纏繞下，西門慶家得以逃過一劫，保全了生命家業，也因此在後來蔡太師的生日，西門慶要親自獻上厚禮慶賀。事實上，把生日作為交際藉口的在《金瓶梅》裡著實不少，例如西門慶對月娘說，夏提刑再三央求西門慶早晚看顧他家裡，所以要月娘找一天買份禮走走去，月娘答道：「他娘子出月初二日生日，就一事兒去罷。」（第七十二回）夏提刑妻子的生日正好作為送禮致意的極佳藉口。

《金瓶梅》中透過李瓶兒之子官哥兒的滿月時，西門慶正好升官，這裡描寫了西門家的富裕以及和「皇宮內相」的應酬往來：

> 不覺李瓶兒坐褥一月將滿。吳妗子、二妗子、楊姑娘、潘姥姥、吳大姨、喬大戶娘子，許多親鄰堂客女眷，都送禮來，與官哥兒做月。院中李桂姐、吳銀兒見西門慶做了提刑所千戶，家中又生了子，亦送大禮，坐轎子來慶賀。西門慶那日在前邊大廳上擺設筵席，請堂客飲酒。春梅、迎春、玉簫、蘭香都打扮起來，在席前斟酒執壺。（第三十一回）

> 薛太監差了家人，送了一罈內酒、一牽羊、兩疋金段、一盤壽桃、一盤壽麵、四樣嘉餚，一者祝壽，二者來賀。（第三十一回）

來賀者除了西門慶女眷的親戚之外，薛太監與皇莊管磚廠劉公公二位公公也送來厚禮：

> 話說中間，忽報劉公公、薛公公來了。慌的西門慶穿上衣，儀門迎接。二位內相坐四人轎，穿過肩蟒，纓鎗排隊，喝道而至。西門慶先讓至大廳上拜見，敘禮接茶。落後周守備、荊都監、夏提刑等眾武官都是錦繡服，藤棍大扇，軍牢喝道。須臾到了門首，黑壓壓的許多伺候。裡面鼓樂喧天，笙歌迭奏。西門慶迎入，與劉、薛內相相見。（第三十一回）

這一日的筵席是說不盡的奇珍異果，時新菓品。酒過五巡，湯陳三獻之後，還讓教坊司俳官簇擁一段笑樂院本，以及小優彈唱，最後劉、薛二人離去時「一派鼓樂喧天，兩邊燈火燦爛，前遮後擁，喝道而去。」這裡寫出，西門慶的發跡是靠著攏絡皇宮裡的太監而得到的地位，藉著西門慶兒子的滿月寫官商之間緊密的結合，也寫出明代太監「位高權重」的荒謬景象，西門慶是山東土豪、是攀附權貴的明代商人、是借內相權勢作威作福的官商，至於給予西門慶權勢則是皇室裡的太監。透過官哥兒的滿月，《金瓶梅》描繪的是一幅腐敗的社會寫真。

　　李瓶兒的生日描述更是能彰顯西門家權力排場的重要日子。例如李瓶兒生日前一天，喬親家送來了禮物：

> 一疋尺頭、兩罈南酒、一盤壽桃、一盤壽麵、四樣下飯。又是哥兒送節的兩盤元宵、四盤蜜食、四盤細菓、兩掛珠子吊燈、兩座羊皮屏風燈、兩疋大紅官段、一頂金八吉祥帽兒、兩雙男鞋、六雙女鞋。（第四十一回）

這裡羅列喬親家送給李瓶兒的生日禮物，喬大戶家同時又送禮給官哥兒，作為官哥兒與長姐兒結親的賀儀。送禮繁複表現出富貴人家以及錦上添花的官場景況，這裡也寫出當時的送禮文化。給官哥兒送的禮有食物、美酒、綢緞、鞋襪、傢飾等琳瑯滿目，叫人目不暇給，至於給母親李瓶兒的生日賀禮則多是食物。其中一個可能的理由，我們可以想像的是因為瓶兒只是西門慶的一個小妾，官哥兒則是西門家的長子將來得以繼承西門家業，因此官哥兒的滿月禮較之李瓶兒的生日更為重要。至於官哥兒所結親的長姐兒家所送來的禮是形同下結親的應聘之禮，收到賀禮的西門家自然是要回禮，西門慶於是和月娘商定：

> 一面吩咐來興兒、銀子早定下蒸酥點心並羹菓食物。又是兩套遍地錦羅段衣服、一件大紅小袍兒、一頂金絲縐紗冠兒、兩盞雲南羊角珠燈、一盒衣翠、一對小金手鐲、四個金寶石戒指兒。十四日早裝盒擔，教女婿陳經濟和貫四穿青衣服押送過去。喬大戶那邊，酒筵管待，重加答賀，回盒中，又回了許多生活鞋腳，俱不必細說。（第四十二回）

西門慶讓女婿陳敬濟隨同僕人裝盒押擔，將衣著首飾慎重其事的回禮，送至喬家，喬家也以酒筵相待又回了許多禮物。

　　喜獲麟兒的瓶兒她的生日描寫則是豔冠群芳，因為在此同時西門慶升官了。因此當李瓶兒的生日，不僅達官貴人來祝壽：「十五日請喬老親家母、喬五太太并尚舉人娘子、朱序班娘子、崔親家母、段大姐、鄭三姐來赴席，與李瓶兒做生日，并吃燈酒。」（第

四十二回）甚至連娼妓伶人都來送帕送鞋、認爹拜乾娘，衍然形成一場生日嘉年華會：「且說那日院中吳銀兒先送了四盒禮來，又是兩方銷金汗巾，一雙女鞋，送與李瓶兒上壽，就拜乾女兒。」妓女吳銀兒拜李瓶兒為乾娘，藉此討好李瓶兒及西門慶，也暗諷西門慶拜蔡太師為乾爹（官/奸商），吳銀兒拜李瓶兒為乾娘（妓/商人之妾），西門家的人際往來充滿了權力與欲望，也演繹了特殊的人情關係。生日，不僅是家庭內成員的慶賀儀式，同時也成為展現家庭人際關係表現的場域。

四、小結

《金瓶梅》一百回中的敘事時間，最明顯的是有關生日的描寫，文中提到有關生日的回數約有三十七回，占去了全文的 1/3，寫西門慶的家庭生活、西門慶的權力關係及人際往來。西門慶藉生日送禮致賀權貴為由，使自己的權力向上攀升，展現了官商之間的權勢糾葛，彰顯西門慶的應酬排場及廣闊交遊，表現西門家逐步向權貴靠攏的官商勾結文化，這裡透過「生日」寫出人情世故，也寫出權力欲望。關於「欲望」的鋪陳自然是《金瓶梅》一文的重點，同時在《金瓶梅》中，「欲望」往往連接飲食饗宴，而食物、欲望所連接的，便是權力的掌握。《金瓶梅》更進一步書寫西門慶如何利用「生日」這個時間刻度，以鞏固自己的權勢。權勢是一種欲望，另一種則是男女大欲，西門慶自然是懂得利用生日包裝男女的情欲，生日成為人們向外展開人際網絡的時間刻度。

綜合而言，《金瓶梅》大量寫人物的生日，同時也多著墨在男女飲食欲望，依附著《金瓶梅》的食色主題進行，並藉此得以攀附權貴得到權勢地位兩個主題上。這在吳月娘與妓女李桂姐的對話上可見出一些端倪：話說，李桂姐接過曆頭來看了說道：「這三十四日，苦惱！是俺娘的生日，我不得在家。」月娘則說道：

> 前月初十日是你姐姐生日，過了。這二十四日，可可兒又是你媽的生日。原來你院中人家一日害兩樣病，作三個生日：日裡害思錢病，黑夜思漢子的病；早辰是媽的生日，晌午是姐姐生日，晚夕是自己生日。怎的都在一塊了？趁著姐夫有錢，掇著都生日了罷。（第五十二回）

這早也生日、晚也生日，或者是媽媽的生日、姐姐的生日，過生日成了生活裡很重要的一個時間或環節，也成為妓女李桂姐攢掇西門慶財物的好藉口。

《金瓶梅》「生日」所展開的話題，往往是伴隨著充滿食物禮品的宴飲而出現，這裡可以分二個層面來看：首先，家庭內人物彼此的慶賀。第二，透過生日禮物的饋贈傳達對於權力的追求，或對於欲望的描寫。不論是為了要逢迎當權者、為了攀附權貴，或者是為了要突破男女禮教大防，而表現出最貪婪算計的人性底層，都使得個人的生日形成

一種具有文化意義的時間刻度。

第二節 「節慶」的敘事意義

農業民族的春種秋收，不但反映自然物象變化的周期性，也反映了人類生產活動的周年節律。中國漢族把年歲作為一個明確的時間單位，大概是隨著穀物種植而後形成的。「歲時」是中國社會特有的時間表述。在上古時代強調的是人對自然節律的適應，農業生產是順時而動，人們觀察自然節候的變化，而有了歲時的概念。歲時因而是起源於民眾對日常生活的理解。

日與日的推移累積而成的一個季節，形成**歲時**，便是群體時間的表現。在日復一日的日常生活中，現實感常常是隱沒不顯，然而，對於季節的更迭，往往使人物有深刻的感受。作物的生長、氣候的變化，呈現時間的變化，這樣的時間被稱為「自然時間」或「物候時間」。在四季的變遷中，春去秋來的物候時間是一種循環時間，[9]年年歲歲都有相同的季節或節氣，從春分、夏至、秋分、冬至，春去秋來的變化記錄著時間的過往。從春寒料峭到臘月隆冬，在生活中有著明顯的痕跡。歲時節氣及季節的更迭，成為在生活中不斷被訴說提及的部分，這也是形成家庭小說時間敘事的重要內容。

一、歲、歲時與節慶

四時的概念是與四方空間裡農作的變化有關，通過空間物候的變化，感受到時間的流動，逐漸形成了歲時系統及概念。[10]**「歲」**本是收穫農作物時的工具，是上古時一種斧類的砍削工具，當時的農業是一年一熟，每年收穫一次。收穫後殺牲祭神，「歲」成為一種祭祀名稱。每年一種的祭祀慶祝活動，逐漸形成將自然時間分成不同的時間段落，表現出周期性的祭祀活動。[11]《說文》：「年，穀熟。」《春秋穀梁傳·桓公三年》：「五穀皆熟有年。」《爾雅·釋天》：「周曰年」，郭璞注云：「取禾一熟」。[12]**「時」**則是指季節，《說文》：「時，四時也。從日，寺聲。」「時」的變化與日有關。《周易·繫辭下》：「寒暑相推，而歲成焉。」人們對於時季的感受在於寒暑的推移。

時令意識則源自於人們對於自然現象變化的觀察及思考，「野人無曆日，鳥鳴知四

---

9 黃忠順，《長篇小說的詩學觀察》，武漢：華中師範大學出版社，2002 年 8 月，頁 99。

10 蕭放，《「歲時」傳統中國民眾的時間生活》，北京：中華書局，2002 年 3 月初版，頁 4。

11 蕭放，《「歲時」傳統中國民眾的時間生活》，頁 1-4。

12 劉文英，《中國古代的時空觀念》（修訂本），天津：南開大學出版社，2000 年 9 月初版，頁 10。

時」，這是漢代詩人枚乘之作。對於物候變化的觀察，人們逐漸注意到天象與氣候物候之間的對應關係。人們認為世間的時令變化，是受制於日月星辰等天文的流轉，漢民族關於四時的明確劃分，大約是西周末期。

　　曆法的出現，是人類認識和計算時間的重要標誌。從曆法的文獻的記載來看，中國由國家頒布的曆法，大概始於夏朝。[13]在《史記·五帝本紀》中提到顓頊依據天文，制定曆法：「裁時以象天」。《尚書·堯典》也提到：「曆象日月星辰，敬授人時」，以及「日中星鳥，以殷仲春」、「日永星火，以正仲夏」、「宵中星虛，以殷仲秋」、「日短星昴，以正仲冬」，以四種星辰為四時時令。[14]從四時（春、夏、秋、冬）到八節（立春、春分、立夏、夏至、立秋、秋分、立冬、冬至）。每個節又分為三個節氣，在漢代以後二十四個節氣成為自然的時間系統。[15]

　　「歲時節令」是人們為了適應自然時間季節的變化，創制形成的一種人文時間。就節氣時間而言，每隔十五天設一個節氣，一年中的二十四個節氣，不僅是農事活動的指南，同時也是祭祀日與民眾社會生活的時間點，[16]人們依四時的變化順天敬時。「歲時」，在於人對於自然的適應，「節令」則在人們適應自然時序後形成的民俗生活，[17]「節慶」則是在節令中形成的慶典活動，節慶連接百姓的生活，透過不同時代重視的節慶內容，記錄著文化的變遷。中國的歲時節令起源於時令祭祝，最後形成季節標示的時間點，「時間是與祭獻一起產生的，而再次中斷的時間恰恰是祭獻活動。」[18]歲時節慶的產生及發展是人類認識自然的過程，與天文、曆法都有密切關係。[19]它同時也是一種社會時間，是社會群體生活節奏的一個象徵性結構，[20]表現出社會生活及文化。歲時節慶將一年的日常時間區分成許多段落，每一個歲時、節令表示了時間的階段，年復一年，以此往復。歲時節慶是屬於傳統延續下來的節日，然而，傳統的意義是它屬於過去，卻不斷作用於

13　劉文英，《中國古代的時空觀念》（修訂本），頁 15-17。

14　蕭放，《「歲時」傳統中國民眾的時間生活》，頁 8-9。

15　《淮南子·天文訓》記述了三十個節氣，但漢代以後二十四個節氣，成為此後中國特有的農時概念。二十四個節氣為：「立春、雨水、驚蟄、春分、清明、穀雨、立夏、小滿、芒種、夏至、大暑、小暑、立秋、處暑、白露、秋分、寒露、霜降、立冬、小雪、大雪、冬至、小寒、大寒等。參見，《「歲時」傳統中國民眾的時間生活》，蕭放，《「歲時」傳統中國民眾的時間生活》，頁 12。

16　蕭放，《「歲時」傳統中國民眾的時間生活》，頁 13。

17　楊義，《中國敘事學》，頁 122。

18　路易加迪等著，《文化與時間》，頁 66。

19　郭興文、韓養民著，《中國古代節日風俗》，臺北：博遠出版社，1989 年 2 月，頁 5-7。

20　吳國盛，《時間的觀念》，北京：北京大學出版社，2006 年 11 月初版，頁 20。

現在。[21]

　　「**歲時**」或稱為歲事、時節、月令、時令等,「節令」則是物候變化下的時令,「節慶」則指一年之間源自於歲時的傳統活動,或是對歷史人物的崇拜祭奠,形成一種約定俗成的集體性社會風俗活動,它是具有周期性,具有特定的主題及約定俗成的活動內容。[22]節慶還涉及了鬼神信仰,以及人們對於歷史事件、歷史人物的追悼,並依風俗形成具有紀念意義的活動。所謂的周期性,如同生日之於個人、節令慶典之於群體,是每年固定的時日。然而,周期性發生的節慶在每一年會產生不同的實質內容,這又形成生日節慶的流動性。

　　在時間分類中,傳統歲時節日大致上被歸為人節、鬼節、神節三類:人節有春節、端午節、中秋節,重在人倫活動;鬼節有清明節、中元節,重在追祭亡者;神節有三月三、六月六、九月九,祭祀天神,以求現世的平安。[23]事實上人事活動離不開鬼神的襄助,敬鬼事神,也是為了現世生活。在農業社會中,人們遵從農耕時令,依時序進行農事活動,於是逐漸形成歲時節俗,並當作為生活裡的一套重要儀式:從元旦敬天祭祖、元宵燈節熱鬧狂歡、清明祭祖、中秋節月圓家人團聚、重陽登高憶往,到除夕除舊佈新。[24]

　　「**歲時節慶**」使時間的流轉有可依循的軌跡,然而也在這樣不斷重複的節慶軌跡中,使人們很容易地產生今昔對比,撫今追昔,並輕易地看到人事的變化及時間的流逝。因此,明清家庭小說在歲時節慶的描寫中,總以帶有感傷的抒情筆調,連接人物當下的生命處境。個人及家庭成員在面對節日有不同的情況也有不同的情感,這些情感或者是對過往緬懷感傷或歡樂的記憶,個人的興懷又連結了對於生命、家庭整體命運的感受,使

21　傅延修,《先秦敘事研究——關於中國敘事傳統的形成》,頁 315。

22　直江廣治,王建朗等譯,《中國民俗文化》,上海:上海古籍出版社,1991 年 2 月,頁 59。

23　蕭放,《「歲時」傳統中國民眾的時間生活》,頁 144。

24　先秦時期是節日風俗萌芽時期,漢代則是中國節日風俗的定型時期,漢代的統一使先秦時代的荊楚文化、巴蜀文化、齊魯文化、吳越文化、北方文化、中原文化與秦文化能進一步融合。起源於原始崇拜的神話,對於節日風俗,有了推波助瀾的作用,加上佛教、道教的興起,對於節日風俗影響頗深。例如七月十五日是佛教的盂蘭盆會,也是道教的中元節,後來成為民間七月重大的節日。

除夕、元旦、元宵、寒食、清明、端午、七夕、重陽等節日的風俗內容,基本上在漢代多已定型。(參見:郭興文、韓養民著,《中國古代節日風俗》,頁 13-17。)

唐代則是節日風俗轉變時期,有些節日由原來的禁忌、嚴肅性、神秘性轉變而具有了娛樂性,並形成一種儀式,節日內容變得精彩豐富,成為家庭聚會的良辰佳節。

到了明清時期,或因帝王親頒定規制,如元宵節,使得娛樂性的節日不僅持續發展,更成為宮中、民間節慶活動的準則,歲時節令趨於定型,同時也成為小說中重要的家庭活動。(參見:周耀明,《明代・清代前朝漢族風俗史》,《漢族風俗史》第四卷,上海:學林出版社,2004 年 12 月,頁161-162,《明會典》記載著:「永樂七年詔令元宵節自正月十一日起給百官賜假十天,以度佳節。」)

得敘事文學有了深刻的抒情意涵。

　　從歲末年終的除夕、清明到中元節。祭祀祖先往往是歲時節日的中心內容，人們透過節令的祝祭與先人進行溝通，祈求先祖保佑，同時團聚家人。歲時節令除了宗教祭祀的性質之外，原本還有政治性質。古代王室祭祝天地，最終的目的仍是為了人事和諧，古代王官對於天時掌握，也意味著王官對於管理民政擁有的權利。[25]歲時節令的祭祝活動，在後來，逐漸形成民間共同的社會生活及節俗活動，於是與政治漸漸脫節。節慶因而具備了較生日更多重也更深刻的人文意義。事實上，家庭裡有著個人身分的個別性，同時使有血緣或婚姻關係的成員建構成一個小的群體關係。[26]由於家庭是中國社會和文化的基本結構，[27]隱喻著文化的「象徵秩序」[28]，家庭進一步也可以擴大為家族、社會，並寓寄家國文化。

　　《金瓶梅》提到的節慶有除夕、元旦、元宵節、清明節、中秋節、重陽節、中元節等，這些節令是群體實踐禮俗文化的時間刻度。小說描寫節慶宴飲的同時，記錄人事的紛陳。

《金瓶梅》的節慶——除夕、元旦、元宵、清明、中秋、重陽[29]

節慶	有所描述的回數	只提及節慶名稱的回數
除夕、元旦	第七十八回	
元宵	第十五回、第二十四回、第四十二回	第二十五回
清明節	第四十八回、第八十九回	第二十五回
中秋節		第八十三回
重陽節	第十三回	

　　中國古代家庭依傍的不是鐘錶時間，而是季節與節令，[30]人們感知自然時間的變化，並透過歲時節慶的敘述，顯現物換星移後人事的滄桑感。除夕和元旦，一直以來都是中國節慶中最重要的日子，它代表了一年的始終，不論是在朝廷或民間都有慶賀並有祭天地、祭神靈、祭先祖的儀式。至於元宵燈節最是特別，它在明清時逐漸形成一種狂歡的

25　蕭放，《「歲時」傳統中國民眾的時間生活》，頁 19-21。

26　李軍，《「家」的寓言——當代文藝的身份與性別》，北京：作家出版社，1996 年 9 月第一版二刷，頁 22。

27　李軍，《「家」的寓言——當代文藝的身份與性別》，頁 91。

28　李軍，《「家」的寓言——當代文藝的身份與性別》，頁 21。

29　參見附錄六。

30　吳國盛，《時間的觀念》，頁 34，文中說明，時日攜帶著它對人事的特定意義依次登場，中國的計時工作者（包括今日所謂天文學家、曆法家、占星術士等等）所測定、所標記的時日，本來就是滲透著特定含義的時日。

氣息,是女性得以走入街市與人群並行,暫時不受封建禮教規範的節日,這是《金瓶梅》精彩的書寫,是為歲時節慶中最為狂歡也最具大眾文化意涵的節日。

二、除夕及新年表現的人情往來

人間的歲時,在描寫著四季更迭的景物中,不覺春去秋來,過了梅夏又早逢麥秋,歲月在艾葉昌蒲茱萸更替中一年又盡。這種闔家團聚展現群體意義的時間刻度,成為家庭的時間座標。

年復一年的節慶儀節以及節慶中的宴飲,在《金瓶梅》的描寫中佔很重要的地位,從一年之始的元旦到歲暮的除夕。除夕與新年一直是中國文化中最為重要的節日,它代表團圓、追思祖先以及對未來的期許。[31]除夕是一年的最後一天,為「月窮歲盡之日」。[32]首先,除夕的年夜飯是團圓飯,家族共聚,並祭拜祖先,飯後發放壓歲錢,象徵吉祥祝賀。晉朝時已有「守歲」之習,圍爐夜話,通宵不寐,等候新的一年,正月初一燃放鞭炮,迎接新歲。除夕時家庭成員團聚祭祖追懷祖先並感謝上蒼。元旦則是一年之始,人們也由家庭、家族、擴及親友鄉鄰、由近及遠,新年活動成為社會聯繫的重要節日。

《金瓶梅》描述在除夕之前及除夕日西門家的過節慶賀方式。在第七十七回先描寫了西門慶和尚舉人、何千戶、劉內相公公家人、來來往往,又幫著吳月娘的哥哥吳鎧得到指揮僉事的官職,官商之間綿密的往來,到了十二月二十四日備羊酒、花紅、軸文,邀請親朋好友,擺大宴席為吳大舅(吳鎧)慶賀,接著到二十六日,玉皇廟吳道官又領著十二個道眾,到家中為李瓶兒念經作法事,吃齋送茶,至晚方散。

> 至廿七日,西門慶打發各家送禮,應伯爵、謝希大、常峙節、傅夥計、甘夥計、韓道國、賁第傳、崔本,每家半口豬、半腔羊、一壇酒、一包米、一兩銀子;院中李桂姐、吳銀兒、鄭愛月,每人一套衣服、三兩銀子。吳月娘又與裡薛姑子打齋,令來安兒送香油米麵銀錢去,不在言表。

31　蕭放,《「歲時」傳統中國民眾的時間生活》,頁112-114,宋代以前人們在門戶上釘桃木板,書寫避邪字樣或刻門神,稱為「桃符」,宋元以後,桃符與春帖、春聯混稱。新年新歲、萬象更新,要著新裝,飲春酒、食春盤。一般而言,除夕及大年初一要祭拜天地,家人互相拜年,定尊卑長幼之序;初二與親戚鄰里拜年往來,聯絡鄉里社群的人情。明清時,年節活動擴大,一直延續到正月十五,以舞龍燈,賞燈的活動將整個社區聯繫起來。

32　周耀明著,徐杰舜主編,《明代·清代前朝漢族風俗史》,《漢族風俗史》第四卷,頁157,所以又叫除歲、除夜、年三十,是中國古代節日中最為隆重的節日之一。在這一天有許多的風俗活動,如吃年夜飯、換門神、貼春聯、掛年畫、掛簽、謝年、守歲、貼窗花、驅疫、除舊佈新以迎接新的一年的來到。

看看到年除之日，窗梅表月，簷雪滾風，竹爆千門萬戶，家家貼春聯，處處掛桃符。西門慶燒了紙，又到李瓶兒房，靈前祭奠。祭畢，置酒於後堂，闔家大小歡樂。手下家人小廝并丫頭、媳婦都來磕頭。西門慶與吳月娘，俱有手帕、汗巾、銀錢賞賜。（第七十八回）

這裡一路寫來，寫出西門慶家送往迎來以及在除夕日貼春聯、闔家團聚的景況。關於除夕「到各家送禮」，送禮的對象是西門慶結拜的兄弟們、家中的夥計、青樓女子、道姑，都是朋友、親人、鄰里等一般人物。

新年是一年中最大的節日。學者認為春節起源於古代的巫術儀式，新年期間的活動，如飲食、祭祀、貼聯、禁忌等都是圍繞著避邪祈福而展開。正因為人們期望得到一年的平安和幸福，於是新年的習俗漸漸失去了巫術的內涵，演變成慶祝活動。[33]年節儀式是民族文化傳統的展示，人們在享受年節的同時，也表演所積累的文化意涵。在明代，元旦是一年的三大節之一，明代民眾在元旦時設香案祭祝天地祖先，然後出門賀祝親友。[34]清代多承繼明代節俗，百官要入朝向皇帝朝賀，平民百姓則家家走訪親族鄰里，與親友互賀新年。[35]直到近代，春節成為新年的另一個名稱，時間包括了除夕到新春年初十五。新年在一年的節慶中應是最重要的節日，因為它代表一年之始，萬象更新。

《金瓶梅》對於除夕夜的描述並不多，但對於新正月元旦的描寫則著重在描寫鄰里、以及與達官貴人的往來。《金瓶梅》裡西門家只是個土財主、暴發戶，沒有深層文化的家庭，因此元旦的描寫較多，因為元旦的應酬往來才有助於西門家人脈關係的累積，因此有著利益往來關係，得以建立的元旦則更顯重要。

元旦的描寫在《金瓶梅》第七十八回：重和元年新正月元旦，西門慶早起，穿上大紅衣，祭天地並燒了紙錢，備馬拜訪巡按，賀節去了。月娘與眾婦人早早起來，施朱敷

---

33 楊琳，《中國傳統節日文化》，北京：北京宗教文化出版社，2006 年初版，頁 1，頁 5-12，元旦的名稱，在先秦時稱為「上日」、「元日」，《尚書·舜典》：「正月上日，受終於文祖。月正元日，舜格於文祖。」兩漢時元旦的名稱便豐富許多，如《漢書·孔光傳》：「歲之朝日三朝。」顏師古注：「歲之朝，月之朝，日之朝，故日三朝。」或稱為「三始」，見於《漢書·鮑宣傳》：「今日蝕於三始，誠可畏也。」或稱為歲旦、正旦、正日。到了魏晉時期名稱更多，元辰、元正、元首、歲朝、履端、三元、元日、正朝，以及後世所用的元旦及新年等名稱。到了明清，多用元旦一詞。今日所使用的春節一詞，始於《後漢·楊震傳》：「冬無宿雪，春節未雨，百僚燋心。」但這裡的春節指的是春天這個季節，而非元旦新年之義。

34 周耀明，《明代·清代前朝漢族風俗史》，《漢族風俗史》第四卷，頁 156-157。

35 周耀明，《明代·清代前朝漢族風俗史》，《漢族風俗史》第四卷，頁 354，這在《宛平縣志》裡有所記載：「正月元旦，五鼓時，百官入朝行慶賀禮。民間亦盛服焚香禮天地，祀祖考，拜尊長及姻友，投刺互答拜年。比戶放爆竹，徹晝夜。」

粉,插花插翠,穿上錦裙繡襖,粧點得妖嬈美麗,打扮得喜氣洋洋,西門慶的小妾們都來向月娘行禮,廝僕平安兒則專立在門首接訪客拜帖。作者不忘描寫元旦的歡樂氣氛:但見玳安與王經穿著新衣裳、新靴、新帽,立在門前踢毽子、施鞭炮、閒時則磕著瓜子兒。西門慶往府縣賀節拜年回來,剛下馬,招宣府王三官兒來拜年,接著是荊都監、雲指揮、喬大戶,賓客絡繹而至。第二天,西門慶又出去賀節送禮,至晚歸來。元旦時西門慶家和官商往來的描寫,賓客絡繹不絕,極力描寫此時西門慶紅頂商人的地位,與他死去之後家庭冷落車馬稀的景象成為強烈對比。

三、二寫清明節寫出《金瓶梅》的家道起落

　　清明節是歲時節氣兼節日的民俗大節,又稱為鬼節或冥節,具慎終追遠的意義。[36]清明節與寒食節本是時間接近,但內容及意旨不同的兩個節日。[37]到了唐代寒食節與清明往往並稱,[38]民間祭掃之日為寒食節。[39]到了宋朝,寒食祭祀節俗漸漸由清明節取代。至明清時,寒食節已消失,春季大節除了新年之外,唯有清明。[40]後因儒家學說流行,人們慎終追遠的觀念更為濃厚,上墳祭掃在唐代不論是達官顯要,或是百姓庶民中都十

36　周耀明,《明代·清前朝漢族風俗》,《漢族風俗史》第四卷,頁 165。

37　清明節在《淮南子·天文訓》提到:「春分後十五日,北斗星指向乙位,則清明至。」時間是在冬至後一百零七天,春分後十五天,是春耕的農事時節。所謂清明,意指天地明淨,萬物滋長,清明是春耕的農事時節。見於:楊琳,《中國傳統節日文化》,頁 218。
　　在清明前一日或二日有另一節日為「寒食節」,原為禁火冷食,並為祭祀之日。或謂寒食節是在冬至後一百零三或一百零五日。宋·陳元靚於《歲時廣記》卷一五中載曰:「清明前二日為寒食節,前後各三日,凡假七日。而民間以冬至後一百四日始禁火,謂之私寒食,又謂大寒食。」參:宋·陳元靚,《歲時廣記》,清光緒四年(1879 年)清刻本,臺北:新興書局,1977 年 8 月。

38　在白居易〈寒食野望吟〉:「鳥啼鵲噪昏喬木,清明寒食誰家哭。」;沈佺期〈嶺表寒食〉:「嶺外逢寒食,春來不見,洛中新甲子,明日是清明。」清明掃墓或稱為「寒食掃墓」,《唐會要》卷二十三〈寒食拜掃〉:「或寒食上墓,復為歡樂,坐對松檟(指墓邊樹木),曾無戚容。既玷風猷,并宜禁斷。」都將寒食與清明節並列同敘。見於:蕭放,《「歲時」傳統中國民眾的時間生活》,頁 140-143。

39　《舊唐書·玄宗本紀》記載,唐玄宗下詔「士庶之家,宜許上墓,編入五禮,永為常式。」唐代朝廷以政令的方式,使民間掃墓之日固定在清明節前的寒食節。《東京夢華錄》裡則寫道:「清明節,尋常京師以冬至後一百五日為大寒食,前一日謂之炊熟。……寒食第三即清明日矣。凡新墳皆用此拜掃,都城人出郊。」(見於:新譯《東京夢華錄·清明節》,頁 201)

40　蕭放,《「歲時」傳統中國民眾的時間生活》,頁 143,寒食禁火,而清明要取(新)火,因寒食齋戒是為了清明取新火,使薪火能相傳。後來掃墓祭拜的工作,便逐漸由寒食節移到清明節。掃墓祭祖的目的在於安頓今生、護佑現世。寒食和清明兩個佳節漸漸融合為一。

分盛行，而祭掃之日則是在寒食節。[41]人們在三月春光明媚的清明時節出遊，清明掃墓成為春遊之日。[42]

《金瓶梅》中關於清明節的描寫有二次。這兩次清明祭掃寫出西門家的家運盛衰，寫出人生的起落。**第一次清明祭掃**是西門慶得子升官，正飛黃騰達之際。**第二次**是西門慶亡故了之後，此時人事全非，果真是樹倒猢猻散。**第一次清明祭掃**因西門慶得子升官，因此利用清明祭掃，要官哥兒也來告祭祖先。首先，西門慶蓋了山子捲棚房屋，並將祖墳重新整理過。又新立一座墳門，並砌了明堂神路，在墳門首栽種桃花柳樹，兩邊青翠疊成坡峰。西門慶在清明之前已發請柬，三月初六日清明上墳當天，更換錦衣牌匾，殺豬宰羊，治筵席，搬運酒米飯菜蔬果，叫來樂工雜耍扮戲，西門慶在清明祭掃同時也作春日郊遊，在祖先墳前殺牲治筵，大宴賓客，生死交錯在同一個場景裡。

在清明祭祖這日，西門慶請來戲子、伶優及官客（男性）約二十餘人、加上堂客（女眷）裡裡外外也有二十四五頂轎子。男女官客中包括了家人、親族、家中夥計及街坊朋友，男男女女加上隨著轎子前來的雜役、僕傭、媳婦，浩浩蕩蕩約有百來人，這裡的意義不只是祭祖，而是與親友宴飲，更重要的是展現西門家修築祖墳的氣派，以及西門家的財富權勢，寫出西門慶的盛大排場以驕其鄉里的氣勢。

接著寫出西門家祖墳的樣貌，遠遠可望見鬱鬱青松，翠柏森森，新蓋的墳門，兩邊坡峰上去，周圍環繞著石墻。墳塋的明堂、神臺、燭臺都是白玉石鑿的，顯出西門家氣派。墳門上新安的牌匾，大書「錦衣武略將軍西門氏先塋」，墳內正面土山環抱，林樹交枝。西門慶穿著大紅冠帶，擺設豬羊祭品祭奠。男官客祭畢，女堂客才祭。接著是響器鑼鼓，一齊吹打起來。清明節是家族團聚、祭祖的節日，但在西門慶家卻是男官女客皆來祭祖，除了顯現了與西門慶交遊的對象，也將西門家顯赫聲勢的描寫推至極點。

---

41 郭興文、韓養民，《中國古代節日風俗》，頁 158、161，清人屈大均在《廣東新語》記載著：「清明有事先塋，曰拜清。先期一日，曰劃清。新塋以清明日祭，日應清。」在清明祭拜時，人們在祭畢祖先後，便在墓前宴樂，享用祭品。清明節因有寒食禁火之俗，為防止寒食冷餐傷身，因此在祭掃之時盛行打鞦韆，蹴鞠（打毬、打馬球）、拔河、踢球、等一系列體育活動。

對於祖先的祭祀在中國向來受到重視，上古時代四時祭儀中，春季祭祀宗廟的大禮，即後來為春祀，當時尚無墓祭的禮俗，而是在宗廟裡祭尸位（祖先牌位）。

42 嚴文儒注譯，《新譯東京夢華錄‧清明節》，頁 202-204，所謂「四野如市，往往就芳樹之下，或園囿之間，羅列杯盤，互相勸酬。都城之歌兒舞女，遍滿園亭，抵暮而歸。」各自攜帶炊餅、名花異果或遊戲賭具，玩樂嬉戲，「自此三日，皆出城上墳，」「節日坊市賣稠餳、麥糕、乳酪、乳餅之類」，到了傍晚時分，出城掃墓踏青的人群緩緩地入城門，斜陽餘輝映照在京城街道兩旁的柳樹上，人們各自帶著醉意回到自家院落中，們在三月春光明媚的清明時節紛紛出遊清明掃墓成為春遊之日。

　　祭畢，月娘邀請堂客們到後邊捲棚內，從花園進去，兩邊松牆竹徑，周圍花草一望無際，隨意兩筆的描寫，便見西門家祖墳佔地廣大。在捲棚後邊，西門慶收拾了一明兩暗的三間房，裏邊鋪陳床帳，擺放桌椅、梳籠、抿鏡、粧臺之類，預備堂客來上墳，在此梳妝歇息，房間糊得猶如雪洞般乾淨，懸掛的書畫，琴棋瀟灑。接著宴飲登場，席上設了戲，男官客們由小優來服侍，女堂客則聽娼優伶人唱戲。

　　天色將晚，西門家將啟程返家，西門慶不忘分給擡轎子的人每人一碗酒、四個燒餅、一盤熟肉。堂客轎子在前，官客騎馬在後，家僕廚役擡食盒殿後，又浩浩蕩蕩返回城裡。然而，才回到家中，夏提刑已來過三回，告知山東監察御史參劾西門慶「參劾提刑院兩員問官受贓賣法」一事，情節直轉急下，接著描寫西門慶作為貪官而被參劾：

> 理刑副千戶西門慶，本係市井棍徒，彙緣陞職，濫冒武功，菽麥不知，一丁不識。縱妻妾嬉遊街市而帷薄為之不清，携樂婦而酣飲市樓，官為之有玷。至於包養韓氏之婦，恣其歡淫，而行簡不修，受曲青夜略之金，曲為掩飾，而贓迹顯著……。
>
> （第四十八回）

這一段話大概是全文中最直接點明西門慶荒淫貪瀆行為的文字。於是西門慶命家僕來保、夏壽六日內趕到東京城，見了太師府內的翟管家，將夏提刑及西門副提刑兩家禮物送達，加上早在蔡太師生日時已舖陳好的關係，西門慶當然能安然過關。

　　第二次再描寫清明節，在西門慶亡故之後，人事全非，與第一次寫清明節成強烈對比。此時再沒有官客、堂客、娼優伶人，只有吳月娘備辦香燭、冥紙、祭物，到西門慶上新墳祭掃。留下孫雪娥和大姐看家，帶了孟玉樓和小玉，並奶媽如意兒抱者孝官兒，坐轎子往墳上去，又請了吳大舅和大妗子二人同去。和上一次極為不同，此次前往清明祭掃者，只有西門慶的妻妾及親人。因祭祖不再是為了炫耀財富權勢時，西門慶妻妾們反而能看見春天的景緻。只見她們出了城門，見郊原野曠，景物芳菲，花紅柳綠，仕女遊人不斷。感歎春天果然是一年四季中，花朵競放、風和日暖的季節。[43]

　　當西門家權勢不再時，當初的那些官員堂客全不見了。再沒有擡著轎子、騎著馬匹，前呼後擁，隊伍綿延數里的聲勢和場面。只見月娘插香在香爐內，深深一拜，說道：

> 我的哥哥，你活時為人，死後為神。今日三月清明佳節，你的孝妻吳氏三姐、孟三姐和你周歲孩童孝哥兒，敬來與你墳前燒一陌錢紙。你保佑他長命百歲，替你做墳前拜掃之人。我的哥哥，我和你做夫妻一場，想起你那模樣兒並說的話來，

43　《金瓶梅》第八十九回的描寫。

是好傷感人的。（第八十九回）

拜畢，掩面痛哭。玉樓向前插上香，也深深拜下，同月娘大哭一場。此時，情真意切的也只剩吳月娘一人，悲傷致意的也只有孟玉樓一人，以及西門慶無緣親見的兒子孝哥兒，奶媽如意兒，孤苦零丁地佇立在西門慶墓前，與前文寫西門家清明祭掃的風光完全不同，呈現強烈對比，更顯得無限悲楚，分外凄涼。

　　清明祭祖，隱喻生死大事，《金瓶梅》寫清明節，同時描寫西門慶生時的榮華及死後家事散落的凄涼，生生死死、起起落落，是人一生的際遇、是家庭的興衰，更是文化裡必然照見的景象。

四、《金瓶梅》中賞菊宴飲的重陽節

　　中國的人文精神，往往表現文人面對自然時序的變化，興起人生的感懷。[44]重陽處於夏冬之際，是秋寒新至，將入室隱居時，人們因而把握秋高氣爽氣候怡人時的秋遊，即為「重陽踏青」，其活動內容為登高、賞菊、放風箏。在朝廷中則設迎霜宴、賞菊花。[45]重陽的「登高野宴」也是重陽習節內容。[46]明代似乎頗為重視女兒，「重陽節」也稱女兒節，為了把嫁出去的女兒接回娘家吃花糕。可見端午節、重陽節的意義之一，都是在於家庭的團聚。食糕、飲菊花酒，是重陽節普遍的賀節方式。[47]郊遊賞景、親友聚宴都是重陽的過節方式。因此，重陽又名為九月九、重九、茱萸節、女兒節。[48]早在唐代，詩人王維在重陽節時作〈九月九日憶山東兄弟〉，已感歎地說：「獨在異鄉為異客，每

44　蕭放，《「歲時」傳統中國民眾的時間生活》，頁192。

45　周耀明，《明代·清代前朝漢族風俗史》，《漢族風俗史》第四卷，頁179。

46　郭興文、韓養民，《中國古代節日風俗》，頁278，九月九日的九九，意味著陽數的極盛，然而凡事盛極必衰，登臨高遠，接近天神，也許更容易得到福佑。三國曹丕在〈與鍾繇九日送菊書〉言：「歲往月來，忽復九月九日。九為陽數，而日月並應，俗嘉其名，以為宜於長久，故以享宴高會。」重陽節不僅是文人雅士飲酒、賞菊、登高、賦詩的節日，也是古代婦女的休息日。每逢重陽節，父母要把嫁出去的女兒接回娘家吃花糕，到了明代甚至稱重陽為「女兒節」，在於家庭的團聚。

47　嚴文儒注譯，《新譯東京夢華錄·清明節》，頁246，因為食糕意味著步步高升，飲菊花酒則使人長壽。在《西京雜記》中所載：「葛洪九月九日，佩茱萸，食蓬餌（即糕餅，食糕意味著步步高升），飲菊花酒，令人長壽。」又如《東京夢華錄》所載：「九月重陽，都下賞菊。」「都人多出郊外登高，如倉王廟、四里橋、愁臺、梁王城、硯臺、毛駝岡、獨樂岡等處宴聚。前一二日，各以粉麵蒸糕遺送，上插剪綵小旗，摻釘果實。」

48　周耀明，《明代·清代前朝漢族風俗史》，《漢族風俗史》第四卷，頁178，明代重陽節有插茱萸、飲重陽酒、吃重陽糕（又名花糕），並以花糕供祭家堂、祖先的習俗。在《帝京景物略》裡：「面餅種棗栗其面，星星然，曰『花糕』。糕肆標紙彩旗，曰『花糕旗』，父母家必迎女食花糕。」「父母家必迎女來食花糕，或不得迎，母則詬，女則怨詫，小妹則泣，望其姐姨，亦曰女兒節。」

逢佳節倍思親。遙知兄弟登高處，遍插茱萸少一人。」家人思念異鄉客，而遠遊在外的遊子也因而淒涼感傷，若是人事已非，故人已杳，佳節憶舊的心更加悲傷冷落。

《金瓶梅》中對於重陽節幾乎沒有描述，只提到節令時間：「光陰迅速，又早到重陽。花子虛假著節下，叫了兩箇妓者，具束請西門慶過來賞菊。又邀應伯爵、謝希大、祝實念、孫天化四人相陪。傳花擊鼓，歡樂飲酒。」（第十三回）接著描寫無關節慶——西門慶和李瓶兒的幽會。

在《金瓶梅》裡，因為西門慶雖只是個暴發戶，因官商勾結才得以致富握權，然而他的生活仍是與一群幫閒者吃喝嫖賭，節令的文化涵養不曾內化為他生活的方式。西門慶和他的幫閒者利用賞菊吃酒的節日，召來娼妓玩樂一番，重陽節對他們而言，就是在於吃酒玩樂的名目，沒有文化情感在其中。

五、三寫元宵節——寫出《金瓶梅》的狂歡氣息與情欲流動

元宵節在中國年節的文化意義上，它與除夕、元旦、端午節、清明節、中秋節、中元節、重陽節等節慶有著極大的不同。後者所述的這些節慶多半在於團聚、緬懷組先、或對於歷史有著崇敬的態度，因此，這些節慶不外乎是家庭團聚宴飲、祭祖、傳承文化活動的描寫。元宵節不同，元宵節是從除夕以來延續下來的年節活動，年節的歡慶活動到元宵節達到高潮，並且是以璀璨煙火及繽紛的燈市作為結束。它是源自於對自然界的認識，而後形成民俗活動，最後則是解構官民防線，成為商業娛樂活動的民間活動，具有大眾文化的意義。

古人對於自然的觀察，很早便發現月亮圓缺的時間規律，因此以月亮的變化成為記時的曆法依據，形成影響深遠的太陰曆法。[49]關於元宵燈節的描述，在《隋書·柳彧傳》記載隋人柳彧請求禁止正月十五侈靡之俗的奏疏中提到：

> 竊見京邑，爰及外州，每以正月望夜，充街塞陌，聚戲朋遊。鳴鼓聒天，燎炬照
> 地。人戴獸面，男為女服，倡優雜技，詭裝異形，以穢嫚為歡娛，用鄙褻為笑樂，
> 內外共觀，曾不相避。高棚跨路，廣幕陵雲，袨服靚粧，車馬填噎。肴醑肆陳，

---

49 蕭放，《「歲時」傳統中國民眾的時間生活》，頁179，正月十五是元月第一個望日，元宵節因而在新歲之首。一般的文獻資料認為，正月十五元宵節在漢代已受到重視。漢武帝正月上章夜在甘泉宮祭祀「太一」的活動，被後人視為正月十五祭祀天神的先聲。直到漢魏之後，元宵節乃成為民俗節日。

元月十五日元宵節，又稱為上元節。道教將正月十五、七月十五、十月十五三個月圓望日，定為上元、中元、下元，分別為天官、地官、水官的誕辰，形成了天官賜福、地官赦罪、下官解厄的三元節。

絲竹繁會，竭貲破產，競此一時。[50]

在柳彧這份奏疏裡，同時也描寫了人們歡度元宵的景況：酒肴歌舞、詭裝異形、鄙褻笑樂，打破了「常規的、十分嚴肅而緊蹙眉頭的生活，服從於嚴格的等級秩序的生活」，形成一種「對一切神聖物的褻瀆和歪曲，充滿了不敬和猥褻，充滿了對一切人一切事的隨意不拘的交往」的狂歡節生活。[51]

　　在狂歡節慶中，日常生活裡的限制、規範都暫時被解除，因為「在狂歡中，人與人間形成了一新型的相互關係，通過感性的形式、半現實半遊戲的形式表現出來。」[52]這裡極為重要的一點是，在元宵節時可以是男女共處毫不相避，可以是男為女服的身分變異，可以是取消一切等級制度。在狂歡的廣場上，支配一切的是人與人之間不拘形迹地自由接觸的特殊形式，[53]這便是元宵節的特殊氛圍。在唐宋，閨中婦女一向禁止外遊，但在元宵時卻能名正言順地盛裝出遊觀花燈。[54]這個可自己物色對象的狂歡市集或廣場，以笑謔的方式，顛覆官方嚴制的男女界線，並突顯日常生活的單調和反覆性。

　　宋元易代後，元宵依舊傳承，但聚眾娛樂的節日受到政府的限制。然而，宋代城市生活，元宵燈火更為興盛，帝王為了粉飾太平，更親登御樓宴飲觀燈，《東京夢華錄》記載著：

> 宣德樓上，皆垂黃緣，簾中一位，乃御座。用黃羅設一綵棚，御龍直執黃蓋、掌扇，列於簾外。兩朵樓各掛燈毬一枚，約方圓丈餘，內燃椽燭。簾內亦作樂。宮嬪嬉笑之聲，下聞於外。樓下用枋木壘成露臺一所，綵結欄檻，兩邊皆禁衛排立，錦袍，幞頭簪賜花，執骨朵子，面此樂棚。教坊、鈞容直、露臺弟子，更互雜劇。近門亦有內等子班直排立。萬姓皆在露臺下觀看，樂人時引萬姓山呼。[55]

50　《隋書》，卷六十二，列傳第二十七。

51　巴赫金，錢中文主編，《巴赫金全集》第五卷，石家莊：河北教育出版社，1998 年，頁 170。

52　巴赫金，《巴赫金全集》第五卷，頁 162。

53　沈華柱，《對話的妙悟——巴赫金語言哲學思想研究》，上海：三聯書店，2005 年 8 月初版，頁 80。

54　張江洪編著，《詩意裡的時間生活》，長沙：岳麓書社，2006 年 9 月初版，頁 44，唐代文人蘇味道在〈正月十五夜〉詩序中，提及元宵節的烟花燈火如火樹銀花：「火樹銀花合，星橋鐵鎖開。暗塵隨馬去，明月逐人來。游伎皆穠李，行歌盡落梅。金吾不禁夜，玉漏莫相催。」遊人車馬以及濃妝豔抹的綺麗女子，交織成市井街坊美麗的夜晚。唐代燈市有樂舞百戲表演，成千上萬的宮女、民間少女在燈火下載歌載舞，叫做行歌、踏歌。未婚男女借著賞花燈也可以為自己物色對象。

55　〔宋〕孟元老，《東京夢華錄》卷六，本文引自嚴文儒注譯，《新譯東京夢華錄·元宵》，臺北：三民書局，2004 年 1 月初版，頁 177-178。

皇帝御坐在宣德樓上，簾內傳來樂音飄揚，後宮嬪妃的嬉笑聲甚至傳至城樓下，而城樓下百姓引頸觀看演出，樂人時不時便帶領百姓高呼萬歲。在宣德樓上下的狂歡節慶空間，不是日常人們遊戲的場所，也不是神聖威嚴的廟堂聖殿，而是「一塊讓人在擺脫生活重累之後盡情宣洩的極樂之地，它為激情所充溢。」[56]王公貴族和市井小民彼此跨界，宣德樓上下連成一個充滿狂笑、戲謔，吆喝的喧囂的公眾廣場。

這個狂歡廣場上，樂人引百姓呼萬歲時君王的權威仍被宣稱，但在當宮中嬪妃笑語流洩於市，上下連成一片戲謔聲中，地位高下分別的儀節又被破壞。人們的生活暫時脫離常規，脫離官方文化的體制威儀。在元宵節的這個公眾場域「成為城鄉之間、雅俗之間、官民之間老少咸宜、雅俗共賞的文化主導，並成為大眾文化的主要成分。」[57]狂歡節慶形成一種與日常生活斷裂的特殊時日。

從其他作品中也可見元宵盛況，如辛棄疾的詞〈青玉案〉的描述：「東風夜放花千樹，更吹落，星如雨。寶馬雕車香滿路，鳳簫動，玉壺頻轉，一放魚龍舞。蛾兒雪柳黃金縷，笑語盈盈暗香去。眾裡尋它千百度，驀然回首，那人卻在，燈火闌珊處。」不論是「夜放花千樹」、「星如雨」所描寫燈花煙火、或者湧動的人群中，但見美麗女子的笑顏香氛、車馬喧囂，織成迷人的元宵景緻。女子們在街市流動的美麗畫面，也是元宵節的特殊場景之一。明代時元宵節的娛樂活動是正月年節活動的高潮。[58]明成祖成下詔元宵賜假七日。元宵放燈極為熱鬧盛大，在永樂年間長達十天。明代元宵放燈節從正月初八到十八。[59]在清代，元宵節的活動有煙火、猜燈謎、表演雜戲，在元宵節前後有「燈市」的商業活動。[60]元宵節被稱「鬧元宵」，「鬧」元宵的「鬧」字，便生動描寫出元宵節活躍的民俗性以及狂歡氣息。

元宵節自隋朝以來至明清，不僅是家庭歡慶的新春大節，甚至君民上下共同狂歡的日子。在這個節慶裡，上下、官民、男女的身分都被跨越，彷彿世俗的禮教時間暫停，

56　王建剛，《狂歡詩學——巴赫金文學思想研究》，上海：學林出版社，2001 年，頁 80-81。

57　劉康，《對話的喧聲——巴赫汀文化理論述評》，臺北：麥田出版社，1995 年，頁 277。

58　周耀明，《明代·清代前朝漢族風俗史》，《漢族風俗史》第四卷，頁 161，明太祖朱元璋鑒於元人耽於聲色娛樂，不事生產，因此禁止官民士庶的日常娛樂，但為了顯示明代社會安定，歌舞昇平的太平氣象，因此提倡上元放燈，官民同樂。

59　周耀明，《明代·清代前朝漢族風俗史》，《漢族風俗史》第四卷，頁 161-162，《明會典》記載著：「永樂七年詔令元宵節自正月十一日起給百官賜假十天，以度佳節」。明末張岱在《陶庵夢憶》，記載了燈節耍獅子、放煙火、彈唱、大街衢巷通宵以樂的情形。清代的元宵燈市雖沒有明代那麼長的時間，但熱鬧依舊。《燕京歲時記》所載「自十三至十七均謂燈節，惟十五日謂之正燈耳。」元宵節的活動更為盛大。

60　周耀明，《明代·清代前朝漢族風俗史》，《漢族風俗史》第四卷，頁 360-361。

只剩下喧鬧的、繽紛的狂歡氛圍。百姓在元宵節以觀燈為名，逾越了各種「禮典」和「法度」，並顛覆日常生活所預設的規律的時空秩序──從日夜之差、城鄉之隔，男女之防到貴賤之別。對禮教規範的挑釁與嘲弄，正是元宵節的遊戲規則。而突破時間、空間、性別的界域，則成為元宵歡慶典最顯眼的主角。[61]

因此表現在小說中，必然是迥異於其他節慶時間的表現。如果說春節是由家庭向鄉里街坊逐次展開的社會大戲，那麼元宵便是春節期間最後一場壓軸節目，元宵節是從除夕以來延續下來的年節活動，元宵節是家庭中重要的活動，年節的歡慶活動到元宵節達到高潮。《金瓶梅》對於元宵節極盡鋪寫的能事，文中有三度描寫元宵。

《金瓶梅》第一次寫元宵節，正月十五日元宵節，同時也是李瓶兒的生日。透過李瓶兒的生日，寫在這個節日，婦女終於能上街玩樂。吳月娘率領著西門慶的一干妾室們，除了孫雪娥留下看家，其他四人都盛裝穿著錦綉衣服，連著四個僮僕來到李瓶兒家：

> 吳月娘穿著大紅粧花通袖襖兒，嬌綠段裙，貂鼠皮襖。李嬌兒、孟玉樓、潘金蓮都是白綾襖兒，藍段裙。李嬌兒是沈香色遍地金比甲，孟玉樓是綠遍地金比甲，潘金蓮是大紅遍地金比甲，頭上珠翠堆盈，鳳釵半卸。（第十五回）

透過精細的服裝描寫，表現豔麗無比、色彩繽紛的西門家女眷，在李瓶兒生日且是元宵燈節的這個夜晚出遊觀燈。花團錦簇般的西門妻妾，正和元宵燈火相互輝映。但見街道上到處張燈結彩，花燈搖曳，男女雜沓，車馬聲囂，聲色喧鬧的場景：「燈市中人烟湊集，十分熱鬧。當街搭數十座燈架，四下圍列諸般買賣，玩燈男女，花紅柳綠，車馬轟雷。」同時將街上的花燈種類細細寫出：「但見：山石穿雙龍戲水，雲霞映獨鶴朝天。金蓮燈、玉樓燈，見一片珠璣。荷花燈、芙蓉燈數千圍錦綉。繡毬燈……雪花燈……秀才燈揖讓……判官燈……師婆燈……劉海燈……駱駝燈……白象燈……。」（第十五回）極盡描寫的能事，美不勝收。

至於民俗活動就更豐富了，有社鼓演出，有蹴踘、有談詞百戲、市集可見卜卦相士、賣元宵菓品、鏡頭必然帶到難得出現在街頭的仕女小姐們，春風妖嬈，雲鬢涼釵、髮飾在陽光下閃耀明媚，連接成市坊最動人的一景：

> 村裡社鼓，隊隊喧闐，百戲貨郎，椿椿鬥巧……王孫爭看小欄下，蹴踘齊眉，仕女相攜高樓上，妖嬈衒色。卦肆雲集，相幌星羅……又有那站高坡打談的，詞曲

---

61 陳熙遠，〈中國夜未眠：明清時期的元宵、夜禁與狂歡〉，《中央研究院歷史研究所集刊》，第七十五本第二分，頁 283，本文引自李孝悌，〈序──明清文化研究史的一些新課題〉，《中國的城市生活》，臺北：聯經出版公司，2005 年，頁 7。

楊恭，看到這搧响鈸遊腳僧，演說三藏。賣元宵的高堆菓餡，粘梅花的齊插枯枝。
剪春旄，鬢邊斜插鬧春風，禱涼釵，頭上飛金光耀日……雖然覽不盡鰲山景，也
應豐登快活年。（第十五回）

回頭看西門家眷：潘金蓮和孟玉樓也是街景裡令人注目的一對人兒。吳月娘看燈一回，
見樓下人亂，沒了趣味，和李嬌兒歸席吃酒說笑，只有潘金蓮和孟玉樓連同兩個唱戲女
子，站在李瓶兒家樓臺上，搭伏著樓窗往下觀看。作者細寫潘金蓮伏身在樓臺的樣貌，
且說潘金蓮挽著白色綾襖袖子，露出襯裡的金色袖子，又露出纖纖玉指，引人無限遐思。
「那潘金蓮一逕把白綾襖袖子兒摟著，顯他那遍地金掏袖兒，露出那十指春蔥來，帶著六
箇金馬鐙戒指兒。」潘金蓮甚至自樓臺上探出身子，磕著瓜子，同時把瓜子皮都吐落在
行人身上，笑鬧著，引逗著那樓下看燈的人也挨肩擦背，仰望上瞧，其中幾個浮浪子弟
還大膽直指她們議論紛紛。街坊浮浪子弟，連同燈海燈市，與看樓上的潘金蓮、孟玉樓
她們吐瓜子、探頭看、十指春蔥顯露的描繪，連同屋裡的李瓶兒等人華麗炫目的服飾，
連綿成一個華麗、喧鬧的色彩豔麗的空間，流動著一個個欲言又止的情色暗示，整個城
市的喧囂是欲望的流動。

在這個狂歡得近乎荒誕的節日，男女之間的分際及距離近了，空氣中瀰漫了歡騰喧
鬧的節慶氣氛，還有著人們生活脫離常規的大膽快意，或者一如美國的伯高·帕特里奇
所言：「狂歡是一種社會現象，它是人性中的半人半獸特性的動力呈示。」[62] 公眾廣場
上，充著狂笑、淫浪、戲謔之聲，夾雜著小販們的叫賣吆喝，這是眾聲喧嘩的佳境，它
製造了一個與官方意識背離的世界。廣場上的語言是與官方語言涇渭分明的，官方語言
總是一本正經，而廣場上的語言卻是親暱的、淫猥的、粗鄙的、直率而不登大雅之堂。[63]

此夜，西門慶也從燈市裡遊玩到青樓妓院中，又是一個從狂歡城市到溫柔鄉的描寫，
首先寫青樓女子的李桂姐的妝扮，「家常挽著一窩絲杭州攢，金縷絲釵，翠梅花鈿花，
珠子箍兒，金籠墜子，上穿白綾對襟襖兒，下著紅羅裙子，打扮的粉粧玉琢。」（第十五
回）色彩鮮豔地呼應著這個城市的狂歡氣息。最後西門慶從這粉粧玉琢的桂姐身旁又轉
回到愛妾李瓶兒住處。

瓶兒在這個新春上元節，一面和西門慶吃酒玩牌，一面又拿出壓箱錢財，要與西門
慶蓋房子，就在李瓶兒丈夫花子虛死去沒有多久後，把西門家與花家打通連成一屋。瓶
兒最終目的當然是成為西門慶的妾室，達成共識後，二人顛鸞倒鳳，春宵一夜。這一回

62　王建剛，《狂歡詩學——巴赫金文學思想研究》，頁 75。
63　劉康，《對話的喧聲——巴赫汀文化理論述評》，頁 282。

側寫瓶兒生日，極力鋪陳元宵節慶，便元宵節成為一個喧嘩的、狂歡的、情欲流動的空間。在元宵節中充斥著盛宴和情色欲望，幾乎可言是「對生命力的原始性、赤裸裸的歌頌和對肉體的感官欲望的縱情讚美。」[64] 元宵節在此成為一個充滿感官欲望的節慶。

第二度寫元宵，重在家庭內的聚會及歡慶，話說在元宵這一日，所謂「天上元宵，人間燈夕」，西門慶在廳上張掛花燈，鋪陳筵席。只不過在這一次寫元宵節是正月十六日，合家歡樂飲酒。西門慶與吳月娘居上座，以下是李嬌兒、潘金蓮、李瓶兒、孫雪娥、西門大姐列坐在兩邊，每個人都穿著錦繡衣裳盛妝打扮著。接下來是春梅、玉簫、迎春、蘭香四人的表演，她們在旁樂箏歌板，彈唱燈詞。只在東首設一席給陳敬濟一人獨坐。這個家宴果然食烹異品，菓獻時新。小玉、元宵、小鸞、綉春幾位丫頭都在上面斟酒服侍主人，這裡描述飲酒談笑家庭團聚。飲酒多時，西門慶忽然被應伯爵差人請去賞燈，西門慶的妻妾則在家裡看吃酒看燈花。月娘與其他姐妹酒食了一回，但見銀河清淺，珠斗爛斑，一輪團圓皎月從東而出，照得院宇猶如白晝。女子們或在房中更衣，或在月下整粧，或在燈前戴花，或在廳前看陳敬濟放烟火。女子的花容衣飾斑斕鮮豔，似乎與燈花、烟火共輝煌。

西門慶隨後到應伯爵處交誼尋歡，潘金蓮則與李瓶兒、孟玉樓，擁著一簇男女廝僕向街上走去，賞燈並看烟火。這裡描寫了西門一家服飾奢華，以及街上遊人歡度元宵的景象。這時僕婦之一宋蕙蓮「換了一套綠閃紅段子對衿衫兒、白挑線裙子。又用一方紅銷金汗子搭著頭，額角上貼著飛金幷面花兒，金燈籠墜耳，出來跟著眾人走到百媚兒。月光之下，恍若仙娥，都是白綾襖兒，遍地金比甲。頭上珠翠堆滿，粉面朱唇。」（第二十四回）丫頭媳婦和主人妻妾競相豔，主僕裝束在此的差異似乎不大，果然在後來，宋蕙蓮也和西門慶欲望糾纏。陳敬濟更與來興兒兩人，左右一邊一個放著烟火，「放慢吐蓮、金絲菊、一丈蘭、賽月明。」直走到了大街上，還見「香塵不斷，遊人如蟻，花炮轟雷，燈光雜彩，歌舞遊樂，街上簫鼓聲喧，十分熱鬧。」（第二十四回）表現出宵夜裡狂歡廣場裡「聲音」及「顏色」的喧囂。

第三次描寫元宵節，則著重在節慶活動，以及由家庭向外擴展出去的社群狂歡。首先是官吏之間的拜訪，並且吃酒看戲，這似乎是官宦之家佳節裡必有的社交生活。雖然元宵節時在街上是男女可共處，但在家庭裡，仍是男女有別，女性們的交際仍是在後廳裡，吃茶飲酒宴飲看戲。當周守備娘子、荊都監母親荊太太與張團練娘子，乘大轎浩浩蕩蕩來到西門家。月娘與眾姐妹一行人至後廳彼此敘禮，眾人相見畢，讓坐遞茶。接著是所有人等著在座官銜最大的夏提刑娘子到才擺上茶，這是官場以及官夫人的禮節。夏

提刑娘子到時,聲勢場面更為盛大,不僅有家人媳婦跟隨,還有許多僕從擁護。鼓樂聲中將夏提刑娘子接進後廳,與眾堂客見畢禮數,依次序坐下。首先在捲棚內擺茶,然後大廳上坐。捧茶斟酒,飲茶看戲,這是元宵節的暖身活動,也是西門慶家妻妾和其他官夫人們的應酬往來。那日後廳裡看的戲是《西廂記》,《西廂記》裡的勇於表現情愛的鶯鶯、後花園裡的情欲流動,與《金瓶梅》裡欲望橫流的金瓶女性以及充滿情事的西門家後花園形成互文性。

接著是放烟火。西門慶吩咐來昭將樓下房間開下兩間,吊掛上簾子,把烟火架攛出去。看著天色已晚,西門慶吩咐樓上點燈,在樓簷前點了一邊一盞的羊角玲燈,甚是奇巧。玳安和來昭把烟火放置在街心,那兩邊圍看的,挨肩擦膀,不知其數。都說西門大官府在此放烟火,誰人不來觀看?果然糝得停當好烟火。須臾,點著,引燃元宵節的壓軸好戲。接著是細緻描寫元宵烟火的燦爛輝煌,充滿了各種顏色,聲響,以及各種動物圖騰,上天下地,有天上神靈,各式造形,交織成狂歡又鬼魅的形象:

> 一丈五高花樁,四圍下山棚熱鬧。最高處一隻仙鶴,口裡啣著一封丹書,乃是一枝起火,一道寒光,直鑽透斗牛邊。然後,正當中一箇西瓜迸開,四下裡人物皆著,霹剝剝萬箇轟雷皆燎徹。彩蓮舫,賽月明,一個趕一個,猶如金燈沖散碧天星;紫葡萄,萬架千株,好似驪珠倒掛水晶簾。霸王鞭,到處響喨,地老鼠,串遶人衣。瓊盞玉臺,端的旋轉好看;銀蛾金彈,施逞巧妙難移。八仙捧壽,名顯中通,七聖降妖,通身是火。黃烟兒,綠烟兒,氤氳罩萬堆霞;緊吐蓮,慢吐蓮,燦爛爭開十段錦。一丈菊與烟蘭相對,火梨花共落地桃爭春。樓臺殿閣,頃刻不見巍峨之勢;村坊社鼓,彷彿難聞歡鬧之聲。貨郎担兒,上下光焰齊明;鮑老車兒,首尾迸得粉碎。五鬼鬧判,焦頭爛額見猙獰,十面埋伏,馬到人馳無勝負。總然費卻萬般心,只落得火滅烟消成煨燼。(第四十二回)

對於烟花種類、名稱、聲響、形貌、烟火點燃時的璀璨樣貌,作者作了十分細緻的描摹。然而,烟火最終仍是灰飛煙燼,化為烏有,這也表示節慶到此高潮已過。這也暗示西門家的繁盛已過,一切將化為塵土。

放完烟火,看罷喝酒、吃肉、吃元宵。元宵的鑼鼓、燈火、如織遊人編織成元宵夜晚的良辰美景,交織成中國傳統節俗的獨特景觀,《金瓶梅》寫元宵節的聲色流動的節俗活動。《金瓶梅》三度寫元宵。《金瓶梅》第一次寫元宵,就從李瓶兒的生日寫起,鋪寫西門慶以及妻妾們孟浪的形象,在元宵節呈現出狂歡、充滿情欲流動的街市。寫出元宵節的聲色狂歡,寫出潘金蓮、孟玉樓等人與街坊行人的浮浪行為。第二度的描寫,寫出西門慶家人服飾華麗,以及街市裡行人如織歡度元宵的活動,在這回裡用大量絢麗

的顏色表現元宵節狂歡氣息，寫出元宵節裡廣場／街市的聲音和顏色，色彩斑斕，並鋪寫家庭聚會的場景。

　　第三度寫元宵，則寫西門家與街坊的互動，寫出節慶裡的社群往來，同時西門家也藉元宵節放烟火的活動，極盡聲光顏色的書寫，展示出西門慶家雄厚的財力，進一步寫出西門慶和其他達官貴人的人際往來，並將元宵節慶裡的燈火、烟花作了詳細描寫。三寫元宵是《金瓶梅》一書中關於節慶最為細膩的描寫，特別是李瓶兒的生日與元宵節同一天，瓶兒又是為西門慶帶來財富、子嗣、官運的女子。然而，這裡也暗示著西門慶家的聲勢，如烟火攀至高潮終必隕落。可以理解這一部充滿食色欲望的小說，狂歡的、情欲流動的、男女得以共處街市的元宵節，最能適切表現出小說的聲色效果。

　　《金瓶梅》三寫元宵節，乃是以元宵節寫出充滿欲望的家庭及節慶，並承載了小說對於文化的隱喻。

六、不寫之寫：中元節──顯示中國思想體系中不言鬼神的文化態度

　　生死向來是人生大事。生命是從出生的開始即走向死亡的一個歷程，而死亡則是生命一個無可奈何、不可預測、無法替代的結局。死亡是時間對人類最大的限制，死亡切斷了人們和世界的關係。

　　當代推理小說或許多精彩的小說作品中，死亡，往往成為事件的開端（誰是兇手），形成懸疑效果，掀起波瀾，在餘波盪漾中，找到蛛絲馬跡，引起閱讀興趣。在中國古典小說，則把死亡敘述作為高潮或結束，而《金瓶梅》中對於人物死亡亦多有描寫，祭奠亡靈是從上古時代便有的習俗，人們透過祭拜亡靈，祈求現世安穩。《金瓶梅》對於元宵節是近乎狂歡式且大篇幅的描寫，相較之下，屬於民間信仰的中元節被當作是宗教意義上的節日，而不是與家庭生活貼近的民俗節日，因此對於中元節的描寫則少有表現。

　　《金瓶梅》描寫家庭生活種種，對於「人」、對於「家庭生活」描寫細膩，因此表現人的生活的上元節／人節／元宵節佔去了很大的篇幅，至於祭奠祖先，慎終追遠，緬懷家庭歷史有關生死大事的清明節也被刻意的描寫，唯有表現亡靈鬼神世界的鬼節／中元節幾乎被忽略。在中國的思想體系架構中，對於死亡的討論並不多，而是將重心放在現實人生的安頓，放在內在心性的探討。道家中莊子其論雖多生死，但他的態度在教導人們要「安時處順」。莊子泯除了生死對立，取消人們對於形體、富貴、年壽的執著，以超脫「有限生命」的侷限，然而莊子並沒有進一步對於死後世界的說明。面對有限生命之後的世界，人們依舊沒有概念。儒家、道家思想內化成為中國知識分子的內在。相較於儒家、道家，重視在生命哲學，佛教則自東漢末年傳入中國之後，展開了中國對於死亡及死後世界的認識。

中國的知識分子在思維上對於死後的世界仍是茫昧不明的，近人魯迅在〈祝福〉裡有深刻的批判，一個在外地念書的青年回到家鄉，被沒有知識的婦人祥林嫂問起人死後的世界是如何，一個人死後有沒有靈魂？有沒有地獄的存在？他只能回答：「那是，……實在，我說不清……。其實，究竟有沒有靈魂的存在，我也說不清。」[65]隨後對於食物想望，立刻取代了這個存在問題的思考。「說不清」，是中國知識分子對於死後世界的理解，對於死後世界的內容多半避談，而只述及佛道思想中的果報輪迴。

關於祭奠祖先，慎終追遠，緬懷家庭歷史的清明節，在《金瓶梅》中也被大力地描寫，唯有表現亡靈鬼神世界／鬼節／中元節幾乎被忽略，這也表現出即使受到果報思想影響極深的《金瓶梅》，只借助鬼神世界表現因果報應，而不描寫死後世界種種，這應和中國文人向來所受的儒家思想不言怪力亂神的思維有關。可知，《金瓶梅》面對群體時間刻度的描寫，除了表現小說的主題外，也表現了文化內在意涵。

第三節　結　語

我們同時面對著兩種時間，自然時間及社會時間。人的成長是在自然的生物時間裡展開。一旦進入人類社會群體生活，由於人們對於文化的記憶，產生了歲時節慶等時間，以及個體生命中某些特別值得紀念的時間，如生日，都在均速的時間中被突顯出來，[66]這些特別的時間刻度，也形成人們的對於過去及現在的記憶。

《金瓶梅》是借助家庭空間，講述時間故事的小說。生日與節慶的時間刻度，使家庭生活的時間自日復一日的重覆、瑣碎中切割出來，成為小說中重要的時間刻度。在《金瓶梅》中，生日是重要的時間刻度，它聯絡了家庭裡的成員，表現生日者的地位或權勢，使得人情往來從家庭向外延伸，並擴大為連結人際關係網絡，同時也顯現生日者在家庭裡、在社會認知上的地位高下。節慶，則書寫更多對於文化及生命的反省。不論生日或節慶，在這樣一個時間刻度裡承載了許多的內涵意義生日、節慶在《金瓶梅》中，所表現的不只是一個時間、空間的符號，而是承載了人物性格，表現文本意義的。

《金瓶梅》中，對於元宵節是近乎狂歡式且大篇幅的描寫，是較特殊的。更重要的是元宵節的燈火、煙火、女子服飾的燦爛顏色，煙火、車馬、人聲交織而成的炫麗聲光；男女之間的跨界、在廣場上滙聚成生命力豐富的節俗，對比著日常生活的重覆瑣碎，同

65　候吉諒編，《魯迅》，《中國新文學大師名作賞析》卷一，臺北：海風出版社，1995 年 2 月第 9
版，頁 122。

66　王建剛，《狂歡詩學——巴赫金文學思想研究·導言》，頁 5。

時也在極冷的季節裡反襯出極熱鬧喧嘩的節慶，這是冷熱交錯書寫的藝術意義。相較之下，人節／元宵節在《金瓶梅》中受到極大的注目及描寫，然而鬼節／中元節則幾無所言，這似乎表現了文人是以敬畏鬼神而不言鬼神的態度。

生日及節慶生活的特殊性表現在它的時間性及空間性；生日表現在較小的空間環境裡，節日慶典則完成於較大的空間裡。單調循環且均速的時間是日常生活的時間，節慶時間則是既具有周期性（年復一年）又擁有特殊性（每年有不同的節慶內容）。節慶是一種是理性化的狂歡生活，[67]也就是說，在慶典中人們遵從的是在文化習俗積累下，所形成的一種近乎儀式的過節方式，儀式本身是理性的認知，但是人人參與其中的慶典是狂歡的，是脫離常軌且不同於日常生活的形式，[68]它產生了一種新形態的市井言行，坦白、自由，允許人們之間毫無距離，而且脫離了平日被嚴格要求的禮儀成規。

歲時不僅是依自然時間制訂的，同時具有文化與社會意義。節慶來自於民族成員的生活內涵，對於民族文化傳承性及認同感，如此可以綿延長久地「繼承民族文化傳統，增加了民族凝聚力量，同時，一些節日還有釋放人的慾望和表現個人情緒的功能，能夠起社會減壓閥的作用。」[69]節日風俗禮儀表現出來的即是大眾文化的意義。《金瓶梅》中對於歲時節慶的描述，或者是用來註記時間的過往，將日曆上的一個符號生動地刻劃，寫出家庭生活中倍受關注的時間，時間於是和空間互為記憶。

67　王建剛，《狂歡詩學──巴赫金文學思想研究》，頁 28。

68　劉康，《對話的喧囂──巴赫金文化理論述評》，臺北：麥田出版社，1995 年，頁 267。

69　王齊、余蘭蘭、李曉輝等著，《紅樓夢與民俗文化》，哈爾濱：黑龍江人民出版社，2003 年，頁 120。

第四章　《金瓶梅》中
小說時間表現的存在意義

第一節　日常時間書寫的意義

　　小說時間展現出不同類型小說的敘事意圖。在歷史小說裡的每個事件前,都會大氣磅礴地指出時代、紀年;在英雄、傳奇、俠義小說,我們也都會記住人物和他們所處的時代,以及人物和所處社會的關係。但是在《金瓶梅》中,寫的是吃飯、睡覺、穿衣、娛樂或工作等生活。歷史小說記載史家認為的重要時刻;神魔小說則寫超越真實世界的時空描述;至於英雄傳奇小說,載錄人物大事,注重事件及背後所喻指的意義。《金瓶梅》不斷透過時間的變化指出家庭人物的關係,使我們難以忽略每一個時間刻度的存在。

　　《金瓶梅》從紀實的皇帝年號,到年月日的實錄時間,以及「次日」所表現不斷飛逝的時間過往,都令人無法忽視時間的存在,在小說中歷史時間、寫實時間與日常生活時間交錯演出,表現家庭興衰及人物的成長。

一、以前朝紀年作為隱喻

　　明清描寫家庭生活的小說,為了表現出小說的真實感,許多小說會標示出前朝帝王的名字和年號,表現真有其事的敘事形式。史書上所載的中國歷代年號,是以皇帝登基這樣重大的政治事件作為時間的起點,皇帝紀年的歷史時間在小說中因而突顯人與社會及時代的關係,[1]因為皇帝紀年提供提供小說讀者前理解的認知條件。[2]

1　黃忠順,《長篇小說的詩學觀察》,頁99。

2　所謂的前理解,姚斯在《接受美學》(*Toward an Aesthetic of Reception*)裡言:「讀者在閱讀之前,具有一定的「前理解」(pre-understanding),亦即讀者受到特定時空的審美價值觀,形成個人的期待視域(horizons of expectations),讀者閱讀後,對作品的解讀會有所改變,修正原有的期待視域,進而對文學產生新的解讀、形成新的期待視界。」參見:〔英〕伊格頓(Terry Eagleton),吳新發譯:《文學理論導讀》,臺北:書林出版公司,1998年4月四刷,頁94。

　　《金瓶梅》在這種既虛構又紀實的小說史傳影響之下，也以「寫出皇帝年號」的紀實手法，「年號」是隨著統治者更替而改換的歷史時間，在小說中所選用的歷史紀年，意味著所標示的時代背景與歷史定位。如若寫作時間是以當代為背景，則作者難以對當朝的時局有所評判，小說在編年紀實的體例中表現了所寫的大時代背後所隱喻的意義，那是作者對於時代、社會的詮釋或批判，同時寓寄褒貶，這樣的敘事手法隱含了作者的敘事／批判／諷喻意圖，作者透過所敘寫託寄的朝代，表達文人對於社會的關懷。因此，時代年號的設定，使讀者在閱讀之前對於作品顯現（的政治氛圍）定向性的期待，也是讀者的前理解，當一部作品與讀者既有的期待視域一致時，它立即將讀者的期待視域對象化，使理解迅速完成，而在讀者的理解中，對於時代的褒貶寄寓也同時完成。[3]

　　浦安迪曾說：「我們可以把《金瓶梅》這部卷頁浩繁小說理解成對新儒學的身理想的一個翻案的倒影。事實上，它是一部意存模仿的戲謔作品。」[4]產生於明代的《金瓶梅》大力書寫情欲，它模仿了史傳編年的時間體例，寫了三個女性的傳記，並明白將她們的名字刻記在書名上——金、瓶、梅。《金瓶梅》戲謔了中國小說仿作於史傳的體例，同時對儒學以反面的敘述，作正面的肯定。《金瓶梅》寫色與淫，但意在言外，實則《金瓶梅》的抒情寫欲是為了講述「存天理、滅人欲」的心學大道理。在這個仿史傳而戲謔的作品中，暗示了這個家庭與所處的時代，以隱喻那個被書寫的時代。

　　《金瓶梅》設定宋徽宗一朝為小說背景，寫「大宋徽宗皇帝政和年間」故事，如下：

第一回	話說**大宋徽宗皇帝政和**年間，山東省東平府清河縣中，有一個風流少年，生得狀貌魁梧，性情瀟灑，饒有幾貫家資年紀二十六七。
第三十回	那時**徽宗**，天下失敗，奸臣當道，讒佞盈朝，高、楊、童、蔡四箇奸黨，在朝中賣官鬻獄，賄賂公行，懸秤陞官，指方補價。 時**宣和四年**戊申六月念三日也。正是：不如意事常八九，可與人言無二三。
五十七回	話說那山東東平府地方，向來有個永福禪寺，起建自**梁武帝普通二年**。
七十六回	伯爵看了看，開年改了**重和元年**，該閏正月。
七十八回	到次日，**重和元年**新正月元旦。

　　因為「現在只有經由過去才可理解，它與過去一起形成一個有生命的連續；過去則總是通過我們自己在現在之中的片面觀點把握的。」也就是說，我們自己對歷史意義的詮釋形成一種視域，並將其帶入作品中，二者的視域相融合時，形成理解。參見〔英〕伊格頓（Terry Eagleton），伍曉明譯：《二十世紀文學理論》，北京：北京大學出版社，2007年1月第一版，頁70。

3　朱立元編，《當代西方文藝理論》，上海：華東師範大學出版社，1997年6月第一版，2003年9月第8次印刷，頁289。

4　〔美〕浦安迪，《中國敘事學》，北京：北京大學出版社，1998年，頁174。

九十九回	不料東京朝中**徽宗**太子，見大金人馬犯邊，搶至腹內地方，聲息十分緊急。天子慌了，與大臣計議，差官往北國講和，情願每年輸納歲幣金銀彩帛數百萬。一面傳與太子登基，改宣和七年為**靖康元年，宣宗號為欽宗**。皇帝在位，**徽宗**自稱為太上道君皇帝，退居龍德宮。
第一百回	不說普靜老師幻化孝哥兒去了，且說吳月娘與吳二舅眾人，在永福寺住了十日光景，果然大金國立了張邦昌，在東京稱，置文武百官。**徽宗、欽宗**兩君北去，康王泥馬渡江，在建康即位，是高宗皇帝。

　　攤開《金瓶梅》標示出朝代年紀的七回，大都是與時局動盪相連接，例如「天下失敗，奸臣當道，讒佞盈朝」（第三十回），當朝奸黨中賣官賄賂的宋徽宗時代，這樣的時代背景給予西門慶攀附權貴、官商勾結的合理情節，奸佞自上而下，這是一個荒淫的、壓榨百姓的可怖年代，同時也因亂世而使得人性的醜惡毫無隱諱。寫出在此時代下充滿欲望且貪婪的西門家，如何運用奸臣當道，讒佞盈朝，使自己富甲一方，驕富鄉里，並且任意利用官職循私及中飽私囊。透過西門慶展現的是結合土豪流氓、貪官、奸商、劣紳性格，因而朔造出一個非常複雜的明代官商形象。[5]作者所寫的不只是西門慶個人的荒淫貪婪，還寫出在一個君王無能無道時代裡，人們得忍受官商勾結下小百姓的生命如草芥；妾室、婢女、娼妓如同物品論價出售的社會現況。

　　小說標榜道德懲戒，「奉勸世人，勿為西門之後車。」[6]雖然《金瓶梅》描寫的時間斷層只在西門慶家庭內十數年記事，其更大的目的，則是讓讀者看到一個家庭與一個社會乃至整個時代的關係，寫盡「徽宗，天下失敗」的社會面向。在第一百回徽宗、欽宗兩君被擄北上，「中原無主，四下荒亂，兵戈匝地、人民逃竄。黎庶有塗之哭，百姓有倒懸之苦。」貪官奸商和昏君庸主使得生靈塗炭，在戰禍來臨時，百姓富甲如吳月娘之流，打點財物南下避兵禍，「只見官吏逃亡，城門畫閉。」（第一百回）然而此時，西門家唯一的兒子孝哥兒，卻隨著普靜師父幻化離去，陰間魂魄則在普靜師父的度化下薦拔超生；人間的烽火也在番兵退去後平息，從北南北分立兩朝，大金國在東京稱帝，南宋康王在建康即位為高祖皇帝，改朝換代，小人物和大時代各有其命運和依歸。

　　西門家的起落似乎貼合徽宗一代君王在位時的盛衰，最後吳月娘之子孝哥兒——小說裡明言他正是西門慶自己輪迴托生之子——法號「明悟」，似乎也暗示著西門慶從色

5　胡衍南，《金瓶梅到紅樓夢——明清長篇世情小說研究》，臺北：里仁書局，2009 年 2 月初版，頁 116。

6　東吳弄珠客，〈金瓶梅序〉，《金瓶梅》，頁 1，序中言：「《金瓶梅》，穢書也。袁石公亟稱之，亦自寄其牢騷耳，非有取於《金瓶梅》也。然作者亦自有意，蓋為**世戒**，非為世勸也。」

到悟，這正是《金瓶梅》一書的書旨，然而該為世戒的並不只有淫死的西門慶、潘金蓮之流，還有整個時代的縱欲氛圍。浦安迪認為十六世紀的中國是情色小說流行的年代，在狂亂的性行為之後似乎都連接著痛苦的到來，這是作者有意識講述「存天理、滅人欲」的心學道理。[7]在《金瓶梅》寫作的年代，把佛教因果輪迴說編入小說中已經成為一種固定的格式，它早被當作一約定俗成的慣例，因此作者在因果報應必然之說外，還著著更大的寓意，那就是「色空——色即是空，空即是色」的概念，

二、日常時間語詞表現的存在感

(一)「年、月、日」的實錄時間

遠古的人們對於時間空間的瞭解，是由日常作息以及對日月星辰的觀察開始。在中國古代人們觀測天象、星象以測歲時，並依靠對日月星辰運行的軌道與位置，標示出年歲、季節、月份及時日。[8]先民對於天象自然的認識，萬物依靠太陽生長，日出而作日落而息的農耕生活中，對於日升暮落、週而復始的感知最深刻，因此有了「日」的概念。日復一日後形成了「月」的時間單位，月的陰晴圓缺提供了較長的時間計算單位，最後是「年」。物候的生命周期影響了人們的生活，這也使得中國古典文學家及歷史記錄者採取獨特的時間標示形態。

在《尚書·洪範篇》裡記載著「五紀：一曰歲，二曰月，三曰日，四曰星辰，五曰曆數。」「曰王省惟歲，卿士惟月，師尹惟日。歲月日時無易，百穀用成，乂用明，俊民用章，家用平康。」這裡標示了「年－月－日」的順序。在晉人杜預編著的《春秋經集解》序言中概述敘事體例為：「記事者，以事繫年，以日繫月，以月繫時，以時繫年。所以紀遠近，別異同也。故史所記必表年以首事，年有四時，故錯舉以為所記之名也。」[9]「年－月－日－時」的記錄，是歷史典籍的時間標示順序，例如《左傳》魯隱公三年所載：「三年春王二月，己巳，日有食之。三月庚辰，天王崩。夏四月辛卯，君氏卒。秋，武氏子來求賻。八月庚辰，宋公和卒。冬十有二月，齊侯、鄭伯盟於石門。癸未，葬宋穆公。」[10]可知，在《左傳》的記載裡已是「年－月－日」繫年的方式，《春秋》記時

7　〔美〕浦安迪，《中國敘事學——浦安迪教授講演》，頁134-138，這裡也說明著例如春梅死在狂亂性愛後耗盡體力，死在周義身上；潘金蓮不斷地以跨騎的姿勢和西門慶雲雨，如一吸血鬼吸盡男人的精血；西門慶在第七十八回和林太太的性交時，以燒陰戶的方式連接了性愛和痛苦的糾纏，這些刻意把性與痛苦揉合在一起的情節，是作者精心設計的筆盡，使讀者對於情俗淫樂幻想的破滅。

8　楊義，《中國敘事學》，頁123。

9　《春秋經傳集解》，臺北：臺灣中華書局，1971年。

10　左丘明著，王守謙、金秀珍、王鳳春譯著《春秋左傳》，臺北：臺灣書房，2002年。

亦有以「年－月－日」並加入了四時、四季的記載方式。

中國古代確立了「年－月－日」的記時方式，是不同於西方的「日－月－年」的標示方式，主要是因為中國對於時間整體性的重視。時間的整體性與天地之道是相關的，中國對於世界的認知是由宇宙的整體性到萬物的個別性。因此在時間的記載也形成了以時間整體涵蓋部分時間的「年－月－日」記時方式，並影響了中國的敘事文學，特別是在以《金瓶梅》為首的幾部明清描寫家庭生活的小說，除了以皇帝年號寫出小說的朝代時間之外，更是大量地採用著「年－月－日」／「月－日」的編年書寫方式，精確記錄時間的推移：

> 「到了正月初八日，先使玳安送了一石白米、一石阡張、十斤官燭、五斤沈檀馬香、十六足生眼布做襯施」、「到初九日，西門慶也沒往衙門中去，絕早冠帶，騎大白馬，僕從跟隨，前呼後擁，竟往東門往玉皇廟來。」（《金瓶梅》第三十九回）

這裡瑣碎地道出「某月某日」如何又如何的內容，是以年繫月，以月繫日的寫真筆法，時序是一日一日地推移著，表現出時間流逝之感。如同日曆上撰刻的日期，每一頁都刻記著生活裡的細節，使得時間的流動有更真實的軌跡。[11]

時間意識的產生，意味著人們對於天地萬物及宇宙秩序有了認識，同時對於自身的生老病死、延續與結束的過程有所體驗。[12]這一獨特的體驗，構成了時間觀念的基礎。小說以「月－日」的方式記時，這使得小說有較明確的時間座標。小說情節在「年－月－日」中被推進，在描述中也可以中斷敘述，使時間恍若可以暫停、重來、拼貼，小說敘事時間的描繪因而更立體，也展現出更多面向。時間的精細描寫亦加深作品的真實可信度，給予讀者身歷其境之感。雖然知作者講述的是過去的事件，還是會讓讀者產生與時俱進、與事推移的感覺。

（二）「次日」所表現的時間性

《金瓶梅》記錄時間，在日與日的推移中，往往又會以季節的變化、歲時節令的轉換來書寫時間的流轉。除了編年形式的「月－日」、皇帝編年、歲時節令的書寫外，在小

11　這裡記載日常生活細節的方式，頗似於古代為皇帝言行、活動記錄的起居注。《隋書·經籍志》：「起居注者，錄記人君言行、動止之事。春秋傳曰：「君舉必書，書而不法，後嗣何觀。」可見起居注為古代宮廷中皇帝言行之記錄，其事甚早，淵源流長。唐宋時代起居注著錄漸富，如《唐書·藝文志》載：「開元起居注三千六百八十二卷。」玄宗開元紀年僅二十九年，其起居注每年約有一百二十七卷。在本章節對此的討論，應可參考史家所撰寫皇帝起居注的編年體例或書寫意圖，這個部分在本文中尚未處理，容或留待他日專文討論。

12　楊義，《中國敘事學》，頁121。

說中，時間的往復常常以「第二天」、「次日」、「又一日」來表現時間的前行。

　　家庭小說是一種寫實的小說，裡面的人物和現實中的我們有相同的存在的高度，他們所度過時間也是和我們一樣，是在日曆撕去的扉頁之中度過，這種現實的存在感，是描寫家庭日常時間的表現。小說中日常生活的描寫往往使用「順敘」的方式，由於對於生活細節的關注，時間的進展與現實生活裡幾乎一致，形成敘事時間中「場景」的一種筆法。也就是說，日常生活的描寫是把書寫的重點放在事與事的交疊處，亦即「無事之事」上，例如宴飲的描寫便是游離在敘事情節的進展之外，[13]情節時間停頓，讓位給生活裡的某個場景的描寫。

　　以《金瓶梅》第三回為例，西門慶看上了潘金蓮，央著王婆想法子讓他和潘金蓮會上一面，王婆於是找了藉口要潘金蓮到她家裡作針線，理由很充足，王婆因為自己「老身十病九痛」，怕那天「一時有些山高水低」，兒子又常不在家，現在有個「財主官人」，布施一套送終衣料，因此請潘金蓮到家裁衣針黹。到了「**次日清晨**」，王婆收拾屋內，預備了針線在家等待。接著是家庭日常生活的描寫，「且說武大吃了早飯，挑著擔兒自去了，那婦人把簾兒掛了，吩咐迎兒看家，從後門走到王婆家來。」（第三回）然後是二人在屋裡喝茶量布，裁布縫衣，王婆稱讚潘金蓮好手藝，到日中，王婆又備了酒食請她吃飯，描寫詳細，還道王婆下了一筯麵給婦人吃。又縫了一會兒，直到天要黑了，潘金蓮才歸家去。正好武大回到家，見潘金蓮面色微紅，詢問了她到那裡去了，潘金蓮一五一十回答，夫妻的尋常話語，武大還說：「你也不要吃她的，我們也有央及她處⋯⋯。」還叮嚀潘金蓮明日再去時也買些酒食回禮。如此這般，都是生活裡的細節，第二日又如何如何，寫實地描寫著生活裡的細節，當時間要更快速往前進時，作者利用敘事者之口加入了「話休絮煩」等詞語，省略掉某些細節，使時間推移著。到了**第三天**，西門慶便和潘金蓮勾搭上。小說時間的基調是如實地、一日又一日地進行著時間，因此家庭生活裡的大小瑣事巨細靡遺地被描寫出來。

　　第二回提到：「**次日**武松去縣里畫印，直到日中未歸。」這是一個平常的日子，但是潘金蓮心裡計劃著要撩挑小叔武松，同一回裡也寫著：「**次日清晨**，王婆恰纔開門，把眼看外時，只見西門慶又早在街前來回踅走。」原來西門慶此時的心思都放在潘金蓮身上，欲透過王婆勾搭潘金蓮。所有人物的關係、事件的變化在時間推移中隱然表現。「次日」一詞在《金瓶梅》裡幾乎每回都提到，或以「到次日」、「次日早」、「次日清晨」、「一日」等不同的語詞變換敘述。

　　小說大量使用「次日」，時間因此是斷裂的，時間是切割成一日又一日的存在。然

13　浦安迪，《中國敘事學》，頁46-47。

而,在一日又一日的片斷中,卻又連接成日─月─年。作者幾乎是實錄家庭生活,使情節敘述更顯真實,也讓讀者在閱讀中感受家庭生活的細節。這樣綿密地使用一日、次日的時間記載,這是「時間滿格」的寫作方式,[14]家庭小說在此不斷以「是日」、「又過了數日」等實錄筆法,展現小說時間的不可往復、無法挽回的時間感。這樣時間語詞密集的使用,正是家庭書寫的一種特質。

小說中大量以「次日」等語詞使時間往前進的筆法,雖然從寫作上看來顯得較無技巧,但恰恰說明「日復一日」正是《金瓶梅》小說敘事的時間特質,然而在這些看來平凡的日常生活裡,往往會讓我們看到比平凡生活「更多一點」的事件,這些事件在時間中形成情節也造成家庭的命運,於是我們才能透過西門慶家庭人物的命運,看到《金瓶梅》誡世的隱喻。

(三)日常飲食的家庭時間

《金瓶梅》所書寫的日用飲食家庭生活,不同於史傳、神話建構傳奇人物的特性。史傳、神話的敘事通常是封閉的、有完整的發生過程。然而,庶民的常規生活,基本上是重複、平靜、分散的表現狀態。[15]也就是一些生活裡的細節,講的不外乎是家庭裡的瑣事、食衣住行、應酬交際、街坊鄰居、吃茶喝酒……等,並不是傳統文學所要表達的微言大義,更無關經世致用的話語。

例如在《金瓶梅》第十一回寫西門慶家裡妻妾爭吵、夫妻絮語的尋常瑣事。「話說潘金蓮在家恃寵生嬌,顛寒作熱,鎮日夜不得個寧靜。」潘金蓮因性情多疑脾氣又不佳,「為著零碎事情不湊巧,罵了春梅幾句。」春梅的氣沒地方發,於是到廚房拍桌拍凳,弄得孫雪娥也極不高興,於是說了春梅幾句:「怪行貨子,想漢子便別處去想,怎的在這裡硬氣?」春梅的氣於是有了發洩的出口,罵了春梅一句又去挑撥潘金蓮說東道西。第二天西門慶等著要吃荷花餅、銀絲鮓湯,使春梅往廚房說去,春梅饒是不動身,潘金蓮因此在旁添油加醋地說:「你休使她。有人說我縱容她,教你收了,俏成一幫兒哄漢子。百般指豬罵狗,欺負俺娘兒們。你又使她後邊做什麼去?」加上春梅又說三道四,最後是孫雪娥被西門慶踢罵了一頓,孫雪娥在西門慶面前敢怒不敢言,但又氣不過,在西門慶離開後又對著其他僕婦發了牢騷,被西門慶聽到了,又是一頓好打。這時孫雪娥又上大房吳月娘處告狀,正巧又讓潘金蓮聽到,二人吵了一頓,備受西門慶愛憐的潘金蓮豈是善罷干休,於是她「卸了濃妝,洗了脂粉,烏雲散亂,花容不整,哭得兩眼如桃,躺

14 趙毅衡,《苦惱的敘述者──中國小說的敘述形式與中國文化》,北京:中國人民大學出版社,1998年,頁148。
15 高桂惠,《追蹤躡跡──中國小說的文化闡釋》,頁267。

在床上。」等西門慶返家，潘金蓮放聲號哭，直嚷著要問西門慶的休書，西門慶聽了暴跳如雷，採過孫雪娥頭髮，儘力拿著短棍打了下，多虧吳月娘攔下。接著描寫西門慶從袖裡取出廟上買的四兩珠子，給了潘金蓮才平息她的怒氣，從此潘金蓮要一得十，深得西門慶的寵愛。這裡不過是妻妾爭吵的日常生活裡的一景，卻花去了小說七頁的篇幅，細瑣支節，卻十分真實。

小說裡盡是生活細節，寫的全是柴米油鹽，即使是對於西門慶的描寫也多在欲望的部分：權力的欲望、金錢的欲望、對於女體的欲望。這裡寫的全是家庭人物在「過生活的方式」，沒有英雄豪傑、沒有帝王將相、沒有氣勢磅礡的歷史大敘事，而是更為貼近女性心理的生活描寫，一些有聊的、無聊的，一鐘茶、一頓飯，裁衣量鞋等事件的細膩描寫，全是一些不要緊的尋常生活，這就是家庭日常時間的書寫。

第二節　表現家庭／國家興衰的存在感

《金瓶梅》中也寫出家庭的、及國家的興衰，「在明清家庭小說對於家族與家庭的描寫有一種家國互喻的現象，小說以男女、家庭、家族而及天下，家是國的基礎，國是家的延伸，家國一體，尤其是在一個綱常失序的世界，家綱不振，往可以見證國綱罔存。」小說的敘事模式：「往往透過家庭人物的視野，一方面描寫家庭瑣事反映社會人生，另一方面透過家庭的視窗呈現鮮明的時代感。」[16]在《金瓶梅》中曾經權傾一時、助西門慶得勢得道的蔡京蔡太師，也被太學國子生陳東上本參劾，後被科道交章彈奏倒了，「聖旨下來，拏送三法司問罪，發烟瘴地面，永遠充軍。太師兒子禮部尚書蔡攸處斬，家產抄沒入官。」（第九十九回）至於平亂有功的周守備，則是陞升為濟南兵馬制置：

> 話說一日周守備與濟南府知府張叔夜，領人馬征勦梁山泊賊王宋江三十六人，萬餘草寇都受了招安。地方平復，表奏，朝廷大喜，加陞張叔夜為都御史、山東安撫大使，陞守備周秀為濟南兵馬制置，轄理分巡河道，提察盜賊。（第九十八回）

這裡表現了家國的興衰。《金瓶梅》裡官商勾結、朝紀敗壞已至不可收拾的地步，大金的人馬侵犯邊疆，甚至搶至內地，徽宗天子當朝，與大臣計議，差官往北國講和，情願每年輸納歲幣金銀彩帛數百萬。同時徽宗「傳位與太子登基，改宣和七年為靖康元年，宣帝號為欽宗。皇帝在位，徽宗自稱太上君皇帝，退居龍德宮。」（第九十九回）北國的大金皇帝見徽宗軟弱，滅了遼國，又見東京欽宗皇帝登基，集大勢番兵，分兩路寇亂中

16　高桂惠，《追蹤躡跡——中國小說的文化闡釋》，頁192。

原。文中寫著周統制如何為國效力邊關，帶兵殺敵，卻為國捐軀：「統制提兵進赶，不防被幹離不兜馬反攻，沒鞭一箭，正射中咽喉，隨馬而死。眾番將就用鉤索搭去，被這邊將士向前僅搶屍首，馬戴而還。所傷軍兵無數。可憐周統制，一旦陣亡，亡年四十七歲。」（第一百回）

然而，令人覺得不勝唏噓的是，當二爺周宣引著六歲的金哥兒，行文書申奏朝廷，討祭葬，襲替祖職之際。春梅「則在頤養之際，淫情愈盛常留周義在香閣中，鎮日不出。朝來暮往，淫慾無度，生出骨蒸癆病症。逐日吃藥，減了飲食，消了精神，體瘦如柴，而貪淫不已。一日，過了他的生辰，到六月伏暑天氣，早晨晏起，不料他摟著周義在床，一泄之後，鼻口皆出涼氣，淫津流下一窪口，就嗚呼哀哉，死在周義身上，亡年二十九歲。」（第一百回）丈夫是因沙場效命，春梅則是因欲喪命，國家處於敗亡危急之際，世界卻仍有男女因欲望無窮而命喪於性事上。周守備的咽喉正中一箭，隨馬而死；春梅則是摟著周義在床，伏死在周義身上。小說寫周家的衰敗，也寫國家的存亡，將國家興亡與個人存亡交錯寫出，充滿了嘲諷。

第三節　劫難與喪禮的敘事意義

一、在劫難逃的時空意義

「劫」在《說文解字》裡意為：「以力止人之去為劫」，以力量阻人們的離去，即是「劫」的原意，在此《說文》特別說明了：「不專謂盜，而盜竊人於國門之外亦劫也。」直到佛教思想的傳入，「劫數」、「劫難」成為一種命定思想，是在未來時間裡對於現在的人世所設定的結果。

首先，我們要設問的是小說中劫難時間所呈現的意義是什麼？是一種不可逆的命運，還是意志與命運的掙扎？如果，在未來時間設定一種結果，在此時、在今生則是不斷走向那個結果的過程，那麼人是否只能落實此刻存在的意義，卻不能扭轉天意？

在《金瓶梅》裡，李瓶兒曾二度入西門慶的夢裡，警告西門慶即將來臨的劫難，同時也預敘著後文的情節：

> 西門慶在牀炕上眠……良久，忽聽見有人抓的簾兒響，只見李瓶兒蕭然地進來，身穿慘紫衫，白絹裙，亂挽烏雲，黃慘慘面，向牀叫道：「那厮再三不肯，發恨還要告了來拿你。**我待不來對你說，誠恐你早晚暗遭毒手。我今尋安身之處去也，你須防範他。**沒事休要在外吃夜酒，往那去，早早來家。千萬牢記奴言，休要忘

了！」說畢，二人抱頭而哭。（第六十七回）

瓶兒死後西門慶二度夢見她，這裡首先表現出西門慶對於瓶兒愛妾的思念，同時也表現出李瓶兒對於西門慶的真心相待：

> 西門慶摘去冠帶，解衣就寢⋯忽聽得窗外有婦人語聲甚低，即披衣下牀，靸著鞋襪，悄悄啟乍視之，只見李瓶兒⋯⋯立於干月下（說道）：「我的哥哥，切記休貪夜飲，早早回家。那厮不時伺害於你，千萬勿忘！」（第七十一回）

透過夢境，李瓶兒警告西門慶花子虛要取他的命，因此殷殷勸告西門慶千萬要早早還家。二度的勸告正說明西門慶並沒有依李瓶兒之言，仍舊貪杯夜飲，今世的果報，在不久的未來將會作一個了結。這裡劫難的到來強調是果報輪迴及命定，但是宿命論背後有一個大而有力的主宰，以其好惡，或以其宇宙定律、善惡來裁定。「所有將來會發生的事件和行為並不決定人類現在所作的選擇和行為。如果某一件事注定要發生，那麼無論人類現在作的是怎樣的選擇它都會發生。」[17]命運之說使得人類的行為和所遭遇的人生，中間存在嚴重的疏離狀態，因為不論作了何種選擇都不影響未來的命運，如此一來，一切全交給了宿命，那麼將會因此取消了人類理性的作用。

然而，鬼（李瓶兒）的意志無法左右人的命運，決定人的命運的其實是自己，西門慶亦如是。然而他們的行為並非是完全被命運支配，而是更偏向於偶然命運觀。[18]偶然的命運觀，則雖形成於人事之紛論錯綜之中，卻獨立自成別具一格的體系，它在人事中運行，可是它又凌駕在人事之上，用人事所不能控馭的「時間」和「空間」兩個骰子，投擲一群人的生死禍福命運。唯有業報命運，「自作之，自受之。」「欲知前世因，今生受者是。欲知後世果，今生作者是。」[19]《金瓶梅》是充滿了善惡果報的思想。

二、喪禮的敘事意義

李瓶兒死亡之時是家中聲勢正隆之時，瓶兒集西門寵愛於一身，於是她有一個費盡許多銀兩的喪禮。就時間意義上來看，李瓶兒的死亡，正好寫出家中權勢與威望。在死

17　樂蘅軍，《意志與命運》，臺北：大安出版社，1992年4月初版，頁198。

18　樂蘅軍，《意志與命運》，頁238-239，所謂偶然命運觀是成立在時間之上。時間就是運動，在運動中，才能將成干連的因素——包括事件和人物——從別的時空搬運到一聚合相遇的時空的焦點，而後命運得以生成。「命」是根本，「運」是一時的。是一個戲劇化的時間，未曾估計的人事突然輻輳在一個中心點，然後一切事物必產生巨大的變化，於是形成了的情境、新的秩序。

19　樂蘅軍，《意志與命運》，頁239-243。

後，則回到家中托夢給西門慶，並殷殷苦勸。瓶兒勸告西門慶不要因喝酒流連忘返不著家，因為花子虛將要來索命，而她死後的預言亦應驗。

李瓶兒死時，西門慶守著李瓶兒屍首，放聲大哭（第六十二回），接著是西門慶為瓶兒治重喪。首先西門慶拿了十兩白金、一疋尺頭要畫師畫下李瓶兒的肖像（第六十三回），要一軸大影、一軸半身，靈前供養。寫喪花去了幾回篇幅，祭奠的人有劉公公、薛公公、周守備、夏提刑等多位官員（第六十四），作了頭七、二七、誦了經、治了喪席、又來了朝廷管磚廠工部的黃主事，作了三七、四七，送殯當日，西門慶預先問了帥府周守備討了五十名巡備軍士，帶著弓馬、全裝打路，「那日官員士夫、親鄰朋友來送殯者，車馬喧呼，填街塞巷。本家親眷轎子有百餘頂，」有意思的是，「三院鴇子粉頭小轎也有數十。」（第六十五回）足見西門慶的交往層面上至內相公公、官員，下至青樓妓院。所燒的紙錢，「烟焰漲天」，出殯當晚西門慶不忍遽捨，於是晚夕仍到李瓶兒房裡要伴瓶兒肖像宿歇。但荒謬的是，才至半夜，但把奶娘如意兒拉下炕，二人一夜雲雨，天亮後西門慶開門尋了李瓶兒的四根簪兒賞給了如意兒。至此，給李瓶兒的喪禮成了一個最香豔也最符合西門慶形象的描寫，然而，這香豔的描寫，使得李瓶兒盛大的喪禮更顯得荒謬和虛假，西門慶的「情」終究不敵他的「欲」。

此外，《金瓶梅》中還描寫一個充滿荒謬及嘲弄意義的喪禮：西門慶的喪禮上，應伯爵等人對於西門慶的祭文，著實譏諷了這群酒肉小人、幫閒者。西門慶自己的喪禮上，可就充滿了黑色幽默的嘲弄語言。首先應伯爵、謝希大等七人湊上七錢，買了祭禮、央了水秀才寫了祭文，沒想到水秀才在祭文裡譏諷了這一群狐群狗黨：

> （西門慶）常濟人以點水，恆助人以精光。囊篋頗厚，氣概軒昂。逢樂而舉，遇陰伏降。錦襠隊中居住，齊腰庫裡收藏。
>
> 受恩小子，常在胯下隨幫。也曾在章臺而宿柳，也曾在謝館而猖狂。正宜撐頭活腦，久戰熱場，胡為罹一疾不起之殃？見今你便長伸著腳子去了，丟下小子輩如班鳩跌腳，倚靠何方？難上他烟花之寨，難靠他八字紅牆，再不得同席而偎軟玉，再不得並馬而傍溫香。（第八十回）

這裡著實譏諷了這群酒肉小人、幫閒者。出殯之日，李嬌兒與妓院裡的桂姐、李桂卿便計算著要「棄舊迎新為本」、「趨炎附勢為強」，要為往後的日子打算，如同敘述者所敘：「院中唱的以賣俏為活計，將脂粉作生涯。早晨張風流，晚夕李浪子，前門進老子，後門接兒子，棄舊憐新，見錢眼開，自然之理。」（第八十回）最後李嬌兒嫁作張二官作為二房娘子。李嬌兒之後，西門慶的妾室們，再嫁或被賣，終究都離了西門家。

小說對於日常生活瑣事的描寫，使得敘述的角度轉而關注女性的生活內涵，李瓶兒

的喪禮,以及西門慶喪禮上的荒謬情節,似乎透露某些訊息:小說寫的是「家庭」,而且是貼近女性視角下的家庭,因此多寫「家」而少寫「國」,寫「家事」不寫「國事」;同時,當敘事的視角不再從男性／父權的角度去看待「家」、「國」之際時,家庭的秩序不再是原來儒家思維裡「君、臣、父、子、夫、婦」的人倫品序,翻轉至女／男、妻／夫──女性「狹隘」的敘事觀點。家庭秩序因此似乎是「失序」,而在失序的同時,正是對原有秩序的重新思考,上升到前所言的家國互喻的部分,這正是對集權的、官僚的明代社會的一種衝撞及反省。

在《金瓶梅》中對於喪禮描寫最為盛大的莫過於李瓶兒之死,在這裡有幾重意義:

1.李瓶兒的喪禮,鋪陳了西門家顯赫財富及官商關係。

2.突顯即使在喪禮期間,亦是暗香浮動,悲喜交錯成一幅欲望橫流的男女圖像。

3.她的喪禮對比後來西門慶的喪禮,清楚表現家庭的興衰過程。

第四節　《金瓶梅》中日常時間以外的時空敘事

一、智慧老人──普靜師父擁有的過去、現在及未來時空

中國古典小說中常常會有睿智者作為「智慧老人」[20]的角色,智慧老人往往暗示或預告著讀者,關於小說裡「過去、現在、未來」事件。智慧老人所存在的時空,似乎可以變異且自由來去,他們出現的時間都是人物有難或在生命極為困惑的轉折點上。智慧老人,或可知悉今昔,他們的存在其實是使小說自現實、日常的時間中超拔出來,能包

20　張漢良在〈「楊林」故事系列的原型結構〉,臺北:《中外文學》第三卷第11期,1975年4月,中藉容格(C.C. Jung)集體潛意識中原型人物的觀點討論了〈楊林〉等四篇故事中的「智慧老人」,智慧老人:「為一操縱全局,主宰主角命運的外在力量」,往往人物遭逢困境時以各種權威形象出現,來幫助人物解決問題,而此一智者形象在《莊子》中〈漁父篇〉的漁父、〈屈原列傳〉中的漁父、《史記·留侯世家》張良所遇的圯上老人皆是。

　　康韻梅,〈唐人小說中「智慧老人」之探析〉,臺北:《中外文學》第23卷第4期,1994年9月,頁163,是文作者在此文中進一步說明:在這篇文章中分析了唐傳奇中大量出現的「智慧老人」,這些智慧老多半具有神異的能力,他們的身分多半是神仙、道士、菩薩、僧侶、幽冥中人、精怪和卜者,共同顯示出神異的超現實色彩,而他們的形貌或經年不變,或呈現聖與俗的雙面性,並具有神術或擁有奇物,同時行跡神祕來去自如。

　　作者依據容格(C.C. Jung)集體潛意識理論中原型人物的觀點,認為唐傳奇中智慧老人表現的是人們對於成仙的嚮往、表現了對人生的了悟,同時說明了現實世界中仕宦婚姻的命定理念。展現的是主角自我追尋的理想,和對生命際遇的了悟,這是個人生命價值的追求。

涵更多的想像摹寫，能將永恆的、神話的時間寫入真實的小說時間中。這些擁有特異能力，能在現實時空中自由遊走的智者或僧佛；或者存在於另一個時空裡，例如在夢境中。

智慧老人能預知未來、擁有睿智，這在唐代傳奇中已有所表現。在唐代傳奇中，這樣的智者，主要是「傳達出當時的宗教信仰和命定觀念，特別是道教的神仙思想」，智者的出現是為了要度化主角成仙、預言未來、為人物解困除厄、啟智。同時，這些智者的身分都是超凡者、非現實中的人物，因此他們具有超能力，以展現神仙奇術並洩露天機。[21]

《金瓶梅》中的智慧老人——普靜師父，他敘述每個人的過去，接續現在及未來的時間，並超度人們，改變人們的未來。話說在西門慶死後，吳月娘請來吳大舅，商議著要往泰安州頂上岱岳廟進香，這是西門慶重病時許下的心願。吳月娘坐著一頂暖轎，連著玳安、來安等人來到碧霞宮進香瞻拜。廟祝道士石伯才專為當地高太守妻弟殷天錫誘騙婦女，以供姦淫。見月娘姿容非俗，載著孝冠兒，若非是官戶娘子，一定是豪家閨眷，於是設計留宿，幸得吳大舅解危，不曾被玷污，於是星夜離開，急急奔走。約四更時分，趕到一山凹處，為一石洞，裡面有一老僧，秉燭念經。原來這裡是岱岳東峰，此洞名為吳雪澗，老僧為雪洞禪師，法名普靜，已在此處修行三十年。當吳月娘一行人逃至此處，普靜法師指示「休往前去，山下狼蟲虎豹極多。明日早行，一直大道就是你清河縣。」當吳大舅擔心殷太歲等人追趕上來時，普靜師父只「把眼一觀」，說道：「無妨，那強人趕至半山，已回去了。」（第八十四回）助吳月娘等人解危。

次日天未曉，吳月娘拿一疋布酬謝師父收容之恩，普靜師父不受，只說：「貧僧只化你親生一子，作個徒弟，你意下如何？」可是吳月娘只有孝哥兒一子，還望他繼承家業，怎捨得，於是她說：「小兒還小，今才不到一周歲兒，如何來得？」師父道：「你只許下，我如今不問你要，過十五年才問你要。」（第八十四回）豈知十五年的歲月，在人間轉眼即過。到了這一年，太上皇帝與靖康皇帝被俘擄往北地，中原無主，四下荒亂，兵戈匝地，人民逃竄。番兵殺至山東，官吏逃亡，城門晝閉，荒煙四起。此時吳大舅已死，吳月娘偕同吳二舅、玳安、小玉、領著十五歲的孝哥兒，往濟南府投奔雲理太守。一來求避兵，二來為孝哥兒完成婚事。

就在城外荒郊裡，遇見一個身披架裟和尚，高聲大喊：「吳氏娘子，你到那裡去？還與我徒弟來！」並指引夜宿永福寺，月娘不捨得獨子出家。是夜，月娘夢見欲前往投靠的雲理守強要與月娘婚配，月娘不從，在夢中雲理守手刃玳安、吳二舅及孝哥兒，月娘驚醒。小玉則是一夜無眠，夜裡親眼見普靜師父超薦亡魂。最後，普靜師父以禪杖點

21　康韻梅，〈唐人小說中「智慧老人」之探析〉，《中外文學》，頁163-165。

化未來給月娘看,原來孝哥兒是造惡非善的西門慶所托生,將來不僅會蕩盡西門家產,臨死時還身首異處,這使得月娘幡然醒悟,終於撒手讓普靜師父度化孝哥離去,但月娘仍慟哭不已,而喚作「明悟」的孝哥兒,則隨著普靜師父,幻化而去。

普靜師父知悉今昔,把十五年的時間點化成一瞬間,他所存在的時空不是人世的時空,而是有著可以俯看人世的高度,並能從人世間的現實時空看見未來生死輪迴的光景,以及魂魄的去處。這說明,唯有普靜師父這個智慧老人才得以知悉過去、現在、未來,並有開示人們的力量。現在、過去、未來的時空都在智慧老人的掌握中,但智慧老人只能知悉已發生的、將要發生的事,命運的抉擇仍交回人的手中,人,還是掌握了自己未來的可能性。

二、因果輪迴的時空

《金瓶梅》是以現實的日常時間為敘事基礎,然而,何以在日常現實的生活裡要架構出一個神話或永恆的時間?因為這是人們對於短暫人世的遺憾,抑或是人們內心所要尋找的樂園或淨土。

什麼是「永恆」?那是一種「沒有消失,一切同時在場」、「所有的時間瞬間都同時在場,既沒有過去,也沒有將來」的一種時空意涵。[22]「中國古典小說中幾乎絕少沒有神話情節的投入,從趣味故事到寓意深遠的長篇說部,神話情節是個不速之客,隨時可能闖入」。事實上,「所有神話情節出現在非神話小說中,都有個不得不然的深遠背景,這個背景之深遠,有時是在作者覺察控制之下;有時超過說故事者的意識,然至少也是也潛意識中的藝術服從。」[23]神話內化到文學的創作中,意味著,人們對於永恆時空有無限的懷想,因此在小說中出現神話時空,或可以永恆輪迴的前世今生及來世。歷史小說、英雄傳奇小說以及神魔小說都仍處在一個善惡判斷、忠孝節義的故事,《金瓶梅》則已脫去這種大的敘事框架,而是找尋細瑣人事裡更真實也更複雜情感表現。

輪迴,是一段一段現實的日常的時間的接續。輪迴的時間仍是在人世裡進行,是延續著現實的時間,人依舊在紅塵裡翻滾,生命以另一種形態、另一個肉體之姿延續著,同時以輪迴時的男身女體、貧富窮達,代償了此生的行善作惡。《金瓶梅》寫人物的「因果」及「累世」的輪迴。李瓶兒、西門慶死時,黑書即說出他們這一世的善惡果報,預知了來世的去向。李瓶兒之子官哥兒死去時,徐先生將陰陽秘書瞧了一回道:

---

22 尚杰,〈時間與敘事〉,《法國當代哲學論綱》,頁43。
23 樂蘅軍,《古典小說散論》,臺北:大安出版社出版(1976年純文學出版),頁257。

哥兒前生曾在兗州蔡家作男子，曾倚力奪人財物，吃酒落魄，不敬天地六親，橫事牽連，遭氣寒之疾，久臥床蓆，穢污而亡。今生為小兒，亦患風癇之疾。十日前被六畜驚去魂魄，又犯土司太歲，先七攝去魂死，托生往鄭州王家為男子，後作千戶，壽六十八歲而終。（《金瓶梅》第五十九回）

然而，李瓶兒嚥了氣時，徐先生打開陰陽祕書觀看，說道：

死者上應寶瓶宮，下臨齊地。前生曾在濱州王家作男子，打死懷胎母羊，今世為女人，屬羊。雖招貴夫，常有疾病，比肩不和，生子而亡，主生氣疾而死。前九日魂去，托生河南汴梁開封府袁家為女，艱難不能度日。後耽閣至二十歲嫁一富家，老少不對，終年享福，壽至四十二歲，得氣而終。（第六十二回）

在此似有些矛盾：李瓶兒死後在陰陽書上早已註明她的魂魄去處，然而，至文末第一百回，普靜師父將孝哥兒度化而去之前，因師父發慈悲心薦拔幽魂，才使得包括李瓶兒在內的眾生得以超度，李瓶兒托生為東京袁家女兒，[24]時間上似乎有落差。也就是說在瓶

---

24 普靜老師見天下荒亂，人民遭劫，陳七橫死者極多，發慈悲心，施廣惠力，禮白佛言，薦白佛言，薦拔幽魂，解釋宿冤，絕去掛礙，各去超生。於是誦念了不十遍解冤經咒。」使得「數十名焦頭爛額、蓬頭泥面者，或斷手折臂者，或有剖腹剜心者，或有無頭跛足者，或有吊頸枷鎖者，都來悟領禪師經咒，列於兩旁。」禪師言：「你等眾生，冤冤相報，不肯解脫，何日是了？汝當諦聽吾言，隨方托化去罷。

聽罷禪師之言，眾魂都拜謝而去。接著李瓶兒等人，來到普靜禪師面前，感恩離去：龐春梅之夫周秀周統制前來言：「因與番將對敵，折于陣上。今蒙師薦拔，今往東京托生與沈鏡為次子，名為沈守善去也。」

西門慶女婿陳敬濟言：「因為被張勝所殺，蒙師經功薦拔，今往東京城內，與王家為子去也。」

潘金蓮則是：「奴是武大妻、西門慶之妾潘氏是也，不幸被仇人武松所殺，蒙師薦拔，往東京城內黎家為女，托生去也。」

自稱武植的武大郎言：「因被王婆唆潘氏下藥，吃毒而死。蒙師薦拔，今往徐州鄉民范家為男，托生去也。」

李瓶兒言：「妾身李氏，乃花子虛之妻、西門慶之妾，因害血崩而死。蒙師薦拔，今往東京城內袁指揮家，托生為女去也。」

花子虛說：「不幸被妻氣死，今蒙師薦拔，今往東京鄭千戶家，托生為男。」

宋蕙蓮言：「西門慶家人來旺妻宋氏，自縊身七。蒙師薦拔，今往東京朱家為女去也。」

龐春梅言：「因色癆死，蒙師薦拔，今往東京孔家為女，托生去也。」張勝言：「蒙師薦拔，今往東京大興衛貧人高家為男去也。」

孫雪娥言：「不幸自縊身死，蒙師薦拔，今往東京城外貧民姚家為女去也。」

西門慶之女西門大姐則是：「西門慶之女、陳敬濟之妻，西門大姐是也。不幸亦縊身七，蒙師薦拔，今往東京城外與番役鍾貴為女，托生去也。」

兒死去時已注定要托生為袁家女,但到文末卻是因為普靜師父的超度「蒙師薦拔」,亡靈才得以托生。但無論如何,都是死後生命的輪迴與延續,隱然對生命的永恆有所企圖,更重要的是對今生今世的作為,有了因果報應勸善懲惡的用意。

若就《金瓶梅》裡人物的輪迴而言,似乎有了可置喙之處,例如龐春梅因色癆死,但死後卻能托生為男,雖是貧人高家,但至少在男尊女卑的社會裡,春梅的輪迴是進了一級由女為男,或許是因為春梅雖淫亂,又將孫雪娥推入娼妓之家,卻對主子潘金蓮忠心耿耿所致。又如同西門慶在今生官商勾結,同時以淫欲死,卻能「托生富戶沈通為次子沈越。」也許《金瓶梅》書序所題「為世所誠」、「勸善懲惡」之說,得作如是解:這是因為西門慶托生成的兒子孝哥兒,開悟後入佛門,這一切都在普靜師父的掌握中,於是西門慶才得以托生為富家之子,延續今生的富貴享樂。

三、夢境的時空意義

夢境是天上人間時空幻化最好的表現場域,人們得以在這個超現實的時空裡表現神話時間、輪迴時間,或者是過去的時間及未來的時間,夢境並不只有預敘的功能,它也可以作為追敘、補敘情節的敘事手法。小說中所使用的夢境可作為預告的意義,提點後文的情節發展。

在人世間,人們能超脫「時間」控制的機會是夢境,或者死亡。然而,在真實人生裡,人們幾乎無法描述死亡的過程,只能透過詩人或小說家的想像,或透過夢境以解構時間。文學作品中的夢境、仙境、陰曹地府等等都是幻覺時空。夢境是對現實時空的跨越,也是理想空間連接現實空間的一種方式,使現實世界與理想世界之間可以連接。[25]夢境的空間無隔,不受實際空間的設定與限制,在情節中有「入夢」、「夢境」、「覺醒」的過程,而這過程中,包含象徵或暗示意義。夢中出現的空間流動與移轉現象,呈現不

西門慶言:「不幸溺血而死,今蒙師薦拔,今往東京城內,托生富戶沈通為次子沈越去也。」(《金瓶梅》第一百回)

西門慶的托生輪迴也是文中交代不夠清楚的地方,在《金瓶梅》一百回裡西門慶感謝禪師薦拔,但文末普靜禪師後對月娘道:「當初你去世夫主西門慶造惡非善,此子轉身托化你家,本要蕩散其財本,傾覆其產業,臨死還當身首異處。今我度脫了他去,做了徒弟。」

只見孝哥兒還睡在床上,師父用手中禪杖點化了一下,教月娘眾人看見,孝哥兒忽然翻轉過來,竟是西門慶,項帶沈枷,腰繫鐵索的相貌,原來孝哥兒是西門慶托生。後來孝哥兒隨普靜師父領去,起了一法名為「明悟」。然而這裡令讀者不解的是,西門慶究竟在死後托生為「富戶沈通為次子沈越」,還是早就托生為其子孝哥兒呢?

25　金明求,《虛實空間的移轉與流動:宋元話本小說的空間探討》,頁323。

確定的虛擬世界,同時也是現實生活的補充,並轉換成抽象寓意的過程。[26]

唯有夢境能超越時空的限制、消解時空,或具有小說情節的預敘以暗示後文發展的功能,這些預告都滲透到全書其他的行文脈絡中,成為小說裡若隱若現的情節伏筆,隱喻人世如樓起樓塌、如蜉蝣、如塵世裡的一瞬。

小說描寫日常瑣碎的家庭生活,但透過「夢境」寫現實人生以外的超現實時空,例如,李瓶兒二度托夢勸喻西門慶。警告西門慶因花子虛要取他性命,殷殷勸告西門慶千萬要早早還家。第一次:

> 奴來見你一面。我被那廝告了一狀,把我監在獄中,血水淋漓,與穢污在一處,整受了這些時苦。昨日蒙你堂上說了人情,減我三等之罪。那廝再三不肯,發恨還要告了來拿你。我待要不來對你說,誠恐你早晚暗遭毒手。我今尋安身之處去也,你須防範他。沒事少要在外吃夜酒,往那去,早早來家。千萬牢記奴言,休要忘了。(第六十七回)

這是在黃真人為李瓶兒設壇超薦之後,西門慶書房賞雪,後來在牀炕上睡著,瓶兒入夢所言。第二次則是西門慶本為山東貼刑副千戶,轉正千戶,於是上東京見朝謝恩,夜宿何太監宅,是夜,李瓶兒入夢託言:

> 奴尋訪至此。對你說,我已尋了房兒了,今特來見你一面,早晚便搬去了。
> 我的哥哥,切記休貪夜飲,早早回家。那廝不時伺害於你,千萬勿忘。(第七十一回)

二度的勸告,也正說明著西門慶並沒有依李瓶兒之言,仍舊貪杯夜飲。這裡的夢境是一個預言,是對未來時空事件的描述,是善惡果報的說明,預言西門慶即將面對的命運與劫數,今世的果報,在不久的未來將會作一個了結。

夢境的使用在中國古典文學中是常用的手法,在夢境裡可以展現小說人物朝思暮想的對象或事物;或預告未來;或作為勸誡之意;更可以是神遊天地古今與鬼域的方式。在《金瓶梅》中,人們透過夢境看到過去或未來,補足家庭小說直線前進的敘事情節之不足。

26　金明求,《虛實空間的移轉與流動:宋元話本小說的空間探討》,頁329-330。

第五節　結　語

　　《金瓶梅》標示的時間似乎都是過去的、前朝的時間,此種使用前朝看似真有其事的時間敘寫方式,使得小說讀來更為寫實。由於中國古典小說深受歷史著作的影響,使得中國小說的作家們熱衷於以小人物寫大時代,[27]而它的意義可以擴及家庭小說的書寫連接了個人和家庭和時代。

　　成書於明代中期國家朝政走向衰敗的《金瓶梅》,書旨又明白揭示以為「世戒」的用心,不難理解西門慶及西門家庭所顯示的文化意義其實是警世的,如果百姓及朝廷都縱欲享樂,家事破散、國事衰頹則是必然的結局,來世的輪迴必然懲誡著今生。同時也說明:在亂世裡能借助的力量,是具有超能力的個人,在《金瓶梅》中只有普靜師父,才能將孤魂薦拔超度。在文化心理中,亂世時人們渴望的是英雄、是仙佛,是有獨特超能力的個人,才能解救芸芸眾生,超拔於苦海孽緣、亂世之上。可知,《金瓶梅》所依托的「前朝時代」,和小說的主題及寓意相呼應著,同時表現小說時間背後的文化意涵。

　　《春秋》的編年體例,影響後世史學及小說敘事時間的表現頗鉅,但編年體仍有其侷限,因其為依時而敘,因此記事而事欠詳明。[28]以事繫年的敘事方法,時間是依附在事件的進行當中。寫實時間在「月-日」的實錄中,常遇上的問題是:如何涵蓋小說裡不在日常時間內的事件時間,例如人物的夢境或想像的幻境;或者,同時發生的二個以上的事件,無法並時敘寫,因此事件始末無法詳細交代。如此,必須在日月年的實錄時間中,以倒敘、插敘加以說明,以補充事件的完整性,使得家庭小說能敘述寫實之外的時間,同時,使家庭小說的時間表現更為立體。

　　《金瓶梅》以月日計時使小說有了現實感,並建構家庭小說成長的氛圍。小說時間的敘述,是可以任意中斷,可以在記憶裡回溯,可以是在事件發生後的追憶,可以不斷排比過去和現在。《金瓶梅》中,作者幾乎是實錄家庭生活,讓讀者在閱讀中感受家庭生活的細節。然而,在鉅密靡遺的時間書寫上,小說使用了「又過了數日」等敘事修辭,在連貫的、綿延的時間長河中,加入看似使時間呈現斷裂性的時間語詞:「次日」、「第二日」,這些似乎使時間斷裂的敘述,同時也表現時間滿格的意義,使得在時間綿延的意義上,沒有被省略的日子,展現小說時間與現實時間是並行的,帶有無法挽回的時間

27　陳平原,《中國小說敘事模式的轉變》,頁226。

28　傳延修,《先秦敘事研究——關於中國敘事傳統的形成》,頁186-189,這裡提及《春秋》的幾個問題表現在幾方面:第一,立法而不盡遵法。第二信史而未可盡信。第三,記事而事欠詳明。第四,文字量上的不足。

感，這是家庭書寫的一種特質。

在中國古代社會中，男主外女主內的角色分際劃分中，女性是家庭中主要的活動者，因此家庭小說描寫在「家庭內」的種種活動，女性生活的愛恨情愁、閒適與煩悶，都使得《金瓶梅》的敘事更有一種抒情詩意的筆調。小說裡盡是鉅細靡遺的寫實生活，似乎像是殺時間般的填滿小說的敘事，把生活裡的煩、悶、閒、愁，生活裡有趣或無趣的細節，拉拉雜雜的詳述著，寫得全是日常的飲食生活。在小說裡沒有經世救國的目標，也沒有光怪陸離、或者偉大神奇的際遇，而是寫出一分一秒流逝的時間，小說的聚焦在家庭單位裡的人事物，聚焦在《金瓶梅》飲食男女的瑣碎流光中。

在明清描寫家庭的小說中，「國」的世運往往牽連著「家」的時運，而「家」的盛衰，又表現出「國」的興衰際遇，章亞昕曾就家庭小說的主題，說明了其各自的「家運」：

> 就潛在主題而言，也許可以這樣說：《金瓶梅》隱喻「家爛了」，《紅樓夢》示「家散了」，《醒世姻緣傳》則象徵「家沒法子待了」。[29]

荒淫的西門慶家在西門慶死後是樹倒猢猻散，家是爛了。表現的家運，其實反應的是他們背後的世道以及國運。家國互喻顯現更深刻、更荒涼的興衰之感。

在《金瓶梅》裡西門慶的劫數果報，勸善懲惡，成為小說表現的主題思想。在描寫人物、事件時，正表現出作者所面臨錯綜複雜的世局的思考或反省，「困境」和「抉擇」成為作者面對歷史的重要課題。然而，這是此生此世的功過計算，是無可逃於天地之間的劫數，也是為自己寫下的命運。事實上，它仍是一種存在處境的自我抉擇。海德格爾說，我們思考的時間並不是透過存在者的變化過程而經驗到，日常的存在並不能向我們展示時間的面貌，因為它往往被遮蔽。《金瓶梅》透過時間敘事所展現的意義，並不是時間流逝之後的結果，因為時間流逝之後，必然是家庭命運興衰、生死聚散的呈現，我們關心的是人物的「此在」。在所有的「此在」的瞬間、當下所呈現的是關於生命的真實，小說正是記錄「此在」的故事。時間之矢是不斷向前飛奔，而盡頭無疑是生命的終點。

《金瓶梅》裡，事件的發生有時是交錯在歷史與寫實之外，例如劫難的歷程與死亡喪葬的描寫，都使日常時間停頓。好讓人們將眼光投射到劫難所要展現勸善懲惡的思想，或者示於他人以表現權勢的喪禮。敘事文學裡隱藏著各式的時間，死亡無疑是人在人世間最後的時間刻度。生者和死者，在亡者的喪禮上，從此陰陽兩隔。喪禮的時間及儀式，

---

29 章亞昕，〈歷史的反思與民俗的批評——論《醒世姻緣傳》的文化視角〉，李增坡主編《丁耀亢研究——海峽兩岸丁耀亢研究學術研討會論文集》，鄭州：中州古籍出版社，1998 年，頁 151。

對於活著的人方有意義，或者展現最深思的悲傷，告別死者；又或者是生者藉此計算自己的名聲權勢的極佳時間。

普靜師父能預知未來，且有能力改變人們的現況及未來，是現實時空之外的智者。由於他具有宗教超能力，傳達命定果報的概念，同時具有超度眾生的能力，他能看到過去、現在、未來，並能提出警告，改變人物命運。然而他代表的不只是時間，他撥弄的不只是人世間的時光，他企圖影響的是人的心理，以及生命情境，使人們對於生命存在有更深刻的理解及認知。

日常時空書寫現在的、當下的生命經驗；歷史的時間，是殷鑑過去並隱喻未來的時空；神話時間則是去時間性、無時間性的永恆存在；當人們無法成佛成仙時，便將永恆寄託在一個不斷流轉的輪迴時空，使當下的、現實的時空得以繼續延續。因此，永恆成為現世的安慰，輪迴則辯證了現實存在的善惡美醜，使日常時間裡所有的作為，有所隱喻，生命因而有了更大的寬度及厚度。

《金瓶梅》寫輪迴，永恆時空轉移了人世對於短暫的、現實的、不圓滿的生命際遇，也使人間的不完滿能有所依托。日常時空加入輪迴的時空，使得小說的日常真實時空，也有了永恆性。人們在日常時間裡度過生、老、病、死，因此人們企慕長壽，希冀擁有永恆圓滿。然而，人們終必回返生命有限性裡，這是人間的缺憾，也因此更突顯人們對永恆時空的企慕。[30]在中國的神話故事的敘述中，人並不能超越時間，卻能對時間有超越的體驗。[31]而這樣超越的體會是在空間的變異中完成。

小說透過空間書寫豐富的時間意涵，從最小單位的「家」的宅院裡，寫出現實人事的紛擾、權力地位的爭奪及展現。並安排可以在現實時空裡來去的智慧老人，暗示人們時間的流轉一去不復返，小說所建構的輪迴時間延續著今生，補充小說中現實時空的描寫。輪迴使生命得以重覆，也使得不圓滿的此生，在來世可以重新開始。描寫真實家庭生活中的生老病死、悲歡離合，因此特別突顯時間這個話題。然而在現實人生裡，人終必面對失去及死亡，人們仍眷戀過往曾有的、當下正擁有的一切美好，因此，「渴望永恆」成為存在的想望。然而「永恆」在那裡？《金瓶梅》是從永世的輪迴裡去找尋。輪迴最大的意義即在此生現世的安頓。

夢境的作用是使日復一日的家庭時間，可以悠遊於現實時空之外，並可在過去與未

---

30 樂蘅軍，《古典小說散論》，頁298。

31 關永中，《神話與時間》，頁287，如劉義慶《幽明錄》裡的劉晨、阮肇，他們留在山中神仙家十日，人間已過了七代的時間；又如明代王世貞的《神仙傳》裡的晉衢州人王炎，因入山伐木，貪看神仙下棋，下山回家時，所持的斧頭都爛了，原來人間已過了幾百年；又如另一篇裡的蓬球亦然，貪看仙女下棋，等到一切仙境消失，他再回到人間家中，發現人間早已過了好幾代。

來之間穿梭，消解時空的現實性，並能以夢境隱喻真實。作者透過夢境的安排，使真實與虛幻並列，不論是先行預告情節或者是夢境的描寫，都使得《金瓶梅》的敘事時間得以在過去、未來及現在中交錯演出，補充家庭生活寫實時間的單向性。夢境中往往無有年歲，不知曆日，超脫並解構了時間、空間的存在，因此表現出非現實及無時間性的存在時空，取消現實時空的框架。人雖然不能穿梭於前世／今生二重時空中，但夢境卻取消了現實存在的時空框架，使得綿長的歲月可以瞬間來去。

第五章　《金瓶梅》宅院書寫的空間隱喻

在日常生活中，我們看到的每一件物品，因為有時間與空間的連貫，我們才能感覺到它的存在；時空是先驗的原則，一切事物依據時空才能成立。[1]空間和時間在個人經驗中互成網絡、彼此界定並規範人的生命和生活。沒有人脫離得了時間的節奏，也沒有人能夠具體客觀的描摹時間，我們必須透過實存空間中的具體物象，閱讀時間「經過」的痕跡，而這些空間中的物象，就是時間的載體，引導我們知覺時間。[2]

在文學研究的傳統裡，時間的重要性一向是凌駕於空間之上，歷史的價值往往被認為超過地理區域。然而，空間就如同時間一樣，我們每日在其中生活流動與呼吸，任何的群體行為與個人思考都必須在一個具體的空間內才得以實踐。

然而，建築空間的掌握與運用離不開背後的權力運作，具體存在的空間又形塑了我們的社會關係；同時，任何建築物都是都是建築者自我形象的物化。[3]空間與人們的詮釋以及生活經驗穿透交織在一起，並展現不同的意義，[4]家不只是一個居住的空間，也提供我們時間上的認同。[5]時間的長度建立了我們對家的依賴和認同；而空間的配置則建構了家庭成員的權力關係；家庭宅院中人物的居所，往往是人物心理、性格、權力的展現，在時空交錯下，宅院形成家庭敘事裡充滿隱喻的符號。

第一節　文本空間的敘述意義

明清時期，金鳴鼎食、詩禮簪纓的世家大族仿效皇家的園林山水，在自家的後院建起小園林。小說家從園林文化中接納創造藝術空間的意識，激化審美主體思維的空間效

1　龔鵬程，《中國小說史論》（臺北：臺灣學生書局，2003 年 8 月），頁 28。
2　李清筠，《時空情境中的自我影像——以阮籍、陸機、陶淵明詩為例》，頁 21。
3　蕭明翰，《大家族的沒落》（桂林：廣西師範大學出版社，1994 年），頁 90。
4　畢恆達，〈導讀——體驗‧解讀‧參與空間〉，《空間就是權力》，頁 5-6。
5　畢恆達，《空間就是權力》，頁 174。

應，逐步形成小說形象組合的多元空間存在形態。中國小說的結構美因此被突顯出來，小說敘事模式也由此趨於完善和定型。[6]同時，人物形象也透過居所空間的設計而加以延伸；[7]或者透過宅院展開對於時間、空間的敘事，在此同時，小說作品建構「自我存在」的人文空間意識，也呈現出「文學空間」的情感內涵。

　　小說文本從地方的描寫，到地方感的建立，都是在空間裡積累出來文化意涵，時間則在其間流動。事實上，文化是內化於地理的、空間的建構中，給予所描述的空間深層的意義，[8]同時，也在空間中提供人群對於過去和未來的想望。[9]因此，我們所存在的空間，不僅有我們的文化結構意義，也表現出我們存在的感受。檢視小說文本的地景空間時，不能忽略和空間共同存在的時間，以及它們所共同呈現的意義。小說空間的建構，使小說人物及情節被固定在某一個特定的時空之中。文學敘述裡時間被突顯出來，但仍透露空間被編派秩序，以及與空間的關係界定社會行動。[10]

　　文學作品中時間的進行，有時是通過一個又一個空間的形象來完成，也就是說「空間性單位」是「依次」投射在我們眼前，即所謂**空間的時間化**，是藉由過去空間與現在空間的變化，表現時間的推移。這是經由空間的轉變，帶出時間的變化，表現時間的存在感，這就是空間的時間化。時空體主導的因素是時間，然而時間必須安置在空間的表現上，才能呈現時空的流動移轉。另外一種時空表現關係，即所謂**時間的空間化**，是以空間表現時間的停滯，「作品讀來如同一幕靜止的畫面，時間感因而消失，而空間環境的呈現因這樣的靜止而可清楚的呈現。」[11]空間是個人、群體所處在時空經驗中重要的一部分。

　　《金瓶梅》的情節從家庭的場域中展開。家宅在《金瓶梅》裡，作為人物活動的重要環境。小說在描述家庭生活的敘事步調中慢了下來，由對情節的刻意追求轉移到對人物性格的細緻刻畫，[12]在家庭宅院所構築的空間中，所呈現與之相應的人物命運及文化心

6　吳士余，《中國小說思維的文化機制》（上海：華東師範大學出版社，1990 年 12 月），頁 126。

7　林碧慧，第四章〈大觀園處與人物的隱喻映照〉，《大觀園隱喻世界——從方所認知角度探索小說的環境映射》（臺中：東海大學中文系碩士論文，2002 年 6 月）。

8　Mike Crang，王志弘、余佳玲、方淑惠譯，《文化地理學》（臺北：巨流出版社，2006 年 9 月初版4 刷），頁 40。

9　Mike Crang，王志弘、余佳玲、方淑惠譯，《文化地理學》，頁 137。

10　傅柯（Michel Foucault），劉北城、楊遠嬰譯，《規訓與懲罰：監獄的誕生》（臺北：桂冠出版社，1992 年），導論，頁 99。

11　吳娟萍，《陸機詩歌中時間推移意識》（臺中：東海大學中國文學系碩士論文，民 90 年），頁 466。

12　楚愛華，《明清至現代家族小說流變研究》，濟南：齊魯書社，2008 年 10 月，頁 249-250。

理。同時，人物形象也透過居所空間的設計而加以延伸，[13]或者透過宅院展開對於時間、空間的敘事，從人文空間的角度來觀察空間的種種現象與特徵，呈現人物的心理、性格、命運等面貌。或從從人物的活動過程中，得知空間和人物行為意識的關係。[14]

　　小說作品裡建構「自我存在」的人文空間意識，呈現出「文學空間」中的情感內涵。文學空間的研究，重視作品的內在因素——也就是作家情感空間、作品的心理空間、社會文化環境。人文空間投射了人物的行為與思考。[15]研究小說的「空間性」，應先認定小說作品中的空間問題。[16]小說建構在一個特殊的時空裡，它構築在小說家對於現實世界的瞭解，並形成的文學創造。

　　在人文主義地理學的空間觀念中，「家」是重的概念。「家」同時具備了神聖與歸屬感，是人的存有與意義的中心。故鄉難離，雖在外漂泊一生，歸望山水、眷戀親友，仍希望要返回故鄉，落葉歸根。這家，是生的起點，死的歸宿。[17]同時，在家中，日常使用的空間裡，也訴說著我們所相信的社會關係，以及支持這些關係的日常行為。[18]因為我們所依存的家、我們所居住的空間，把我們從自身的個體中抽出，放置在歷史、時

13　林碧慧，《大觀園隱喻世界——從方所認知角度探索小說的環境映射》，第四章〈大觀園處與人物的隱喻映照〉，東海大學中文系碩士論文，2002 年 6 月。

14　金明求，《虛實空間的移轉與流動：宋元話本小說的空間探討》，頁 74。

15　金明求，《虛實空間的移轉與流動：宋元話本小說的空間探討》，頁 13-138。

16　金健人，《小說結構美學》，臺北：木鐸出版社，1986 年 6 月，提出，將小說空間分為「大空間」與「小空間」，並強調社會因素與關係能影響作品人物的性格形成與命運變化。金明求在《虛實空間的移轉與流動：宋元話本小說的空間探討》中，參考金健人的說法，並修正為大、小、中三個空間：「大空間」：與小說外部時間重合，地域的移動顯現作品的時代背景和一定的社會情勢。「中空間」：與小說內部時間重合，構成成品中情節展開的具體場景和特定情景。「小空間」：與小說內部時間隔開，僅只意味著作品人物行動上的場所、地域，與作品情節沒有緊密的聯繫。大、中、小空間，統攝了小說的地理空間、社會背景與作品情節的關係。同時，他認為，空間主體必須注意敘述者或作者的空間安排和設定，常常藉敘述者的口吻來轉換場面，論斷時空，與情節進行不同程度的交涉，作品中的空間設定有幾種不同的焦點。這三個空間往往決定或改變了觀看小說的視域及角度，並指出時間、空間的相互作用。這三個空間表現的即是的「時代與社會背景大的時空」、「作品呈現的現實空間與想像空間」、「人物所處的場景、地點等空間」。

17　陳清俊，〈中國詩人的鄉愁與空間意識〉，《牛津人文集刊》，第 1 期，1995 年 10 月，文中提及，漂泊的生涯懷鄉的情結是中國古代詩人生命共同的基調，濃郁的鄉愁固然是詩人生命的重荷，卻也為文學增添感人的力量。安土重遷的民族性，加深文人對家園故土的眷戀，鄉愁於焉形成。事實上「人生無根蒂」的存在感受（即空間意識）才是鄉愁抒情的核心。

18　Mike Crang，王志弘、余佳玲、方淑惠譯，《文化地理學》，頁 37。

代之中，也就是說我們並非生活在虛空中，而是存在於一組組關係之中，[19]於是家庭的宅院空間便充滿了各種隱喻的關係。

回憶過往，是家屋中人們關於空間與時間縮合的話題之一。因為在回憶中會重現過往的時空。回憶是詩性的、也是抒情。[20]回憶使時間停止、使過去的時間和當下的時間交疊。回憶，是瞬間的湧現，是過去景物與當前事物的結合，如同法國文學家普魯斯特，在《在斯萬家那邊》裡寫的，馬塞爾分分秒秒思念著心上人希爾貝特時，他想起初次見到希爾貝特時，家人們走在前面，他獨自落後地走過鄰家的玉米田小徑，沈醉於白山楂花的美豔，小女孩出現在眼前，他的眼光再也無法離開她黑色的眼睛，從那時起他的童年初念從此就與白山楂花的香氣結合在一起，[21]因為那段回憶只存在於他自己的想像中。回憶美好的片段，成為追憶時如詩的畫面，而回憶所呈現的，是過去的時間與空間。[22]

家庭是存在的象徵，也是社會國家文化符碼的最小單位，更是構成社群關係的聯繫中介點。家庭宅院所構築的空間，呈現與之相應的時間及時間敘事。我們可以從人文空間的角度，觀察空間的現象與特徵，呈現人物的心理、性格、命運等面貌。同時也可以從人物的活動過程中，得知空間和人物行為意識的關係。[23]「空間」的最小概念是「家」，家的建構實體為宅院。

在日常生活中，我們看到的每一件物品，都因為有時間與空間的連貫，我們才能感覺到它的存在。《金瓶梅》中存在著真實時空及輪迴時空，這兩重差異的時空建構出文本的整體時空，藉著這兩層時空的對照，讓人領悟到有限時空的虛妄，及人生的真實。[24]

19　傅柯（Michel Foucault），〈不同空間的正文與上下文（脈絡）〉，陳志梧譯，引自：夏鑄九、王志弘編譯，《空間的文化形式與社會理論讀本》，頁 402。

20　〔瑞士〕埃米爾·施塔格爾（Shixue de Jiben Gainian）著，胡其鼎譯，《詩學的基本概念》，北京：中國社會科學出版社，1992 年 6 月初版，頁 4-7，埃米爾·施塔格爾認為從歌德以來，詩作分為抒情詩、敘事詩和戲劇概念是不完整的，因為純抒情詩、純敘事詩及純戲劇式的作品是不存在的。他提出應分成抒情式、敘事式及戲劇式的作品，同時與此三類相異的概念：抒情式的風格是回憶、敘事式的風格即為呈現、戲劇式的風格即為緊張。

21　普魯斯特（Marcel Proust），第一卷〈貢布雷〉，《追憶似水年華》第一部《在斯萬家那邊》，臺北：聯經出版公司，1992 年 9 月初版，1998 年 2 月三刷，頁 155-152、187-199。

22　普魯斯特（Marcel Proust），《追憶似水年華》第二部《在少女們身旁》，頁 203：「既然對詩意感覺的回憶比對心靈痛苦的回憶壽命更長，我當初為希爾貝特所感到的憂傷如今早已消逝。但每天我彷彿在日規上看到五月份從中午十二點一刻到一點鐘這段時間時，我仍然心情愉快，斯萬夫人站在宛如紫藤綠廊下的陽傘下，站在斑駁光影中與我談話的情景又浮現在眼前。」

23　金明求，《虛實空間的移轉與流動：宋元話本小說的空間探討》（臺北：大安出版社，2004 年），頁 74。

24　龔鵬程，《中國小說史論》，頁 28-37。

《金瓶梅》一書，對人活動的空間多半集中在家屋之中。因此宅院配置對人物及情節有深刻的意義。這一種書寫方式，被以後的書寫家庭生活／世態人情小說所繼承。

第二節　宅院的配置書寫人物的地位及所受到的恩寵高低

文學空間的研究，重視作品的內在因素，包含作家情感空間、作品的心理空間、社會文化環境、人文空間投射了人物的行為與思考。[25]小說建構在一個特殊的時空裡，它構築在小說家對於現實世界的瞭解及所形成的文學創造。[26]

在日常生活中，我們看到的每一件物品，都因為有時間與空間的依傍，我們才能感覺到它的存在。我們所依存的家、我們所居住的空間，把我們從自身的個體中抽出，放置在歷史、時代之中，也就是說我們並非生活在虛空中，而是存在於一組組關係之中，[27]家庭的宅院空間因此充滿了各種隱喻的關係。

《金瓶梅》裡寫西門慶的發跡，透過娶妾攢聚更多的財富。其中孟玉樓帶著豐厚的遺產嫁入西門家；李瓶兒更是把自家宅院，以及自花太監處得到的財富，都送給西門慶，使西門慶的財富及家宅隨之擴大。西門慶家的院宅以花園為中心，花園前邊是西門慶愛妾李瓶兒及潘金蓮的廂房，花園後邊是大房吳月娘以及其他妾室的居所。在西門家中，宅院及居所的安排牽引著西門家的故事發展，一如金聖歎在〈讀第五才子書法〉裡所言：

> 讀《金瓶》須看其大間架處。其大間架，則分金、梅在一處，分瓶兒在一處，又必合金、瓶、梅在前院一處。金、梅合而瓶兒孤，前院近而金、瓶妬，月娘遠而敬濟得以下手也。[28]

小說中三個重要人物：李瓶兒、潘金蓮與龐春梅三位女性共處前院一處，三人的關係中，潘金蓮與龐春梅雖為主僕，卻情同知已；瓶兒得寵得勢，卻孤立於前院，這當然對李瓶兒的處境極為不利。

凡看一書必看其立架處，如《金瓶梅》內，房屋花園以及使用人等，皆其立架處

25　金明求，《虛實空間的移轉與流動：宋元話本小說的空間探討》，頁 13-138。

26　龔鵬程，《中國小說史論》（臺北：臺灣學生書局，2003 年 8 月），頁 27。

27　傅柯（Michel Foucault），〈不同空間的正文與上下文（脈絡）〉，陳志梧譯，引自：夏鑄九、王志弘編譯，《空間的文化形式與社會理論讀本》，頁 402。

28　金聖歎，陳曦鍾、侯忠義、魯玉川輯校，〈讀第五才子書法〉，《水滸傳會評本》（北京：北京大學出版社，1998 年），頁 1493。

也。何則？既要寫他六房妻小，不得不派他六房居住。然全分開，既難使諸人連
合；全合攏，又難使各人的事實入來，且何以見西門豪富？看他妙在將月、樓寫
在一處；嬌兒在隱現之間。雪娥在後院，近廚房；特特將金、瓶、梅三人，放在
前邊花園內，見得三人雖為侍妾，卻似外室，名分不正，贅居其家，反不若李嬌
兒以娼家娶來，猶為名正言順。則殺夫奪妻之事，斷斷非千金買妾之目。而金瓶
合，又分出瓶兒為一院。分者，理勢必然，必緊鄰一牆者，為妬寵相爭地步。而
大姐往前廂，花園在儀門外，又為敬濟偷情地步。[29]

李瓶兒、潘金蓮與龐春梅三人遠居前院；正室吳月娘、二房李嬌兒、三房的孟玉樓、四
房孫雪娥四人卻居後院。[30]由於潘金蓮離吳月娘遠、離女婿陳敬濟近，使潘金蓮與龐春
梅有機會和陳敬濟偷情。而西門慶在為李瓶兒發喪期間，也與瓶兒房裡的奶娘如意兒勾
搭上了——這些都發生在正室看不見的前院裡。這裡細寫妻妾們的宅院居所，透過妻妾
們的居所，同時顯示出恩寵平衡的狀態。受寵的潘金蓮與李瓶兒比鄰而居。正室吳月娘
與個性平和的孟玉樓、出身較低的李嬌兒或不受西門慶疼愛的孫雪娥則在花園的另一方。

李瓶兒將帶來的財富堆放在前花園樓上，加上瓶兒入住後，潘金蓮妒嫉的情事不斷
上演，才有潘金蓮養「雪獅子」（貓）嚇死李瓶兒之子官哥兒的事件發生（第五十九回），
可知家庭宅院的布局安排，也就是小說情節的結構與布局；家宅的空間結構，不僅是人
物活動的地點與環境，更是故事情節的空間架構，[31]它決定了敘事情節可能的發展。在
花園後邊是正室吳月娘居所，但吳月娘無能管理西門慶眾多的妾室，她只能透過祈求上
天、聽講佛經、接近女尼來鞏固大房的地位。雖然孟玉樓也為西門慶帶來豐厚財富，但
她畢竟年長於西門慶，肌膚又不若瓶兒白皙動人，也不若潘金蓮能滿足西門慶的各種性
癖好。將她與月娘比鄰而居，更顯得後邊無戰事，而使讀者的眼光投注在前院。

總之，與人為善的孟玉樓與吳月娘在後面居所共一處，居中的李嬌兒出身娼妓沒有
地位，至於孫雪娥地位於僕婦又必須作廚娘的工作，因她必得居處於後院廚房旁，因此

29　張竹坡，〈雜錄小引〉，黃霖編，《金瓶梅資料彙編》（北京：中華書局，1997 年 3 月 1 版，頁
　　88）潘金蓮和李瓶兒的院落，處於前院或後院有不同的說法，在此仍以金聖歎的說法為引用的材料。
30　黃霖、李桂奎、韓曉、鄧百意，《中國古代小說敘事三維論》（上海：上海世紀出版集團，2009
　　年 7 月初版，頁 318-324）。是書作者認為張竹坡對於《金瓶梅》的空間結構作了很仔細的研究，
　　但對於西門慶家的宅院、花園、人物居所、廳房的配置有很大的疏漏及訛誤，並認為可能是《金瓶
　　梅》原文抄寫、刊刻的過程中有所訛誤造成的（頁 320）。是文提出，潘金蓮、李瓶兒與西門大姐、
　　陳經濟才是住在花園後邊（頁 325）。無論是張竹坡的說法，或是書的解讀，潘金蓮、李瓶兒都是
　　比鄰而居，而孟玉樓、月娘等人則居住在與之相對的位置。但本文的討論仍依據張竹坡的說法。
31　黃霖、李桂奎、韓曉、鄧百意，《中國古代小說敘事三維論》，頁 309。

後邊裡的大房月娘、二房李嬌兒、三房孟玉樓以及四房孫雪娥相安無事。受寵的潘金蓮與李瓶兒共踞花園一邊的樓間，與正房、二房、三房遙遙相對，也形成了妻妾二股情勢：在正室這裡的空間，充滿和平相處的氛圍，至於前邊潘金蓮與李瓶兒則是不斷爭寵，同時也是男女最原始的性與愛的欲望橫流。

　　被西門慶恩寵的女子，或得到金錢衣物，若更上眼的，西門慶則會許諾安置房宅婢女小廝，金屋藏嬌，甚或，在西門家宅中給予院落，納為小妾。例如西門慶和家僕來旺的媳婦兒有染，後來西門慶設局陷害，來旺被當作賊捉拿至官府，宋蕙蓮聽說後擔心不已，要西門慶放他出來，讓他遠行作生意，或幫他再尋個老婆，那她就是西門慶的人了。西門慶安撫她，說道：

> 我的心肝，你話是了，我明日買了對過喬家房，收拾三間房子與你住，搬你那裡去，咱兩個自在玩耍。（第二十六回）

勾勒一個西門慶第七小妾的美好未來，還有三間房獨立居住，聽得蕙蓮心花怒放。這裡值得注意的是，為什麼是買對門喬家房，而不是安置在西門府上？對於西門慶而言，他根本無意納宋蕙蓮為妾，宋蕙蓮地位低，是家僕的妻子──原本還是家裡廚子的妻，後來才成為來旺的妻，不像春梅原本就是侍女，未曾許配給任何人。然而對宋蕙蓮而言，他是西門慶的女人，特別是得了西門慶的承諾，未來要給她房，還要給她買丫頭，行為未免輕狂了起來，此後，她「到後邊對眾丫鬟媳婦詞色之間未免輕露」，最後害得來旺被遞解徐州，宋蕙蓮則是上吊自殺。

　　家宅院空間的敘寫，實則描寫了人物的地位、專寵高下、男男女女的欲望橫流，因此情色欲望才有不斷有交鋒演出的機會。

第三節　空間的變化表現時間的推移

　　中國古典小說中，往往利用空間的變化，顯示物換星移人事已非的時間之感。《金瓶梅》以西門慶家庭為敘事中心，向外擴展至鄉里、國家。西門慶的家宅因著家運的起落而不斷變換著樣貌，但西門家宅院裡的人們，仍是日復一日地過著生活，儘管時間刻度不斷地在改變著，季節歲時不停地在更迭，然而，家庭瑣碎生活卻沒有太大差別，使得小說情節顯現不出時間的流動感。只有透過四季景物的變化，才能感受到時間的推移，才能看到生命的變化。有時，則必須是透過空間景物的變化，才能使讀者真正感受到時間的過往。

　　西門慶因娶了李瓶兒，得到花子盧家的宅院。西門慶先拆毀花家舊房，打開牆垣蓋

起捲棚山子及亭臺花園等等，直到女婿陳經濟父親出了事才把花園修峻的工程止住（第十六回），待風頭過去後，才完工。透過花園景色的變化，書寫著時間的改變。西門家的花園修繕約半年的光景，裝修油漆完備，於是吳月娘等人偕同遊園，當下吳月娘領著眾婦人，或攜手遊芳徑之中，或鬥草坐香茵之上。月娘走到一個名喚臥雲亭的高亭子上，和孟玉樓、李嬌兒下棋。潘金蓮和西門大姐、孫雪娥都在玩花樓望下觀看。見樓前牡丹花畔，芍藥圃、海棠軒、薔薇架、木香棚，又有耐寒君子竹，欺雪大夫松。端的四時有不謝之花，八節有長春之景。觀之不足，看之有餘。」這裡細寫花園裡四季的風光景緻：

> 正面丈五高，周圍二十板。當先一座門樓，四下幾間臺榭。假山真水，翠竹蒼松。四時賞玩，各有風光：春賞燕遊堂，桃李爭妍；夏賞臨溪館，荷蓮鬥彩；秋賞疊翠樓，黃菊舒金；冬賞藏春閣，白梅橫玉。燕遊堂前，燈光花似開不開；藏春閣後，白銀杏半放不放。湖山側才綻金錢，寶檻邊初生石筍。也有那月窗雪洞，也有那水閣風亭。木香棚與荼蘼架相連，千葉桃與三春柳作對。松牆竹徑，曲水方池，映堦蕉棕，向日葵榴。（第十九回）

只見繁花盛開、綠草如茵，園裡曲徑幽深。但西門慶家的花園在西門慶死後卻零落殘敗，此時人事已非，龐春梅早已當上了周守備夫人，再遊舊家池館，只見頹圮的破落花園：

> 垣牆欹損，臺榭歪斜。兩邊畫壁長青苔，滿地花磚生碧草。山前怪石遭塌毀，不顯嵯峨；亭內涼床被滲漏，已無框檔。石洞口蛛絲結網，魚池內蝦蟆成群。狐狸常睡臥雲亭，黃鼠往來藏春閣。料想經年人到，也知盡日有雲來。（第九十六回）

花園的傾頹，對照其前的繽紛熱鬧，有極大的對比，蕭索正是時間走過的痕跡。西門家的花園變化，從當時西門妻妾下棋賞花、撲蝶遊戲。到九十六回，所見盡是垣牆毀損、塌毀歪斜的景像，曾經是通往欲望的洞口，如今卻佈滿蜘蛛絲網，而曾經是欲望橫流的「藏春塢雪洞」，現在出沒的則是黃鼠與狐狸。「花園」在《金瓶梅》的宅院中，更是一個充滿情欲流動、飲食歡愛、花團錦簇的空間。[32]

　　我們回頭觀看時，看到過往相同的空間裡，在今日呈現的不同的景物，顯出時間的流逝與變異與面貌，呈現時間的流逝之感。

32　關於花園是充滿情欲流動、欲望與歡愛的空間這部分的討論，將在一節「肆、家庭宅院的空間意象——欲望的場域：臥房與花園私密的角落」一節裡說明。

第四節 家庭宅院的空間意象

「家」應是人安心的居所，是情感的最終依歸。更是人存在於世界的角落，庇護白日夢，也保護著作夢者。家反映親密、孤獨、熱情的意象。我們以詩意建構家屋，家屋也靈性地結構我們。[33]家是個存在我們記憶深處，甚至超越記憶，成為「故鄉」的前景。當然這是內化在我們心靈中對於家的最純粹的想像，實存的家是現實的存在，裡頭不乏爭吵、暴力、算計及爾虞我詐，然而，家最終還是提供人存在的安全感和幸福感，以抗拒外在更大空間／社會的現實種種。人渴望在家的空間中受到庇護，其氛圍形塑「夢想空間」，形成「幸福空間意象」。空間因而意象的想像中，轉變成與靈魂深刻迴蕩的力量。[34]巴舍拉在《空間詩學》裡指出：

> 當我們在閱讀中遭遇一個清新的意象，受其感染，禁不住興發的白日想像，依恃它另眼看待現實生活，這種不能以因果關係解釋的閱讀心理現象，稱之為「迴盪」。[35]

迴蕩在家屋之內的氣味，是從時間生出來、是記憶中的氣味，是過去的生活、舊的衣服、舊的傢俱、舊書……等氣味的總合。這些記憶——有時它隱藏在家屋的私密空間裡，往往藏在屋子的某個角落，因為它充滿了記憶，或者可說是充滿了召喚記憶的能力。

在家庭空間中，除了宅院、花園的空間配置與描寫外，還有所謂的家庭的「私密空間」，這些私密空間蘊涵某種意義，因為空間是社會的產物，[36]其中隱含了文化的、個人的、家庭歷史的意義。宅院房舍向內、向外延伸，我們可以找到一些家庭的或個人的私密空間，例如臥室、花園的某些角落，充滿了欲望的描寫，書寫了權力與欲望交織的場域；箱奩和閣樓則是收藏過去的時間與財富的封閉空間；至於隔開內外的門窗、宅院的陽臺，則是家庭宅院中既開放又封閉的空間。

花園、門窗等空間，在《金瓶梅》中充滿了象徵意義。例如，花園作為家庭財富和

---

33 巴舍拉（Gaston Bachelard），龔卓軍、王靜慧譯，序文：〈家的想像與性別差異〉，《空間詩學》（臺北：張老師文化事業公司，2003 年，頁 13-14）從客觀的理論思考發展出一種詩意想像的現象學取徑。他認為空間並非填充物體的容器，而是人類意識的居所。

34 巴舍拉（Gaston Bachelard），龔卓軍、王靜慧譯《空間詩學》，頁 25-29。

35 巴舍拉（Gaston Bachelard），龔卓軍、王靜慧譯《空間詩學》，頁 23。

36 〔法〕列斐伏爾（Henri Lefebvre），包業明主編，《空間政治學的反思》（上海：上海教育出版社，2003 年）。

情感欲望的象徵；門窗則表現著不同的敘事氛圍。[37]這些家屋宅院裡的開放空間或私密空間，是關於記憶的、歷史的、當下的時間的書寫，敘寫時間和空間的相互建構，指陳文本的主題意義。

一、欲望的場域：臥房與花園私密的角落

家庭宅院的臥房和花園，多半以女性為主要的描寫對象，臥室是宅院中最個人、最私密，也往往充滿情感和欲望流動的空間。在《金瓶梅》中，臥室是夫妻之間進行親密行為、甜蜜言語的場所，是充滿原始欲望的存在地；也是女性知己訴說心曲的地方，臥房更是妻妾進行爭寵角力的地方。

《金瓶梅》中隨處可見西門慶和妾室、娼妓、僮僕在臥房中燕好的情事。例如在第三十四回，只見西門慶和書童兒在書房內，「親嘴咂舌頭」、「兩個在屋裡正做一處」。又如春梅嫁給周守備後，春梅複製主母潘金蓮的淫欲，因守備上邊關作戰，遂與男僕周義暗地私通，淫欲不已（第一百回），最後也如同西門慶般，因縱欲過度而亡，臥房就是他們荒淫無度的見證。

臥房提供人們相處的私密空間，然而，臥房倒不全是溫暖安全的角落，這裡也是西門慶對潘金蓮、李瓶兒、孫雪娥暴力相向，揉和了欲望和暴力的性表現的地方。

話說，當李瓶兒「休掉了」蔣竹山，想方設法，賄賂了玳安幫她在西門慶面前說好話，還說瓶兒甚是後悔嫁給了蔣太醫，哭哭啼啼的又清瘦了不少，說得西門慶都動了心，於是一頂大轎娶回了李瓶兒。瓶兒的轎子進了西門家，無人迎接地落在大門首，最後還是月娘去迎了進門，這是西門慶給的第一個小教訓。第二個教訓是娶入三日雖治酒席，但西門慶連著三日都不入瓶兒房門，至第三日瓶兒覺得委屈，夜裡用腳帶懸樑要自盡，讓丫頭救了下來。雖然孟玉樓曾打發西門慶去瓶兒處，但西門慶將「進她房中」當成是「一種恩賜」，臥房是女性的私人空間，在這空間裡才能全然占有丈夫，雖然選擇權在男性手中，但是，親密關係建立的同時，空間的擁有權才顯得有意義。隔日，西門慶終於來了，叫李瓶兒脫下衣裳跪著，李瓶兒拖著不脫衣服，於是西門慶拿出鞭子來抽了幾下，才讓瓶兒就範，西門慶逼問著她和蔣竹山之事，瓶兒則是哀哀哭訴：「他拿什麼比你，你是個天，他是塊磚……他拿什麼來比你？莫要說他，就是花子虛在日，若是比得上你時，奴也不憑般貪你了。你就是醫奴的藥，一經你手，教奴沒日沒夜只是想你。」（第十九回）李瓶兒在房內的柔言軟語，把西門慶的舊情兜起，兩人因此又綢繆纏綿了起來。在家庭宅院裡臥房收集了人物的情事欲望，是個人最私密，也是情感欲望表達最公開的

37　黃霖、李桂奎、韓曉、鄧百意，《中國古代小說敘事三維論》，頁 347。

地方。

　　相對於臥房的隱密性，花園是家庭裡公開的場域，但對於家庭以外的人而言，則是半公開的場合，必須有家庭成員的邀請，外人才得以涉入。花園場景往往能淋漓盡致地表現女性的懷春之情及生命之歡，[38]然而花園除了咏春懷思，還有著男女情事的表現。

　　後花園在中國古典文學中早已多有表現，西廂記、牡丹亭的男女情感都在後花園裡進行著。明清小說裡的花園描寫自是不少，或寫紅花綠樹、假山涼亭，然而，隱藏更多情感欲望的表現。花園的封閉空間，正是追求感官愉悅的理想之地。這似乎在中西文化裡皆然。[39]在《金瓶梅》裡關於花園的描寫，除了賞景、設宴之外，自然有男歡女愛的情事鋪陳。

　　花園裡翡翠軒外的葡萄架下，西門慶和潘金蓮作了最情色的演出（第二十七回）。西門慶將花園當作房間，先和李瓶兒性愛一回。接著和潘金蓮的性愛，則以半懲罰半性愛的方式演出。西門慶並不在意花園是開放的空間，還要春梅在旁欣賞，連春梅都說，一時被人撞見了，怪模怪樣怎好，但西門慶只回：「角門子關上了不曾？」扣上門角的花園剎時成為了西門慶心中春色無邊的半封閉空間。

　　同時，在花園幽靜處還有個藏春塢雪洞，藏春塢雪洞的地理位置是「打滴翠巖小洞兒裡穿過去，到了木香棚，抹過葡萄架，到松竹深處」（第二十三回），這是西門慶情色演出的「暖房兒」。西門慶之所以和宋蕙蓮在藏春塢雪洞幽會過夜，是因為西門慶無處與這個有夫之婦蕙蓮燕好，他想要潘金蓮包容一個夜晚，讓他們在潘金蓮的宅院裡過一夜。但潘金蓮怎可能答應呢？雖與其他妻妾共事一夫，她的三間房，是屬於她自己的空間，她是這屋裡的女主人。雪洞之名極冷，卻有著熱烈情事，交映成冷熱之筆，也由於雪洞不同於一般臥房，是花園裡別有洞天的一角，再加上宋蕙蓮是西門慶小廝的媳婦兒，使得這對男女的偷情更顯得刺激。而潘金蓮站在雪洞外偷窺，使雪洞成為大空間（花園）裡被注目的小空間。

　　同時，雪洞也是西門慶和妓女桂姐兒幽會之處。幽會時西門慶並不避諱應伯爵的闖入，甚至應伯爵當著西門慶面前「按著桂姐親了一個嘴，才走出來。」說道：「我兒（按：指西門慶），兩個儘著搗，搗吊底也不關我的事。」（第五十二回）這個後花園便是西門慶充滿淫欲演出的背景。

　　另外，在花園門首一間耳房裡，玉樓帶來的小廝，名喚琴童，生得眉清目秀，乖滑

38　黃霖、李桂奎、韓曉、鄧百意，《中國古代小說敘事三維論》，頁 286。

39　〔法〕菲利浦·阿利埃斯、喬治·杜比主編，洪慶明等譯，《私人生活史II肖像──中世紀》（哈爾濱：北方文藝出版社，2007 年 7 月初版），頁 287-288。

伶俐,潘金蓮趁著西門慶上京,夜夜和琴童吃酒歡愛,淫亂不已。後來被丫頭秋菊撞見。李嬌兒同孫雪娥齊將潘金蓮養小廝一事告訴西門慶,琴童兒因此被打了三十棍皮肉綻開方罷休,潘金蓮則脫衣下跪受辱。(第十二回)潘金蓮和女婿陳敬濟也在花園裡的荼蘼花架下摟抱傳情,甚至緊傍欄杆就這麼翻雲覆雨一番,再到臥室內歡愛不已。(第五十二回)花園成為相對於封閉臥房的開放空間,是家宅中充滿私密情事的開放空間。

花園裡情事燦爛:有潘金蓮、李瓶兒還有她們各自都被臨幸過的婢女龐春梅、奶媽如意兒,再加上岳母潘金蓮和女婿陳敬濟的不倫情事也在前邊上演,小廝丫頭如玳安、小玉先有欲望演出才結成連理;還有西門慶和書僮們(當然包括與西門慶有染的書童兒)。私密的臥房成為家庭中故事最複雜,情色欲望多重演出的角落。

二、收藏過去的時間與財富的封閉空間:箱奩與閣樓

空間場景所生成的,往往是時間性與記憶性的因素。[40]臥房在家庭的私密空間中是現時的、當下的時間存在,相對於臥房書寫的是「當下的時間」,箱奩收藏的則是「過去的時間」。箱奩多半是女性私藏衣物財寶的地方,通常被收在某個不顯眼的角落,有時,箱奩如同潘朵拉的盒子,裝載的往往個人的秘密。同時,藏匿的東西最終得以揭開。[41]在《金瓶梅》中,李瓶兒打開箱奩私藏,人們看到瓶兒和太監花公公——丈夫花子虛的叔叔,二人之間似乎隱藏著不尋常的關係。

且說,瓶兒有四箱櫃的蟒衣玉帶,帽頂縧環,都是花公公在世時給李瓶兒的悌己物,奇怪的是丈夫花子虛竟然一概不知(第十四回)。同時,在李瓶兒的箱奩中還有一百顆西洋珠子,是昔日瓶兒作為梁中書妾室時帶來的,又有一件金鑲鴉青帽頂子,又是花公公給的(第二十回)。而這些私密的財寶和她的情感欲望,李瓶兒全都毫不遲疑地獻給了她的最愛西門慶:

> 婦人道:「這都是老公公在時,梯己交與奴收著之物,他(按:花子虛)一字不知。大官人只顧收去。」(第十四回)

> 到了晚夕月上時分,李瓶兒那裡同迎春、綉春放桌檯,把箱櫃挨到牆上。西門慶這邊,止是月娘、金蓮、春梅,用梯子接。牆頭上鋪襯毡條,一箇打發過來,都送到月娘房中去了。(第十四回)

---

40 吳曉東,〈貯滿記憶的空間形式〉,《漫談經典》(北京:三聯書店,2008 年 7 月初版),頁 185。

41 〔法〕菲利浦·阿利埃斯、喬治·杜比主編,《私人生活史——中世紀》(哈爾濱:新華書店,2007 年 7 月初版),頁 298。

> 李瓶兒道：「大娘既要，奴還有幾對，到明日每位娘都補奉上一對兒。此是過世
> 老公公御前帶出來的，外邊那大月這樣範！」（第十四回）

> （李瓶兒）又教馮媽媽附耳低言：「教大丫頭迎春，拿鑰匙開我床房裡頭一箇箱子，
> 小描金頭面匣兒裡，拿四對金壽字簪兒。你明日早送來，我要送四位娘。」（第
> 十四回）

當李瓶兒打開箱奩拿出珍藏獻給西門慶及西門慶的其他妻妾家人時，讀者自然要問，為
何花子虛的叔叔花公公給侄媳婦如許貴重財寶？作為侄兒的花子虛竟全然不知，這些是
作為李瓶兒的私房錢，然若如此，他們（花公公和李瓶兒）之間是否有特殊關係的存在？
小說中並沒有說明，但箱奩打開時，讀者自然會窺視並臆測、猜想。同時，箱奩裡收藏
的物品，也使得小說時間的進行停頓下來，回到過去。自箱奩中被抄出的秘密，也代表
著過去的時光是如何影響著現在的生活。

　　另外一個也記錄著「過去時間」的空間，則是「閣樓」。在巴舍拉對於屋宇空間的
構造圖裡提到，就房舍的結構來看，閣樓和地窖是垂直縱深的兩個端點，但卻表達完全
相反的意象。閣樓居於明亮之所，是理性的象徵，地窖則是在黑暗之處，容納了許多鬼
魅傳說之所。[42]基於中國民間的建築少有地窖，卻有較多對於閣樓的描寫。

　　《金瓶梅》裡李瓶兒的閣樓，是她收藏財物、衣裳的地方，這個閣樓的收藏，往往使
西門慶打點權貴（如蔡太師）的生日獻禮，變得更為豐富。

> 西門慶打點三百兩金銀，交顧銀率領許多銀匠，在家中捲棚內打造蔡太師上壽的
> 四陽捧壽的銀人，每一座高尺有餘。又打了兩把金壽字壺。尋了兩副玉桃盃、兩
> 套杭州織造的大紅五彩羅段紵絲蟒衣，只少兩足玄色焦布和大紅紗蟒，一地裡拿
> 銀子也尋不出來。李瓶兒道：「我那邊樓上還有幾件沒裁的蟒，等我瞧去。」西
> 門慶隨即與他同往樓上去尋，揀出四件來：兩件大紅紗，兩件玄色焦布，俱是織
> 金邊五彩蟒衣，比織來的花樣身份更強幾倍。（第二十七回）

李瓶兒的閣樓收藏著的是她的財富和寶物。閣樓，也是陳敬濟和潘金蓮幽會處所之一：

> 原來潘金蓮那邊三間樓上，中間供養佛像，兩邊稍間堆放生藥香料。兩箇自此以
> 後，情沾肺腑，意密如漆，無日不相會做一處。一日，也是合當有事。潘金蓮早
> 辰梳妝打扮，走來樓上觀音菩薩前燒香，不想陳敬濟正擎鑰匙上樓，開庫房拏藥

42　Gaston Bachelard，龔卓軍、王靜慧譯，《空間詩學》，頁80。

材香料，撞遇在一起……（第八十二回）

換言之，矗立在高處的閣樓成為收藏財物，同時也掩護情色演出的欲望空間，更是收藏過去時光與親密記憶的地方。箱奩相對於閣樓而言，空間較小，收藏更具價值的財物。箱奩可說是古代女性唯一能擁有的自我空間，收藏體己私物的同時也收藏了記憶，是女性得以自主運用的物品，因此在古典小說常見婦女（不論是一般婦女或娼優伶人）拿出箱奩財物為自己的未來作打算，在唐代傳奇中的霍小玉、李娃是如此，宋代話本中的杜十娘、花魁莘瑤琴亦然，甚至於清代小說《紅樓夢》裡的丫頭司琪也曾在箱奩中被搜出與表哥幽會的證據。最後過去的時光因此影響現在的命運，使得司琪走上絕路。都是透過箱奩開啟或接續記憶和未來。

閣樓裡堆陳著的物品，來自於過去，這些物品收藏了過去時空裡的記憶。閣樓和箱奩都像是留住過往時間的封閉空間，在打開閣樓和箱奩的那一刻，展現出來的是過去的時間，以及過往的故事。

三、既開放又封閉的空間：門窗與陽臺

門窗，是作為阻隔內外之用，隔絕彼此的關係，成就每個人的私密空間。然而，門窗往往也作為窺視他人生活的地方，門窗因此是大方窺視的屏障，以揭發更多的私密。

《金瓶梅》透過人物窺視的眼神，看到的是欲望的流動以及更多的妒嫉。例如在小說第二回，一日，春光明媚，潘金蓮打扮光鮮亮麗，單等丈夫武大出門，就在門前簾下站立，然後算一算武大要回來的時分，才下了簾子，回房內去。這裡的敘述，便可以看出潘金蓮刻意在武大不在家的時候，站在門簾下看街景，同樣的她也成為街景的一部分。有一天，西門慶恰巧從簾子下走過：

> 婦人手擎不牢，不端不止打在那人頭上。婦人便慌忙陪笑，把眼看人，也有二十五六年紀，生得十分浮浪。頭上戴著纓子帽兒，金玲瓏簪兒，金井玉欄圈兒；長腰才，身穿綠羅褶兒；腳下結底陳橋鞋兒，清水布襪兒；手裡搖著洒川扇，越顯出張生般龐兒，潘安的貌兒。可意的人兒，風風流流從簾子下丟與箇眼色兒。這個人被叉竿打在頭上，便立住了腳，待要發作時，回過頭來看，卻不想是個美貌妖嬈的婦人。（第二回）

這裡的不小心，作者沒告訴我是潘金蓮蓄意放手還是真的不小心。接著敘述了西門慶為潘金蓮深深著迷，回到家中猛然想起潘金蓮隔壁賣茶的王婆子可以如此這般，於是連飯也吃不下，走到王婆茶坊，要王婆想方設法，讓他和潘金蓮能在一起。門簾下偶然一見，

也成就了西門慶和潘金蓮一段欲望情事。

　　另外，在《金瓶梅》裡潘金蓮隔著窗，看到西門慶越過屋舍翻爬到隔壁花家和李瓶兒幽會（第十三回）；西門慶和李瓶兒背著花子虛在家幽會，瓶兒的丫頭迎春，則隔著窗戶，將二人雲雨過程看得明明白白。李瓶兒成了西門慶的小妾後，潘金蓮不斷透過門、窗看著西門慶和瓶兒的情事，也因此更加妒嫉李瓶兒，形成潘金蓮害死官哥兒，瓶兒也悲傷致死的情節。

　　潘金蓮隔著門窗，不僅觀看到西門慶和李瓶兒的幽會，也曾在花園門首藏春塢洞門外，聽到宋蕙蓮和西門慶度春宵時的話語，他們的對話並不僅讓潘金蓮充滿妒意，同時也為宋蕙蓮惹來橫禍。首先是西門慶瞧見了宋蕙蓮的小腳，還驚歎「誰知你比你五娘腳兒還小！」這已是令西門慶心花怒放了，要幫她買鞋面布，接著宋蕙蓮還更聲稱「拿甚麼比他！昨日我拿他的鞋試了試，還套著我的鞋穿。倒也不在乎大小，只是鞋樣子周正才好！」（第二十三回）惹得門外的潘金蓮一肚子氣，偏偏宋蕙蓮又提了潘金蓮最在乎的事，她說：「你家第五的秋胡戲，你娶他來家多少時了？是女招的，是後婚兒來？」西門慶說：「也是回頭人兒。」意思是她是再嫁之身，沒想到宋蕙蓮居然說：「嗔道恁久慣牢成！原來也是個意中人兒，露水夫妻。」氣得潘金蓮肐膊都軟了，連腳都半天移不動，接著她便開始想辦法傷害宋蕙蓮。

　　首先，宋蕙蓮侍奉潘金蓮時，潘金蓮正眼也不瞧她一下，又對她冷嘲熱諷：「俺們都是露水夫妻，再醮貨兒。只嫂子是正名正頂轎子娶來的，是他的正頭老婆，秋胡戲。」（第二十三回）嚇得宋蕙蓮跪下賠不是，但潘金蓮卻只說了：「我（是）眼裡放不下沙子的人。」最後潘金蓮說服西門慶用計使來旺成了人贓俱獲家賊，並被遞解到徐州，宋蕙蓮則是含羞自縊。一段情人在門裡床上的私語，卻惹來了家破人亡的悲劇故事。事實上宋蕙蓮和潘金蓮十分相似，有迷人的小腳，「斜倚門兒立，人來側目隨，托腮並咬指，無故整衣裳。」（第二十二回）在門前搔首弄姿的情態也和潘金蓮有異曲同工之妙。

　　因為潘金蓮在門外聽到話語而害自己惹禍的不只有宋蕙蓮，還有妾室裡最不得寵的孫雪娥。一日，春梅因瑣事被潘金蓮罵了幾句，無處出氣，走到廚房裡椎槽拍凳，沒想到孫雪娥因見春梅被西門慶收為房裡人，冷嘲熱諷了春梅幾句：「怪行貨子，想漢子便別處去想，怎的在這裡硬氣？」這惹著了春梅，她到潘金蓮處挑撥是非，又把潘金蓮給牽扯進來，說：「他還說娘教爹收了我，俏一幫子哄漢子。」於是潘金蓮向西門慶告狀，春梅也添油加醋地數落孫雪娥的不是，西門慶氣得大發雷霆，不由分說跑到廚房踢了孫雪娥幾腳。沒想到，雪娥向月娘、李嬌兒告狀時，偏偏又給潘金蓮聽見了：

　　娘，妳還不知淫婦，說起來比養漢老婆還浪，一夜沒漢子也成不了的。背地幹的

> 那繭兒，人幹不出，他幹出來。當初在家，把親漢子用毒藥擺死了。如今把俺們
> 也吃他活埋了，弄的漢子烏眼雞一般，見了俺們便不待見。（第十一回）

在門外聽見這一切的潘金蓮可不是省油的燈，立刻進了房門，怒道：「比如我當初擺死
親夫，你就不消叫漢子娶我來家，省得我霸攔著他，撐了你的窩兒……如今也不難的勾
當，等他來家，與我一紙休書，我去就是了。」月娘想息事寧人，也想置身事外，只說：
「我也不曉得你們底事，你們大家省言一句兒便了。」只是孫雪娥不是個識時務的人，還
與潘金蓮鬥嘴，結果二人叫罵起來，險些打了起來。潘金蓮技高一籌，卸了濃妝，洗了
脂粉，烏雲散亂，花容不整，哭個兩眼如桃，躺在床上等西門慶回來。潘金蓮著實演了
一場好戲，把她在門窗下聽到的話，如此這般告訴了西門慶。但西門慶與潘金蓮一起殺
掉武大，怎是可提的事？這些話觸動西門慶不可言說的罪惡，西門慶聽了當然是「三尸
神暴跳，五臟氣衝天，一陣風走到後邊，採過雪娥頭髮來，儘力拿短棍打了幾下。」最
後還是月娘出來拉住了西門慶。

潘金蓮因為自己未曾像孟玉樓或李瓶兒為西門慶帶來大量的財富，她只能以美色、
以各種欲望的姿態挽住西門慶的心，好鞏固她不太牢固的地位，潛行偷聽，使她更清楚
瞭解西門慶和其他女子關係，在門窗暗處竊聽的她，相較於其他與西門慶有關係的女人，
她反而是站在「明」的至高點，所以她可以先發置人，她也可以先算計好如何對付其他
的女子。

此外，在第三十四回，當書童兒和西門慶完事後，書童兒出來幫西門慶舀洗水，見
平安兒、畫童兒在窗下站立，把臉飛紅了，往後邊拏手去。平安兒「就知西門慶與書童
幹那不急的事，悄悄走在窗下聽覷。」門裡的事門外的人也許沒有親眼看見，卻能想像
房間裡的風光無限，而門裡的人撞見門外的人，想像著「他人對自己的想像」時，門彷
彿變。得透明般毫無保留地說出了門內的種種情事，門裡門外的人，因此變得十分曖昧。

門窗在空間中的作用：是阻隔也是開放。門窗裡外都是「現時」的，然而在窺視的
同時，也使我們窺視人物的心理、性格、行事風格，形成小說中的三層時空——門裡、
門外、看著門裡門外的讀者——門裡的人物所進行的情節時空、門外窺視的人物所形成
的事件情節及空間、讀者閱讀理解的閱讀時空，並交錯成空間敘事裡豐富的文本意義。

陽臺是半開放的空間，陽臺作建築空間／家宅房舍的邊緣性特徵，它作為家屋空間
的一種特殊性，是它既是居室內部空間的延伸，又是外部城市空間景觀的一部分。[43]在
陽臺的狹小空間上放眼望去的是大空間，但人們站在小陽臺上遠望時仍能保有「自我空

43　吳曉東，〈貯滿記憶的空間形式〉，《漫談經典》，頁181。

間」的安全感，陽臺又成為禮教越界的準備場域，同時陽臺也是較接近家庭以外的地方，女性在陽臺上拋頭露面的描寫在明清小說中較少。而《金瓶梅》中關於陽臺的描寫，在元宵節時，本書第三章第二節已敘。

瓶兒生日那天，吳月娘率眾姐妹登門賀壽，那天是元宵燈節，潘金蓮和孟玉樓成為街景裡令人注目的一對人兒。作者細寫潘金蓮伏身在樓臺的樣貌：潘金蓮挽著白色綾襖袖子，露出襯裡的金色袖子，又露出纖纖玉指，引人無限遐思。陽臺成為喧鬧的、色彩豔麗的空間，流動著一個個欲言又止的情色暗示，整個城市的喧囂即是欲望的流動。

陽臺成為人物窺探他人、也被他人窺視的特殊場域。陽臺也由家庭建築的一部分，延伸到街市，陽臺本來是家庭宅院中的一個空間，但它也連接到街道，使陽臺成為既開放又屬於封閉世界的空間。在這個狂歡得近乎荒誕的節日，男女之間的分際及距離近了。[44]這個情欲跨度的場域，即為狂歡廣場的一部分，陽臺在這個元宵節裡，是貯藏著時間性意義的特定空間。[45]時間和空間融合成一個共同體，陽臺不再只是一個單純的空間，而是藉著這個空間表現人物的欲望。

第五節　結　語

時間和空間都小說構成的要素之一，但時間相較於空間，較容易被感知與被看見；空間，雖然在小說中總是被看見，但也往往只是作為背景的存在。時間和空間使得小說的敘事如同畫布上的光影效果，讓小說情節在鋪陳中更為立體，也更為鮮明。

《金瓶梅》演出西門慶無窮的情色欲望，而他的欲望透過一個又一個的空間表現出來。家庭宅院中較為私密的空間如臥房、花園充滿情欲的私密角落等，都成了他和女性的欲望空間，也是他賣弄及展現權力的居所。在《金瓶梅》中花園的私密角落是帶著情

44　王建剛，《狂歡詩學——巴赫金文學思想研究》，頁 75。

45　在狂歡節慶中，日常生活裡的限制、規範都暫時被解除，因為「在狂歡中，人與人間形成了一新型的相互關係，通過感性的形式、半現實半遊戲的形式表現出來。」這裡參見：巴赫金，《巴赫金全集》第五卷，頁 162。在此極為重要的一點是，在元宵節時可以是男女共處毫不相避，可以是男為女服的身分變異，可以是取消一切等級制度。在狂歡的廣場上，支配一切的是人與人之間不拘形跡地自由接觸的特殊形式。這裡參見：沈華柱，《對話的妙悟——巴赫金語言哲學思想研究》（上海：三聯書店，2005 年 8 月初版，頁 80）這便是元宵節的特殊氛圍，這使得元宵節的狂歡氣氛較之其他的節日更甚。在唐宋，閨中婦女一向禁止外遊，但在元宵時卻能名正言順地盛裝出遊觀花燈。在此參見：張江洪編著，《詩意裡的時間生活》（長沙：岳麓書社，2006 年 9 月初版，頁 44）這個可自己物色對象的狂歡市集或廣場，以笑謔的方式，顛覆官方嚴制的男女界線，突顯文化的生命力，並突顯日常生活的單調和反覆性。

色，這個角落似乎是在小說現實的時空中，隔絕出來的一個欲望時空。私密空間在情色的情節描寫中，消解了時間，只讓讀者看到空間，並隱喻小說主題。此外，女性放置寶物細軟的箱奩、以及收藏物品的閣樓、既作為阻隔又作為連通的門窗，以及屬於家宅私密一部分同時又是開放空間的陽臺等作說明，它所串連的是過去的時間及記憶，以及現實的當下。

　　《金瓶梅》的時空敘述中，時間的變化在西門慶家的宅院敘述中，常是透過空間的變化所帶出來的時間感，所以我們在《金瓶梅》裡常常可以看到「空間」在時間變化後擁有不同的面貌。亦即空間在景物變易下，呈現時間的流逝之感。

第六章 《金瓶梅》小說人物身體空間與社會文化的互文

　　人是空間的存在物，身體是個人生命的載體，承載的是文化底下個人座落的位置。而此空間性的身體又因存在的位置、性別，而有不同的展現。在中國古典文學裡，我們看到中國古代社會裡的男性身體象徵著：權力、強大、自由；而女性的身體則是被控制、被約制，以及試圖被改造的對象，因而女性的身體空間呈現出來的樣貌是：狹小侷促、自我圈限的，同時還有壓抑扭曲以及道德訓誡的意味。[1]緣此，空間在文學裡呈的是複雜、多樣、豐富的面貌。

　　在《金瓶梅》中，西門慶的家宅是小說敘事的主要敘事空間，而花園、酒館、門窗、閣樓、箱奩等都有它的象徵意義。《金瓶梅》對房屋、家俱、服飾、裝扮、杯盤碗盞、佳餚美酒的描摹，反映出包括作者和讀者在內的當時的人們對物質生活和感官欲望的關注。[2]《金瓶梅》以西門家為軸心，寫山東清河縣一家又一家的故事。而《金瓶梅》中因一人寫及一家，因一家寫此一縣，寫了武大一家、花子虛家、陳洪一家、喬大戶一家、吳大舅一家、張大戶一家、王招宣一家、應伯爵一家、周守備一家、何千戶一家、夏提刑一家……。這一家又一家，形成了一個社會，構築了一個家國社會的小縮影。

　　人是家庭空間的主體，而家庭空間裡人物如何看待自己的身體感知空間，決定故事的走向、情節的發展。對於個體生命而言，「生」意味著時間的開始和空間的居有，「死」則意味著時間的終結和空間的消逝。[3]寫生、死是《金瓶梅》的特色，[4]我們可以由人物的生死，看到身體的掌控與被掌控，並透視當時文化社會的氛圍。

1　謝納，《空間生產與文化表徵——空間轉向視閾中的文學研究》，北京：中國人民大學出版社，2010年11月1版，頁224。

2　《金瓶梅詞話》第1回。《金瓶梅詞話》首回為：「景陽崗武松打虎，潘金蓮嫌夫賣風月」，因而在《金瓶梅詞話》武松打虎的過程有較詳細的敘述。在《新刻繡像金瓶梅》中，只以補述的方式提及武松打虎：「壯士英雄藝略芳，挺身直上景陽崗。醉來打死山中虎，自此聲名播四方。」

3　謝納，《空間生產與文化表徵——空間轉向視閾中的文學研究》，頁70。

4　孫述宇，《小說內外·上》，香港：牛津大學出版社，2010年，頁49。

一、武松的移動空間，武大的身體空間

《金瓶梅詞話》是以武松打虎故事切入，繼承了《水滸傳》故事，展開潘金蓮以及西門慶一家的故事。故事從這開始：

> 話說宋徽宗皇帝政和年間，朝中寵信高、楊、童、蔡四個奸臣，以致天下大亂，黎民失業，百姓倒懸，四方盜賊蜂起。
>
> 那時山東陽穀縣，有一人姓武，名植，排行大郎。有個嫡親同胞兄弟，名喚武松。其人身長七尺，膀濶三停，自幼有膂力，學得一手好槍棒。他的哥哥武大，生的身不滿三尺，為人懦弱，又頭腦濁蠢可。
>
> 那時山東界上，有一座景陽崗，山中有一隻白吊額虎，食得路絕人稀。官司杖限獵戶擒捉此虎。
>
> 武松了……就在路旁酒店內吃了幾碗酒，壯著膽，橫拖著防身梢棒，跟跟蹌蹌大叉步走上崗。不半里之地，見一座山神廟，門首貼著一張印信榜文。
>
> 原來雲生從龍，風生從虎。那一陣風過處，只聽得亂樹背後黃葉刷刷的響。撲地一聲，跳出一隻吊睛白額斑爛猛虎來，猶如牛來大……武松按在坑裡，騰出右手，提起拳頭來只顧狠打。盡平生氣力，不消半兒時辰，把那大蟲打死。身臥著恰似一個綿布袋，動不得了。[5]

故事的開始，是從大時代說起，說著四方盜賊並起，天下大亂，這是大時代大空間的悲歌，接著，我們看到極端對比的兩個兄弟以及他們的身體：武植和武松，懦弱和英挺。也看到了，除了時局動盪，荒野也不安寧，景陽崗上老虎都出來吃人。我們也可以看到首回裡鋪陳的空間架構是從大至小：

> 由盜賊四起的國家─山東縣景陽崗及景陽崗裡形象猥瑣的武大─來到山神廟的武松─猛虎出現的地方─猛虎死去恰如綿布袋占一小方空間。

我們的視野也由大的時空，不斷縮小至武松打虎的一小處定點。空間的轉移，視角定焦在猛虎死去的身體上。我們看到的是占據在大空間、小空間裡的身體，而死去的猛虎從威武地橫霸曠野至只剩綿布袋的小方空間。

這天下紛亂，盜賊橫出，連野獸也霸著那山林，而打虎的武松是何方神聖呢？小說

5 　黃霖、李桂奎、韓曉、鄧百意著，《中國古代小說敘事三維論》，上海：上海世紀出版集團，2009年，頁360。

裡說著：

> 這武松因酒醉打了童樞密，單身獨自逃在滄州橫海郡小旋風柴進莊上——他那裡
> 招攬天下英雄豪傑，仗義疏財，人號他做「小孟嘗君」柴大官人，乃是周朝柴世
> 宗嫡派子孫——那裡躲逃。柴進因見武松是一條好漢，收攬在莊上。

就在武松回鄉找哥哥武大的途中，打了虎成為當地的英雄，還被花紅軟轎迎到了縣衙門，並因此作了清河縣的巡捕都頭，擒拿盜賊。武松打虎的英雄形象，掩去了他的過去，從柴進莊上到縣衙門，他都是英雄好漢，似乎在這個亂世裡，沒有統一的道德標準，至少到目前為止，武松強健威武的身軀使得他能得到社會的認可，他的身體他的氣力即是他存在的保證，他的聲名使得他的身體得以自由移動，都能受到尊重及生存的可能。

　　武大與武松為兄弟，兩人在性格、外貌或能力上截然不同。武松的景陽崗打虎，使武松的形象和武大更顯得南轅北轍。武大「為人懦弱，模樣猥衰」，有「三寸丁、谷樹皮」的渾號，對於他人的言語欺凌，武大總是迴避著。原本武大在清河縣紫石街賃屋而居，賣炊餅度日，後來妻子去世，帶著十二歲的女兒迎兒過活，但生活清貧，後來移至大街坊張大戶家旁臨街房居住。張大戶收用家中彈唱的使女潘金蓮，但為了避主家婆子耳目，把金蓮嫁給武大，也沒收他房租，好趁武大外出賣炊餅時，能與金蓮廝會。爾後張大戶好色染陰寒病症而死，主家婆子怒將他們趕出去。武大只得另尋屋子居住，移居到紫石街西王皇親的房子賃屋而居。

　　後來，又因潘金蓮總是在門前露出三寸金蓮勾引浮浪子弟，因此又思往別處移居，且也還是潘金蓮拿出釵梳湊了十數兩銀子，典得縣門前樓上下兩層四間房居住。也因此武大與武松得以相會。

　　在此，我們看到武大的移居：紫石街－張大戶屋宅旁－紫石街西－縣門前。武大在娶了潘金蓮之後，他的居住是受到潘金蓮的左右，或者說，有許多時候是被動也因著潘金蓮的緣故而移動。武大的鄙陋猥瑣，使得他完全失去掌控妻子潘金蓮身體的可能性，潘金蓮一直主宰著自己的身體、主宰著自己對性或欲望的渴求。武大只能配合她，並且將移動或居住的自主權交給她。甚至在武大死後連個安身之處都沒有，潘金蓮三日便讓武大出殯了，她也不肯帶孝，把武大靈牌丟在一邊，用一張白紙蒙著，每日只是濃妝艷抹。[6]武大百日，請僧燒靈。[7]可知，即使武大死去，安頓他靈魂的牌位也只存在百日，

6　《金瓶梅》第六回。

7　且讓我們將時間點作一個整理，武松遇見哥哥武大是在九月，武松搬到武大家後，潘金蓮用言語不斷撩撥武松，「有話即長，無話即短，不覺過了一月有餘。看看十一月天氣，連日朔風緊起。」這

最後，無所依歸的武大，只能等待武松回返後，以魂魄的方式向武松訴冤情。8

　　潘金蓮趁武松替知縣送禮物至京城給殿前太尉朱勔時，和西門慶毒死了武大。武松回返後得知消息，自然是要為哥哥報仇，沒想到仇還沒報已誤打死了皂隸李外傳。因為他必得為此一條人命付出代價。武松被脊杖四十，刺配二千里充軍，配送孟州牢城。後來又轉發安平寨充軍。最後被赦免，仍回到清河縣在縣當差。而武松回來後殺嫂祭兄。武松的移動空間從綿延二千里路，打虎之後成了社會期待的英雄人物，即使曾是草莽漢子，也是英雄一個。他打虎，也殺人，殺國家法律執行者最低階的皂隸，因此充軍邊城。我們對武松充滿了英雄式的崇拜，當他摔死了皂隸李外傳，故事裡外的人都沒有評論，因為他對自己的誤殺似乎也感到抱歉。9即使因此他必須黥面發配充軍，他仍是受到尊重，10因為他是有強健體魄有氣力的漢子。

　　可武大不然，武大身形猥瑣，其貌不揚，美麗妖嬈的妻子不斷給他戴綠帽，他的存在是可笑荒謬的，他從沒有得到他人的認同，只能兀自忍受嘲弄的言語及眼光。他的空

日潘金蓮勾引武不成反而向武大告了狀，說武松意圖不軌。十多天後，武松幫知縣送禮上東京親眷處。武松對哥哥說：「明日便要起程，多是兩三個月，少是一月便回，有句話特來和你說……」（第2回）

潘金蓮和西門慶簾下相遇是在三月春光明媚時分（第2回），很快地他們就因王婆的十光計，姘在一起了。沒多久之後，西門慶便拿了砒霜讓王婆和潘金蓮藥死了武大。

接著是薛嫂向西門慶說媒，在六月初二時娶進了孟玉樓。（第7回）娶了孟玉樓之後的西門慶其實忘了等著他的潘金蓮。潘金蓮利用西門慶生日（7月26日）之由，送了一些有情欲暗示的禮物，勾起西門慶的邪思淫想，兩人終於又在一起。

武松前往京城，「去時三四月天氣，回來卻淡暑新秋，路上雨水連綿，遲了日限。前後往回也有三個月光景。」武松回來前寫了家書給武大，信上寫道：「不過中秋回家。」為此，王婆和西門慶、潘金蓮商議：「約定八月初六日，武大百日，請僧燒靈，初八日晚，娶婦人家去。」（第八回）所以武大約莫是在五月時被藥死。

8　《金瓶梅》第九回：武松「歸到哥哥家，從新安設武大郎靈位。安排羹飯，點起香燭，鋪設酒餚。」「約莫將半夜時分，武二翻來覆去那裡睡得著，口裡只是長吁氣。」「武二扒將起來看時，那靈桌上琉琉燈光明半滅。武二坐在蓆子上，自言自語，口裡說道：我哥哥生時懦弱，死後卻無分明。說由未了，只見那靈桌子下捲起一陣冷風來。那陣冷風，逼得武二毛髮豎起來，定睛看時，見一個人從靈桌底下鑽將出來，叫聲：兄弟！我死得好也！」武二看不仔細，卻待向前再問時，只見冷氣散了，不見了人。武二一跌番在蓆子上坐的，尋思道：怪哉！似夢非夢。剛才我哥哥正要我知道，又被我的神氣沖散了。想來他這一死，必然不明。」

9　第十回，武松對知縣說明原由：「小人本與西門慶有仇，尋他廝打，不料撞遇此人。他隱匿西門慶不說，小人一時怒起，誤將他打死。只望相公與小人做主，拿西門慶正法，與小人哥哥報這一段冤仇。小人情願償此人誤傷之罪。」

10　第十回：「街坊鄰舍，上戶人家，見武二是個有義的漢子，不幸遭此，都資助他銀兩，也有送酒食錢米的。」

間移動，都是許多的不得已，他的家似乎也沒能安定過，家中十二歲的女兒，更是似有若無地存在著，像個孤魂，連武松為武大復仇後都棄她而去，她的存在更呼應了武大生命處境的悲涼，這社會沒能讓武大有強壯自處的機會，因為他的醜陋及懦弱的身體決定了這一切，而這個文化社會沒能給處境卑下的迎兒、武大更多生存的空間，但打虎英雄憑藉著一身氣力及一世美名，他能恣意移動，因為社會文化給他的身體空間更多的自由。

二、文化的規範與文化凝視下的吳月娘

> 男人觀看女人，女人關注的是自己被觀看。　　　　　　　——約翰・伯格

　　男人喜看女人似乎是天性，或者是一種文化心理，因為女性的弱勢或體態的弱小，突顯了男性的強大或健壯，男性因此憐惜女性、或者佔有女性。女性作為社會的弱勢，或者兩性中較為弱勢的一端，女人關注的是被注視被觀看時的態度，人們的眼神往往帶有社會文化的規範，或者是社會習俗的約定。被注視的身體，成為被約制的對象。男性在意的是權力，然而，女人關注的自己如何被觀看。「任何身體都恰恰只有借助這些所謂作為文化的結果才是可辨識的。」[11]換句話說，不論男性或女性的身體，常是反應文化規範或回應社會文化的場域。

　　月娘在《金瓶梅》中是值得注意的人物，雖然她從不是西門慶愛或欲的對象，但她的存在，卻突顯其他女性的存在。月娘愛財、小氣、無法調停妻妾之間的紛擾，她並不是一個夠有智慧或慈悲的女子，她自始至終都關注著她的銀子，絕對地控制經濟權，她對於財物是貪心的。首先，我們會注意到月娘虔信佛教，即使在生日時也聽姑子宣講佛經，這裡不僅意味著她的虔誠信仰，更重要的是，她清楚她在西門家該如何自處，因為在這樣一個妻妾僕婦外加青樓女子及別人的媳婦兒都能與西門慶有一腿的家宅裡，她要能站穩大老婆的地位，其實並不容易。但她還是夠聰明，因為虔誠信佛，更能在社會規範底下，合理地擁有自己少許的自由空間，例如讓道姑們進出閨房，陪伴著她，還能提供各種錦囊妙計，包括求子偏方、符咒等。

　　有一回，雪娥與潘金蓮吵架吵到月娘房裡，月娘也只是「由他倆個你一句我一句，只不言語。」（第十一回）她坐看這一切，既無能力調停，也不想調停，她理解妾室之間的不合，正顯得她溫雅的大家閨秀。潘金蓮與小廝琴童有染，傳到孫雪娥與李嬌兒耳裡，齊來向月娘告狀，月娘再三不信，我們不知道她是真不信還是假不信，真不信，意味著她相信潘金蓮不會背叛丈夫，假不信，意味著，她任由事件發生及擴大，到了無法收拾

11　汪民安、陳永國編，《後身體文化、權力和生命政治學》，頁128。

時，也許是最好收拾的時候了。後來，潘金蓮和琴童的奸情被潘金蓮的丫頭秋菊看見，傳到後邊月娘的丫頭小玉知道了，小玉又對雪娥說。雪娥同李嬌兒又向月娘告狀，時值七月二十七日，西門慶的生日，月娘道：「他才來家，又是他好日子，你們不依我，只顧說去！等他反亂將起來，我不管你。」（第十二回）這是月娘作為正室能力不足也迴避事情的代表。

月娘房裡的箱奩財富，來自於別人的財產。首先是瓶兒的財富：花子虛的兄弟告官分財產時，李瓶兒將她的四箱櫃蟒衣玉帶、帽頂絿環等值錢寶物，交給西門慶保管，她們在夜裡從牆上送到西門慶家，而這些箱奩全都送到月娘房裡，成為了月娘手頭的資產。（第十四回）西門慶的女婿陳敬濟之父陳洪因朝中楊戩楊老爺被參，門下親族用事之人都發邊衛充軍，楊戩手下陳洪打發兒子陳敬濟及西門慶女兒西門大姐，帶著箱籠家活及五百兩銀子投奔西門慶，而這些箱籠細軟進了西門家之後，也都收拾到月娘房裡。（第十七回）導致西門慶死後，陳敬濟為了想拿回自己的箱奩，還和月娘打了官司，月娘和陳敬濟也因此交惡。

月娘更是瞭解，作為正室，必須氣度寬弘，她曾經在月下祭拜為夫祈福。話說，月娘自從和西門慶反目以來，每月吃齋三次，逢七拜斗焚香，保佑夫主早早回心。一天夜裡，已一更天時，西門慶從妓院裡歸家，到了後邊儀門前，見儀門半開半掩，覺得怪異，於是躲在儀門後悄悄聽覷。只見小玉出來放香案，少頃，見月娘整衣出來，焚香禮拜，月娘祝道：「妾身吳氏，作配西門。奈因主夫留戀姻花，中年無子。妾等妻妾六人，俱無所出，缺少墳前拜掃之人。妾夙夜憂心，恐無所托。是以發心，每夜於星月之下，祝贊三光，要祈佑兒夫，早早回心。棄卻繁華，齊心家事。不拘妾等六人之中，早見嗣息，以為終身之許，乃妾之素願也。」（第二十一回）這一段禱詞令西門慶大為滿心慚愧又感動，一把抱住月娘，又道歉又說又哄，暖枕雲雨，無限纏綿。有趣的是，潘金蓮知道後卻說：「一個燒夜香，只該默默禱祝，誰家一徑倡揚，使漢子知道了。」（第二十一回）明白道出，她認為月娘的夜半祝禱是一場精心安排好讓漢子回心轉的戲。她甚至還跟西門慶直言，吳月娘是有心作的一場戲。[12]至於月娘是不是有心演這場戲好讓夫婿回頭，小說裡沒有明說，但無論是否真心，都表現出月娘明白作為正室的氣度及責任，當她說出「不拘妾等六人之中，早見嗣息，以為終身之許，乃妾之素願也。」之語時——不論她願不願意，她都得在文化的凝視下，成為賢惠明事理不嫉不妒的正室了。

後來，吳月娘拜求子息，焚香祝念佛經，服了丸藥，念誦：「我吳氏上靠皇天，下

12　《金瓶梅》第二十一回，西門慶對孟玉樓說：「她說吳家的不是正經相會，是私下相會。恰似燒夜香，有心等著我一般。」

賴薛師父、王師父這藥，仰祈保佑，早生子嗣。」（第五十三回）可知，吳月娘以信女姿態包裹婚姻給她的地位，形塑一個沒有情欲糾纏，大度從容的典型正室形象，具有婦德的的大家閨秀應有的樣貌。她不像李嬌兒出身風塵，也不似李瓶兒、孟玉樓或潘金蓮都是再嫁的後婚女子，吳月娘，她不！她雖是繼室，卻也是西門慶明媒正娶，身世清白、家世良好的正室，因此她不能有太多的欲望展現，也不能和丈夫玩些情色遊戲，即使丈夫花天酒地，她也只能婉言規勸，佛堂或經文是她最安全的依靠。

　　第七十五回，潘金蓮和月娘吵架，此時占上風的是月娘，然而，這並不是因為她是正室，在西門慶的寵愛中，月娘從沒有排到前三名過，這回是因為她有孕在身，西門慶不得不先安撫她哄她，不僅請醫生來看病，還在月娘房裡歇宿，第二天仍不敢惹怒月娘，不敢去找潘金蓮，只在李嬌兒房裡過一夜。

　　在這場女性的戰爭中，月娘挾天子以令諸侯，因為她懷有孩子，孩子代表著家庭姓氏的沿續，無論西門慶有多麼不捨潘金蓮，在此時操控男人的權力在月娘手裡，在月娘肚子裡孩子身上。沒有子息沒有孕事的金蓮，也就沒有社會認可的操控男人的權力，她的子宮讓她在這一場女性的奪權之爭中，敗陣下來。可回頭來看，吳月娘並不是因此贏得丈夫的寵愛，她只占有了他的身體，只掌控了這一夜，或第二夜男人夜宿那個小院子的身體權，但她從不占有男人的心或全部的情感。但吳月娘顯然是聰明的，她懂得透過虔信宗教，使自己在文化的凝視下成為賢惠的妻；即使她曾流產失子，卻在最後生得遺腹子，又死守住家財，在社會文化的規範下成為西門家最安穩的妻子。

三、他和她們的欲望與身體宰制

　　從當代的眼光來看明代的潘金蓮，其實她是值得同情的。回顧她的生命：她因為父親過世，做娘的度日不易，九歲便被賣到王招宣府裡習學彈唱，會琵琶，也識字讀書，生得有些姿色，又纏得一雙三寸金蓮，十五歲王招宣死後，被潘媽媽帶回去，又以三十兩銀子賣給張大戶家，作為使女，服侍主人。因為她聰明伶俐、又會品竹彈絲，女工針指，又出落得臉襯桃花，眉彎新月，花漾年華的十八歲，張大戶收用了她。若張大戶能作主將她納為妾，她的一生應該就不一樣了，然而，故事總沒能這麼圓滿。張大戶的主家婆子余氏十分利害，得知此事後，對金蓮百般苦打，大戶知道余氏容不下金蓮，卻又捨不得她，為了天天能看覷此女，將她嫁給武大，但張大戶不久後病死。余氏當然將他們倆逐出。潘金蓮的生命際遇裡，沒有堅強的依靠，只有又老又病的張大戶、又窮又醜的武大，她的情和欲都是空洞的，所以她在武大賣炊餅的時分，在簾下倚望並勾引浮浪子弟，她從來就沒有真情，更遑論真心了。她擁有的只有自己美麗的容顏和青春的肉體。

　　潘金蓮和西門慶是那麼驚天動地的一見鍾情，為了要和西門慶在一起，不惜藥死丈

夫武大，然而，她對西門慶也沒有全然的真情，至少她的身體並不忠於西門慶，只忠於自己的欲望。她在西門慶遠行時寂寞難耐，於是和小廝琴童有染（第十二回），其實她勾引武大的弟弟武松時也沒有用情，她只是要健壯的身軀，覆蓋在她無依無靠的身體上罷了。她甚至背著西門慶，也不在乎西門大姐就在跟前，仍和陳敬濟有染，還要春梅也一起加入這場性愛遊戲中。當西門慶死後，她被月娘賣出去，王婆領著回家，她也能勾搭上王婆的兒子王潮兒。

此時，距離故事一開始武松被發配充軍已過了七年。[13]當武松到王婆家說要娶她回去看照迎兒時，一家一計過日子，竟然動了心念，未等王婆叫她，她便自己從簾後走出來，「向武松道個萬福，說道：既是叔叔還要奴家去看管迎兒，招女婿成家，可知好哩。」甚至直言：「既要娶奴家，叔叔上緊些。」（第八十七回）待潘金蓮死後，入了陳敬濟夢中，她說：「我的哥哥，我死的好苦也！實指望與你相處在一處，不期等你不來，被武松那廝害了性命。」（第八十八回）她似乎對誰都有情，也都無情。後世人們都把潘金蓮當作淫蕩女子的代名詞，可是回頭細看，這樣一位聰明美麗的女子，她沒有良好的身世、沒有財富、沒有子嗣，她只有她美麗又青春動人的身體，這身體成為她唯一的工具，讓她擁有更好生活的工具。但沒有一個男人可以提供她幸福生活的保證，即使有大筆財產的西門慶將她娶進門，成為第五小妾，也沒辦法保證她的幸福。因為她不過是六名妻妾中的一位，還有其他源源不絕青春美貌的女子誘惑著西門慶，手裡沒錢，身旁沒子息，對她而言，身體是唯一的工具，既滿足了男人也能滿足了自己。實則，她是可憐又可悲的女子。

李瓶兒的財富，使她的存在總是被尊重的，即使人們看重的是她的錢財。她曾是大名府梁中書之妾——梁中書是東京蔡京蔡太師之婿（第十回）。在梁中書死後，她和花太監有染，花太監由御前班直陞廣南鎮守，因姪男花子虛沒妻室，娶瓶兒為正室，太監到廣南去，也帶她到廣南，住了半年有餘。花太監有病，告老還家，因是清河縣人，便在此住下了。她擁有的財富有一大部分是花太監私下給她的，連花子虛都不曾見過的奇珍異寶。

後來，她看上了西門慶，卻因為長夜孤寂，等不到西門慶的迎娶，便草草嫁給了蔣竹山，這是一段荒謬的婚姻，蔣竹山拿著李瓶兒給的本錢開了生藥鋪，卻被西門慶派人不斷地騷擾，而瓶兒也不曾忘記西門慶，終於她趕走了入贅的蔣竹山，成功地成為西門慶第六小妾，洗心革面，從此作西門慶賢惠的小妾，她寬厚地待著西門慶的其他妻妾及

13　《金瓶梅》第八十七回，武松回到清河縣，「尋見上鄰姚二郎，交付迎兒，那時迎兒已長大，十九歲了，收攬來家，一處居住。」可知，故事時間，七年過去了。

僕人小廝，重新改寫自己的形象。而這賢惠有大半的因素是西門慶有錢有權有勢，和她是門當戶對，李瓶兒因為擁有巨大的財富也為西門慶生養了兒子，使得西門慶給了她點真心，然而，這些真心還是脆弱的，不足以保護她免於妻妾爭寵的傷害。

「權力是最好的春藥」，張愛玲曾如是說，而西門慶有錢有權還有健康的身體，因此，橫在潘金蓮、李瓶兒和西門慶中間的，不論在現在或未來都還有無數的女子，這些女子或為了西門慶的錢財，例如妓院裡的桂姐，或賁四的媳婦；或想攀上枝頭，成為西門慶的妾，例如宋蕙蓮、奶娘如意兒。

話說，有一回，西門慶和宋蕙蓮共度香宵，卻不知潘金蓮立在藏春塢月窗下偷聽他們房裡的談話，聽到宋蕙蓮對西門慶說她的腳比潘金蓮還小，能在自己的鞋上套上金蓮的鞋——這已把潘金蓮氣壞了，小腳正是她媚惑西門慶的工具之一，如今被比了下去，又聽到宋蕙蓮指稱她是再嫁的後婚老婆，金蓮從此找蕙蓮的麻煩。宋蕙蓮有一手好廚藝人也俏，又有一雙比潘金蓮更小的小腳，但潘金蓮容不下她，百般挑唆西門慶，設計她的丈夫來旺為賊。

而這裡面有複雜的男女欲望關係：來旺出軌的女人是西門慶的妾孫雪娥，而來旺妻子蕙蓮又與西門慶有染，從這當中找到制衡關係的是潘金蓮。西門慶答應在外置房給宋蕙蓮，潘金蓮怎可能答應呢？雖與其他妻妾共事一夫，她的三間房，是屬於她自己的空間，她是這屋裡的女主人，即使春梅也和西門慶有染，但這是她的策略，她必須建立自己的勢力，才能與月娘、玉樓、瓶兒抗衡。她沒有財富沒有權勢，一個人勢單力薄，因此她必須與春梅結盟，才能留住西門慶的人以及心。她搧風點火，最後是主子西門慶陷害了家僕來旺，再形成兩個女人的戰爭。然而在這幾人的情欲關係中，女人注定要輸的。當宋蕙蓮無丈夫可依靠時，她便如風中柳絮，終無法自持。宋蕙蓮終於對自己的身體及生命作了決定，搶回了片刻自主權，那就是——自縊。她終於能完全擁有自己的身體，並決定身體的存在與否。但這唯一的自主權卻顯得悲凄如許。在死亡的那一刻，她終是無須再因著西門慶的愛欲左右了自己的一切。西門慶卻絲毫不受影響，只用一句話對她的人生作結：「他恁個拙婦，原來沒福。」（第二十六回）

然而，並不是說這些男男女女只有欲望，沒有情感，而是，他們終究無法無視於身體帶給他們的歡愉，或者因著有權有勢而看起來更加壯碩的身體，這樣的身體空間，形塑了女性未來生活保障的想像。

四、永福寺與玉皇廟：身體空間的起結與始終

張竹坡在第四十九回的回評和夾評中指出：「玉皇廟，永福寺是一部大起結。」[14]「起結」是一個時間概念，也是一個空間概念。作為時間概念，它是指事件的長度，是開始與結束。作為空間的概念，它是指起點與終點。[15]張竹坡從空間構思，把玉皇廟和永福寺當作《金瓶梅》一書的起始。而這也是身體空間的起結：在玉皇廟開始，在永福寺結束，而身體及死後靈魂的輪迴，也在永福寺完成。

玉皇廟和永福寺在文本空間裡，意味著色與空以及敘事手法上的冷與熱，也意味著生死大事。《金瓶梅》第一回裡寫道，西門慶和一班酒肉兄弟在玉皇廟裡結拜，是熱寫人事。玉皇廟裡的吳道官和西門慶相熟，瓶兒生下官哥兒，西門慶為兒子寄名求福，讀者在此看到了人事的繁盛與欲望，也看到了神鬼與人事的糾葛。玉皇廟的吳道官則使徒弟進了四盒禮物、天地疏、新春符、謝灶誥等、接著西門慶讓玉皇廟為官哥兒寄名，起名「吳應元」，好永保富貴遐昌。西門慶因此送了一石白米、一擔阡張、十斤官燭、五斤沈檀馬牙香、十六疋生眼布，又送了一對京緞、兩罈南酒、四隻鮮鵝、四隻鮮雞、一對豚蹄、一腳羊肉、十兩銀子為禮。（第三十九回）這些的禮尚往來，這些都是藉著神佛護佑之名，進行人事的往來。身體的安康似乎與社經地位有了相對的關係，社經或階級地位高，能供奉的物資更多，因此身體得到的祝福似乎更多。玉皇廟寫著兄弟結義、生子寄名，都是人事裡的興盛繁華，是生之大事。

相反的，階級低下者，生命在生時或亡時似乎都受到更少的關注，身體空間當然相對的擁有更少的資源。例如曾和西門慶有染的宋蕙蓮，在來旺被設計遞解徐州後，潘金蓮調唆與來旺有染的孫雪娥與宋蕙蓮惡言相向，宋蕙蓮也是個烈性子的女子，因此自縊身亡，亡年二十五歲。當西門慶得知後只發了一句話：「他恁個拙婦，原來沒福。」接著報到知縣處，只說她是家中管銀器的，家中丟了一件銀器，恐家主責問，自縊身亡。西門慶送了知縣三十兩銀子，即使宋蕙蓮的父親宋仁告官也只落得「打網詐欺，倚屍圖賴」的罪名，還受了二十大板。不多久宋仁也一命嗚呼。相對於李瓶兒死的盛大喪禮，備極哀榮。宋蕙蓮及至於她的父親宋仁的生命都只能匆匆退場。（第二十六～二十七回）

關於死亡，永福寺則象徵死亡或終結之地。永福寺原是周守備建造，潘金蓮、龐春梅死後安葬之處，龐春梅也在永福寺裡遇故主月娘。永福寺也是普靜師父為西門慶等人孽鬼冤魂超生薦拔之處，更是幻化吳月娘之子孝哥兒之所，而西門慶為官員餞行多在此

14　張竹坡，《批評第一奇書金瓶梅回評》，第四十九回。見於：黃霖編，《金瓶梅資料彙編》，頁164。

15　張世君《明清小說評點敘事概念研究》，北京：中國社會科學出版社，2007 年，頁 38-39。

處。孟玉樓也是因永福寺而遇見李衙內，在西門慶死後，再嫁李衙內，了結了她和西門家的姻緣。眾人實歸於此，也同散於此。[16]因此，玉皇寺是熱結，永福寺是冷散。[17]而西門慶也在永福寺裡得到胡僧贈的春藥，這藥既是讓西門慶及他的女人欲仙欲死，最後也真的令他因縱欲過度而命喪黃泉。也就是說，永福寺在《金瓶梅》中有多重隱喻以及意象的呈現：永福寺是孝哥兒勘破紅塵，捨去俗世之處，，進入佛門它意味著塵世身體的止處；讓西門慶愛欲糾纏的肉體，在永福寺得到胡僧藥，使得西門慶因此得到更多的滿足，但他的身體也在滿足中衰敗，終至精盡人亡；永福寺更是潘金蓮等人亡故後，塵歸塵土歸土肉體的安息之所。終了，還能在普靜師父的超度之下，連魂魄都能有個來生的好去處。永福寺果然是看盡人間的喜、樂、離、散。所以說玉皇廟和永福寺是身體空間的起結與始終。

五、結語

人的身體經由思考後吐納社會的價值與規範，成了政治化的身體，這種被社會規範浸潤的身體，不再是純粹生理的身體。身體在空間的存在，是處於社會政治的脈絡之中，並在時間上受到歷史經驗的召喚與洗禮，因此而成為一種既是理性而又感性的主體。[18]換句話說，它總是受到社會文化的凝視，因此，身體空間的大小和社會文化的互為表裡。《金瓶梅》的人物身體不僅表現了他們各自不同的際遇，並且彰顯了在亂世裡人物所受社會文化的影響。在此，生命的起落、命運的悲喜都不由人說，全受大時代的牽絆。女性依隨男性，弱者聽命強者，貧者無奈於富者，身體空間的擁有受制於文化社會的宰制。武大是儒弱且卑屈地活著，只因他的身體矮小猥衰，有著「三寸丁、谷樹皮」的渾號，成為一種文化歧視下的烙印。但他的弟弟武松不然，憑著打虎英雄的封號，他受人尊重，行走有風，即使刺配充軍，人們仍視他為英雄，只因為，這是個亂世！（且不要忘記，此書的開頭便說：話說宋徽宗皇帝政和年間，朝中寵信高、楊、童、蔡四個奸臣，以致天下大亂，黎民失業，百姓倒懸，四方盜賊蜂起。）在亂世裡，人們無法冀望明主，那麼便尊重英雄，期盼英雄能帶來正義，即使是用拳頭打下來的正義。

---

16 張竹坡，《批評第一奇書金瓶梅回評》，第五十七回。見於：黃霖編，《金瓶梅資料彙編》，頁172。

17 田曉菲，《秋水堂論金瓶梅》，頁151。

18 黃俊傑，〈東亞儒家思想傳統中的四種「身體」：類型與議題〉，《法鼓人文學報》，臺北：法鼓人文社會學院，2006年。在此文中，作者指出儒家思想傳統中的四種身類型及議題：1.作為社會規範展現場域的身體。2.作為政治權力展現場域的身體。3.作為精神修養展現場域的身體。4.作為隱喻的身體。而上述說明，是在作者第一類的論述中。

　　在《金瓶梅》裡的情色男女，倒是寫出了中國古典小說裡沒敢說的真話，當然自《金瓶梅》之後，豔情小說及才子佳人小說寫出了各種明說或暗喻的男歡女愛。《金瓶梅》裡的西門慶、潘金蓮、李瓶兒、龐春梅、陳敬濟幾個人的情感欲望以及他們直言不諱對於性的需求是嚇人的，但也把人性赤裸裸地展示在世人面前：男性如何將權力當春藥，誘惑著女性，而女性又是如何將身體成為工具趨使著男人拋金灑銀，成為《金瓶梅》裡最令人消魂也最令人恐懼的描寫了。所謂「女性只能通過自己的身體，將自己的想法物質化。」「她用自己的身體表達自己的思想。」[19]不過就是潘金蓮、龐春梅、李瓶兒、宋蕙蓮等人的的作法罷了。為了讓自己活下去，潘金蓮必須潑辣使壞，不斷勾引西門慶的性欲，好得到他的愛憐，最後她也陷入情欲中不可自拔，所以她需要男人；李瓶兒渴望一個有錢有勢又溫柔多情的男子，放眼望去，只有西門慶符合她的條件，最後，還真的有了些真情；至於龐春梅，她也是放縱自己欲望的女子，在她有了地位及身分之後。但最後她們都受制於自己的欲望，也全都付出了生命，即使是有錢有勢，惡霸一方的西門慶也逃不過身體欲望的深淵，最後也死在溫柔鄉中。

　　《金瓶梅》的時間敘事，寫西門慶的一生，也寫了她幾個妻妾的一生。而《金瓶梅》的空間敘事，則從第一回西門慶和十個兄弟到玉皇廟結拜，終於吳月娘逃到永福寺，並看到了亡故者死後的去處。所以張竹坡在第一百回回評裡言：「玉皇廟發源，言人之善惡皆以心出。永福寺收煞，言生我之門死我之戶也。」生死、輪迴，身體、家庭，時間與空間的交錯流轉在此完成。

19　〔法〕張京媛主編，《當代女性主義文學批評》，北京：北京大學出版社，1992 年，頁 194-195。

第七章 結論——《金瓶梅》時空敘事展現的文化視域

> 「一部作品之不朽，並不是因為它把一種意義強加給不同的人，而是因為它向每一個人暗示了不同的意義。」

——羅蘭・巴特在《批評與真理》

　　《金瓶梅》透過季節變遷、年歲更迭，展現由家庭輻射出去的人際網絡及社群關係，也透過空間的轉移看到時間的流動與變化。《金瓶梅》寫盡家庭生活裡的片段，然而它不只有家庭裡的細瑣生活，它更寫出個人時間——生日、群體時間——歲時節令的文化意義。《金瓶梅》起自秋天也在秋天終結，是一部秋天的書，[1]全書寫出繁華及其後的蕭索敗落。它在一百回裡寫出一個時代的盛衰，寫盡出一個家庭的起落，道出西門慶生命裡的一段段情色、政治權力際遇：不論是西門慶和女子們的欲愛、西門家妻妾婢僕等人的勾心爭寵，這些事件都化成家庭生活裡的點點滴滴，並且在時間流逝後展現生命的關懷與反省，表現出敘事文學的抒情性。

一、滿格、過場、回目開合形成的敘事美學

　　《金瓶梅》描寫西門慶一妻五妾的家庭生活，以及由以向外擴展出去的人際往來、官商關係。小說描寫家庭生活，對於時空書寫有近乎真實時間的「時間滿格」敘事筆法；小說在描寫家庭生活時常用一句話將時間快速帶過，快速的時間過場，使得時間在綿延的同時也形成斷裂。弔詭的是，片段的時間又連綴成時間的長河；在回與回之間有所謂

---

1 田曉菲，《秋水堂論金瓶梅》，天津：天津人民出版社，2005 年 1 月 2 版，2008 年 4 月 2 刷。田曉菲言：《金瓶梅》是一部秋天的書。它起於秋天。因為本書的男主角西門慶在小說裡的第一句話，就是：「如今是九月二十五日了。」」（頁305）九月二十五日，已經是深秋了。到了第一百回則是冬天的開始。田曉菲更提到：「秋天不但花枝凋零，而且萬物淪喪，瓶兒在一年後的秋天去世，西門慶旋即身亡，眾佳人也便紛然四散了。《金瓶梅》是一部秋天的書：始於秋天，終於秋天，秋涼無時無刻不在威脅著盛夏的繁華也。」（頁87）

的「連綴性」，往往在二、三十回間自成一個段落，形成縐褶開合的敘事方式，然而透過這些敘事筆法，我們其實更看到小說展現的詩意以及抒情性。

(一)時間滿格

《金瓶梅》的敘事是以年繫月，以月繫日的寫實筆法，時間的進行是一日一日地推移，表現出時間的流逝。小說情節在「年－月－日」中被推進，也使得時間恍若可以暫停、重來、拼貼，時間的精細描寫亦加深作品的可信度，給予讀者身歷其境之感。

《金瓶梅》在文中大量使用「一宿晚景題過，到次日」、「次日」、「這日」、「是日」、「後日」、「過了數日」等時間用語，時間切割成一日又一日的存在，同時在一日又一日的片斷中，連接成日、月、年的時間。家庭小說使用「月－日」的編年時間，鉅細靡遺書寫生活的細節，這樣綿密地時間記載，是「時間滿格」的寫作方式，也就是說在時間綿延的意義上似乎沒有被省略的日子，展現虛構小說的時間現實感。時間滿格的筆法從寫作技巧來看，顯得較無技巧，但恰恰說明這種「日復一日」正是家庭小說在時空書寫上的特質，在這些看來平凡的日常生活裡，往往會讓我們看到比平凡生活「更多一點」的事件，這些事件在時間中形成情節也造成家庭的命運。

《金瓶梅》中敘事時間和現實時間有著相同的高度，時間的進展與現實生活幾乎一致，在此像是殺時間般的填滿家庭小說的生活敘事，把生活裡的閒、悶、有趣或無趣的，拉拉雜雜地詳述著，小說裡沒有經世救國的目標，也沒有光怪陸離或偉大神奇的際遇。小說聚焦在家庭的人事物上，把書寫的重點放在事與事的交疊處，是在「無事之事」上，例如宴飲的描寫是游離在敘事情節的進展之外，情節時間停頓，讓位給生活裡的某個場景的描寫，於是小說人物和我們一樣，是在日曆撕去的扉頁中度過，展現出無可返復、無法挽回的時間感。

家庭日常起居使得小說似乎糾結在不斷流逝的瑣碎事件中，然而，不斷流逝的時間裡，往往存在不同於尋常日子裡的某些特殊時光，那就是人物的生日、死亡、歲時節令，使得日常的時間又有了特別的意義——在綿延的時間長河中，標示出一個特殊的時間點——個人的生日、群體的節慶，切割出特定的時空，也使得敘事在時空的對比下充滿了對於生命的反省，也更具有抒情性。

(二)時間過場

時間快速過場是相對於時間滿格的時空概念。《金瓶梅》以「有話則長，無話則短」、「一宿晚景提過」，等較大的時間幅度描寫家庭時間的流逝，**概說一段特定的時間**，並作為小說文本中時間的過場，使小說情節快速的推移，也以一句話補足空白的情節，使情節時間的敘述看似毫無留白。在「光陰迅速」、「話休饒舌」文句之後，有時會接續日

月年或節氣的書寫。[2]

　　「有話則長，無話則短」、「光陰迅速」、「話休饒告」、「按下這邊說話」，除了**作為時間的快速過場**，除了有結束上文，開啟下文的功能。另一個與此相近的詞是：「一宿晚景提過」，使時間快速推移，並用來**轉換敘述語境**，不過這個詞使用的頻率並不高。這些話語和「次日」、「第二日」等語詞表現時間推移的作用有相近之處。不同的是，快速的時間過場使日復一日進行的時間產生斷裂、停頓的作用，同時也是說書人／敘述者介入小說時間的進行，時間在說書人／敘述者的敘述中得以快速進行。

　　口語文學中說書人的影子仍然存在《金瓶梅》中，不論是上一小節的「時間滿格」或此小節的「時間快速過場」，都是在實錄的家庭時間中細緻地或粗略地描寫生活細節。有趣的是，時間滿格使我們看到家庭生活中「無事」的小細節，維持家庭小說線性前進的筆法；時間快速過場則是填補時間的斷裂處，是一種破壞時間綿延的方式，在破壞的同時卻又以更大的跨度接續了時間的進行，使故事時間在此時停頓，並作了場景的跳接。

　　可知，時間過場是一種破壞時間綿延的方式，在破壞的同時卻又以更大的跨度接續了時間的進行，家庭小說因此表現出二重時空：**小說本身的時空**，以及**說書人／敘述者存在的時空**。說書人置身在綿延的、不可被分割的真實時空，而虛構敘事文學所構建的則是可被斷裂、描述的時空。作者在真實世界裡書寫虛構世界，相對於小說裡的絕對時空，說書人／敘述者身處的時空在述說的瞬間被書寫入小說中，而此**敘述的瞬間**是說書者／敘述者大量使用「有話則長，無話則短」等敘述語句的時候，這表現了說書人／敘述者、作品、讀者的時空。而這三者又交會出一個充滿情感、書寫情緒的敘事時空。

（三）回目的縐褶開合

　　明清長篇小說往往首回與末回相互呼應。同時，「由於宏篇巨制的體制要求和受到話本敘事方式的影響，章回小說往往具有十分強烈的『綴段性』，即全書故事既服從一個共同的主題，又彷彿若干較為完整的情節片段連綴而成。」[3]所謂的綴段性，即是將情節的開合成一個又一個的段落，蘊涵小說的悲喜、聚散、起落，形成一種縐褶開合，並表現出小說主題的迴旋，這在《金瓶梅》中極為明顯，回與回的展開並縐褶成小說的美學規律。例如《金瓶梅》中第一指出的節日是端午節（第六回），最後一個還是端午節（第

2　例如「光陰迅速，又早九月重陽。」（第十三回）、「話休饒舌。燃指過了四五日，卻是十月初一日。西門慶早起。」（第一回）、「光陰似箭，日月如梭，又早到八月初六日。西門慶拿了數兩碎銀錢，來婦人家，教王婆報恩寺請了六箇僧，在家做水陸，超度武大，晚夕除靈。」（第八回）

3　黃霖、李桂奎、韓曉、鄧百意，《中國古代小說敘事三維論》，上海：上海世紀出版集團，2009年7月1版，頁251。

九十六回），小說在端午節令中展開與結束，形成小說文本完整的開合。

《金瓶梅》在前 3/4 寫西門家的繁盛，後 1/4 寫西門人亡家破，家業四散的淒涼，「此書寫聚用了七十九回，寫散用了二十一回，越寫得短促匆忙，越顯得淒涼難耐。」[4]如果再細分，我們可以看到小說裡的大事紀，開合縐褶如一把扇子：

金瓶梅的重要大事記：第一回－二十九回－四十九回－五十九回－七十九回－一百回

在第二十九回吳神仙為西門慶及妻妾、丫頭春梅相命，預示了西門慶家人的未來。第四十九回則是全書的關鍵，在此時西門慶的聲勢與政商關係達到顛峰，這一回裡胡僧賜壯陽藥給西門慶，使西門慶性能力也達到頂點，性和權力、性和政治，再一次完美結合。西門慶的家業聲勢權貴，直到了第五十九回官哥兒死去，西門慶所擁有的一切漸漸失去，接著是為他帶來財富、兒子的李瓶兒也將死去。到了第七十九回西門慶死，西門慶所聚斂的一切，將要消散。

從上述來看，《金瓶梅》大約每二十回左右便有一個影響全文發展的大事記，或者是情節發展的重要轉折點，形成小說自身的節奏旋律。一如《金瓶梅》中三寫元宵、二寫清明，都是一種前後相互呼應、冷熱對比的敘事手法，也形成了縐褶開合的敘事節奏。透過回與回的開合節奏，形成時間、空間的對仗關係，詩化了作為敘事文體的小說，並且在時間流動中形成一次又一次回顧，也就是與前文一次又一次的呼應。

二、敘事時空上不斷對比和映襯的筆法──冷熱之筆

《金瓶梅》中對於人物、事件的描寫，多是「一冷一熱，一動一靜」，「《金瓶梅》的整個敘事與審美結構，都建立在『映襯』和『對照』的基礎上。」[5]這一冷一熱、一動一靜、前後對比的人物或情節書寫，彰顯了小說主題，也更顯現時間、空間變化下人物情感的流轉，寫出物換星移後人物的滄桑感。

《金瓶梅》二寫清明節，即是用對比映襯的手法寫人世的冷熱及生死。清明節是站「生」的位置看向「死亡」。面對死亡，人總是脆弱和無奈的，但在這日以闔家團聚的方式祭祖，卻又強調家庭生活的圓滿。《金瓶梅》第一次寫清明是在第四十八回，時值西門慶得子升官，正飛黃騰達之際。西門慶蓋了山子捲棚房屋，新立一座墳門，在墳門旁植花種樹，清明當日殺豬宰羊、治筵席請來樂工雜耍扮戲，一行人裡裡外外共二十四、五頂轎子，親族、僕傭、媳婦、街坊朋友浩浩蕩蕩約百來人。西門慶將清明節辦得像嘉

4　同註2，頁244。

5　同註2，頁35。

年華會,也使得原本要祭祖的節令,成為華麗的、食色的演出。

直到第八十九回,第二次寫清明節,這時西門慶已亡故,西門家權勢不再,官員堂客全不見了,西門家只有月娘領玉樓、小玉,奶媽如意兒抱著孝哥兒、玳安等人到西門慶墳前祭掃,墳前無限蕭索。第一次清明祭掃的熱筆直襯第二次上墳時的人世荒涼,寫出人情冷暖。更進一審視清明節的意義,這是上墳的季節,卻也是春回大地的季節,死與生不斷地交織在一起,有趣的是,孟玉樓正是在給西門慶上墳時,和李衙內兩人一見鐘情,生和死、冷和熱,鋪寫成一部世情《金瓶梅》。

在文中的冷熱之筆、寫著炎涼勢態,同時暗示盎然的情欲及生命的消逝,例如「雪洞」的意象。例如西門慶在雪洞裡的偷情,同時寫出冷冽:「雖故地下籠著一盆炭火兒,還冷得打顫。」(第二十三回)因為雪洞既包含情欲,也暗示著西門慶擁有的情欲與權勢不久長,一切都像雪一樣很快就消融了。雪洞是西門慶分別與宋蕙蓮、桂姐雲雨的地方,也是潘金蓮和陳敬濟調情的地方。同時,普靜和尚坐禪的山洞名為雪澗洞,普靜又自稱為雪洞禪師,文末雪洞禪師將月娘的兒子孝哥兒幻化而去,一切繁華就此成空。(第八十四回)「雪洞」的意象反覆出現,可知在西門慶蒸蒸日上、炙手可熱時,暗示著一切繁華都如春雪之消融,擁有及失去,往往是共時並存的。在不斷對比映襯的敘事中,展現世間冷暖,對於生命的終始,也呈現詩意的小說氛圍。

三、身體空間指涉的文化意義

《金瓶梅》以西門家為軸心,寫山東清河縣一家又一家的故事。然而,在這麼一個危亂的世局裡,法治紊亂,人們無法受到法律的保護,也無法以道德來約束,人們的身體成為僅有而可依賴的空間。

《金瓶梅》裡,寫出人性底層的掙扎及卑微,有財富之人,可以攀迎權貴更上層樓,一如西門慶從生藥鋪老闆最後成為西門大官人,他的權力及財富使他的身體在女人眼中更加有魅力,然後使他能滿足更多的欲望,他的身體空間隨著權勢財富不斷地擴大,他因而擁有更多法治以外的自由。

沒有錢財權勢的男子,如果有強壯的身體,這又是另一種可能,在政局混亂的時代,水泊梁山是聚義的地方,這些梁山好漢,(注意!因為是亂世,所以劫富者即可稱為好漢。)有著比一般人更強健的體魄,因此,他可以受到更多的尊重,例如武松和武大,武大是個老老實實賣烙餅的小販,只因身形矮小,其貌不揚,因而受人嘲笑,連妻子潘金蓮也深覺糟塌了自己的美貌,但武松不同。只因武松打虎,成為鄉里的英雄,即使他殺了皂隸、潘金蓮與王婆,人們仍覺得他是個響噹噹的漢子,他因而擁有更多的自由與尊重。

男人和女人有不同的空間感受,女人多被要求要「宜室宜家」,因此,家就是女人

的一切：「在家從父，出嫁從夫，夫死從子」意味著，女性沒有身體權，一切的規範都來自「當家」的那個男性。而男性不同，男性可以離鄉求取功名，或者從軍立功，再以衣錦還鄉之姿，榮耀自身。因此，家就等於是女性的空間。權力和空間相互依存，柔弱卑下的女子，要不是讓自己恪守父權社會的規範，在文化的凝視下，控制自己身體的存在，作個賢德沒有欲望，能扶持丈夫的賢內助；或者活下去，或為了要活得更好，美麗又青春的女子，讓自己的身體成為生存的工具，以換得錢財、地位、或者男人的注視與寵愛，而這一切不過是要使自己能擁有更安穩的生存空間。

　　《金瓶梅》透過人物的身體展現了男性的、女性的身體空間與文化的指涉關係。並呈現了家庭空間裡的細節，以及這些空間——包含宅院、樓閣、門窗、箱奩所展開的意象及隱喻。在《金瓶梅》中我們更看到透過家運、世運及國運的描寫，家國興衰與個人生命互喻，展現出末世的荒涼感，以及身體與文化互為隱喻的敘事美學。中國的抒情傳統也影響了敘事文學，當抒情文學裡這些傷春悲秋、時光易逝的內容，積累成民族文化心理時，也悄悄轉化成小說的主題。同時，抒情意識與時空敘事，例如節慶與生死的書寫，體現在作品中，形成《金瓶梅》的小說美學及對文化的凝視與反省。

參考書目

一、古籍

蘭陵笑笑生,《新刻繡像批評金瓶梅會校本》,臺北:曉園出版社,2001 年 9 月。

蘭陵笑笑生原著,梅節校訂,《夢梅館校本金瓶梅詞話》,臺北:里仁書局,2007 年 11 月初版,2009
　　年 2 月修訂一版。

宋・陳元靚,《歲時廣記》,清光緒四年(1879 年)清刻本,臺北:新興書局,1977 年 8 月。

左丘明著,王守謙、金秀珍、王鳳春譯著,《春秋左傳》,臺北:臺灣書房,2002 年。

《太平御覽》卷三一引《風土記》,臺北:臺灣商務印書館,1997 年。

清・丁耀亢,《續金瓶梅》,濟南:齊魯書社,2006 年。

二、關於金瓶梅研究專著

何良昊,《世情兒女——《金瓶梅》與民俗文化》,哈爾濱:黑龍江人民出版社,2003 年 5 月。

李洪政,《金瓶梅解隱——作者・人物・情節》,臺北:臺灣商務印書館,2000 年 8 月。

金聖歎,〈讀第五才子書法〉,陳曦鍾、侯忠義、魯玉川輯校,《水滸傳會評本》,北京:北京大學
　　出版社,1998 年。

胡衍南,《飲食情色金瓶梅》,臺北:里仁書局,2004 年 4 月。

張竹坡,《金瓶梅會評會校本》,北京:中華書局,1998 年 3 月。

———,《張竹坡評點第一奇書金瓶梅》,濟南:齊魯書社,1991 年二版。

陳東有,《金瓶梅文化研究》,臺北:貫雅文化事業公司,1992 年 11 月。

黃霖編,《金瓶梅資料彙編》,北京:中華書局,1987 年 3 月。

蔡國梁,《金瓶梅社會風俗》,天津:百花文藝出版社,2002 年 6 月。

薛海燕,《金瓶梅到紅樓夢——明清長篇世情小說研究》,臺北:里仁書局,2009 年 2 月。

魏子雲,《明代金瓶梅史料詮譯》,臺北:貫雅文化事業公司,1992 年 6 月。

———,《金瓶梅的問世與演變》,臺北:時報文化出版公司,1981 年 8 月。

———,《金瓶梅研究二十年》,臺北:臺灣商務印書館,1993 年 10 月。

譚倫傑,《俗世風情——話說《金瓶梅》》,臺北:萬卷樓圖書公司,2001 年 1 月。

三、小說研究

〔美〕艾梅蘭(Maram Epstein)著,羅琳譯,《競爭的話語——明清小說中的正統性、本真性及所生
　　成之意義》,南京:江蘇人民出版社,2005 年 1 月。

方正耀,《明清人情小說研究》,上海:華東師範大學出版社,1986 年。

王孝廉,《神話與小說》,臺北:時報文化出版公司,1986 年。

王昕，《話本小說的歷史與敘事》，北京：中華書局，2002 年 12 月。

王炎，《小說的時間性與現代性——歐洲成長教育小說敘事的時間性研究》，北京：外語教學與研究出版社，2007 年 5 月。

石昌渝，《中國小說源流論》，北京：新華書局，1994 年 2 月初版，1994 年 10 月。

吳士余，《中國小說思維的文化機制》，上海：華東師範大學出版社，1990 年 12 月。

吳光正，《中國古代小說的原型與母題》，北京：社會科學出版社，2004 年 7 月二版二刷。

金明求，《虛實空間的移轉與流動：宋元話本小說的空間探討》，臺北：大安出版社，2004 年。

金健人，《小說結構美學》，臺北：木鐸出版社，1986 年 6 月。

胡益民、李漢秋著，《清代小說》，合肥：安徽教育出版社，1997 年 10 月第二版。

胡萬川，《話本與才子佳人小說之研究》，臺北：大安出版社，1994 年。

夏志清、胡益民等譯，《中國古典小說史論》，南昌：江西人民出版社，2001 年 9 月初版，2003 年 3 月二刷。

孫遜、孫菊園編，《中國古典小說美學資料滙粹》，臺北：大安出版社，1991 年 1 月。

高桂惠，《追蹤躡跡——中國小說的文化闡釋》，臺北：大安出版社，2005 年 9 月。

陳文新，《傳統小說與小說傳統》，武漢：武漢大學出版社，2005 年。

陳文新、魯小俊、王同舟，《明清章回小說流派研究》，武漢：武漢大學出版社，2003 年 7 月。

陳平原，《小說史：理論與實踐》，北京：北京大學出版社，1993 年 3 月。

陳節，《中國人情小說通史》，南京：江蘇教育出版社，1998 年。

程毅中，《明代小說叢稿》，北京：人民出版社，2006 年 12 月。

黃清泉、蔣松源、譚邦和著，《明清小說的藝術世界》，臺北：洪葉出版社，1995 年 5 月。

黃霖等著，《中國小說研究史》，杭州：浙江古籍出版社，2002 年 7 月一版。

楊昌年，《古典小說名著析評》，臺北：五南圖書公司，1994 年 5 月初版，2005 年 3 月二版一刷。

楊義，《楊義文存》第一卷，北京：人民出版社，1997 年 12 月。

葉朗，《中國小說美學》，臺北：里仁書局，1987 年 6 月。

葉桂桐，《中國古代小說概論》，臺北：文津出版社，1998 年。

董乃斌，《中國古典小說的文體獨立》，北京：中國社會科學出版社，1994 年 2 月。

董乃斌、薛天緯、石昌渝，《中國古典文學學術史研究》，烏魯木齊：新疆人民出版社，1997 年 11 月。

趙毅衡，《苦惱的敘述者——中國小說的敘述形式與中國文化》，北京：中國人民大學出版社，1998 年。

齊裕焜，《中國古代小說演變史》，蘭州：敦煌文藝出版社，1999 年 2 月二版。

———，《中國古典小說十二講》，香港：三聯書店，2006 年 6 月。

樂蘅軍，《意志與命運——中國古典小說世界觀綜論》，臺北：大安出版社，1992 年 4 月。

———，《古典小說散論》，臺北：大安出版社，2004 年 11 月，1976 年（又見於，臺北：純文學出版社）。

歐宗智，《臺灣大河小說家作品論》，臺北：前衛出版社，2007 年 6 月。

魯迅，《中國小說史略》，上海：上海古籍出版社，1998 年 1 月一版，2003 年 7 月一版七刷。

魯德才，《古代白話小說形態發展史論》，天津：南開大學出版社，2002 年 12 月。

蕭向愷，《世情小說史話》，瀋陽：遼寧教育出版社，1992 年。

龔鵬程，《中國小說史論》，臺北：臺灣學生書局，2003 年。

四、與時間、空間有關的著作

史成芳，《詩學中的時間概念》，長沙：湖南教育出版社，2001 年 6 月。

吳冶平，《空間理論與文學的再現》，蘭州：甘肅人民出版社，2008 年 12 月第 1 版。

吳國盛，《時間的觀念》，北京：中國社會科學出版社，1996 年 11 月。

李孝悌編，《中國的城市生活》，臺北：聯經出版公司，2005 年。

李豐楙、劉苑如主編，《空間、地域與文化——中國文化空間的書寫與闡釋》上冊、下冊，臺北：中央研究院中國文哲研究所，2002 年。

汪民安編，《文化研究關鍵詞》，南京：江蘇人民出版社，2011 年。

周簡文，《人文地理學概要》，臺北：中華書局，1964 年 3 月。

孟彤，《中國傳統建築中的時間觀念研究》，北京：中國建築工業出版社，2008 年 9 月。

段義孚著，潘桂成譯，《經驗透視中的空間和地方》，臺北：國立編譯館，1998 年 3 月。

范銘如，《文化地理——臺灣小說的空間閱讀》，臺北：麥田出版社，2008 年 9 月。

夏鑄九、王志弘編譯，《空間的文化形式與社會理論讀本》，臺北：明文書局，1993 年 3 月再版一刷，2002 年 12 月增訂再版四刷。

馬大康、葉世祥、孫鵬程，《文學時間研究》，北京：中國社會科學出版社，2008 年 12 月。

畢恆達，《空間就是權力》，臺北：心靈工坊，2001 年 6 月。

陳榮華，《海德格存有與時間闡釋》，臺北：臺大出版中心，2006 年。

陳慧琳主編，《人文地理學概要》，北京：科學出版社，2001 年 6 月。

楊匡漢，《時空的共享》，石家莊：河北教育出版社，1998 年 7 月。

楊河，《時間概念史研究》，北京：北京大學出版社，1998 年 2 月。

劉文英，《中國古代的時空觀念》（修訂本），天津：南開大學出版社，2000 年 9 月。

潘朝陽，《人文主義的地理思想》，臺北：五南圖書公司，2005 年。

謝納，《空間生產與文化表徵》，北京：中國人民出版社，2010 年。

關永中，《神話與時間》，臺北：臺灣學生書局，2007 年 9 月。

關華山，《「紅樓夢」中的建築研究》，臺北：境與象出版社，1984 年 5 月初版，1988 年 10 月再版。

〔法〕加斯東・巴舍拉（Gaston Bachelard），龔卓軍、王靜慧譯，《空間詩學》，臺北：張老師文化事業公司，1993 年 8 月初版，2008 年 5 月十刷。

〔法〕列斐伏爾（Henri Lefebvre），包業明主編，《空間政治學的反思》，上海：上海教育出版社，2003 年。

〔法〕傅柯（Michel Foucault）著，劉北城、楊遠嬰譯《規訓與懲罰：監獄的誕生》，臺北：桂冠出版社，1992 年 12 月初版，2007 年 4 月。

〔法〕傅柯（Michel Foucault），包亞明編《福柯訪談錄——權力的眼睛》，上海：上海人民出版社，1997 年。

〔法〕路易・加迪（Louis Gardet）等著，鄭樂平、胡建平等譯，《文化與時間》，臺北：淑馨出版社，1992 年 1 月初版，1995 年 8 月二版。

〔美〕Mike Crang 著，王志弘、余佳玲、方淑惠譯，《文化地理學》，臺北：巨流出版社，2006 年 9 月初版四刷。

〔美〕羅伯特・列文（Robert Levine），范東生、許俊農等譯，《時間地圖──不同時代與民族對時間的不同解釋》，合肥：安徽文藝出版社，2000 年。

〔英〕K・里德伯斯（K. Ridderbos）編，章邵增譯，《時間》，北京：華夏出版社，2006 年 1 月。

〔英〕大衛・哈維，《地理學中的解釋》，北京：商務印書館，2009 年。

〔英〕約翰斯頓，唐曉峰譯，《地理學與地理學家》，北京：商務印書館，1999 年

〔英〕馬光亭、章紹增譯，《空間──劍橋年度主題講座》，北京：華夏出版社，2006 年。

〔德〕恩斯特・波佩爾（Ernst Poppel）著，《意識的限度──關於時間與意識的新見解》，李百涵、韓力譯，臺北：淑馨出版社，1997 年 2 月。

Time Cresswell，徐苔玲、王志弘譯，《地方：記憶、想像與認同》，臺北：群學出版社，2006 年。

五、敘事學

王昕，《話本小說的歷史與敘事》，北京：中國人民出版社，2002 年 12 月。

申丹，《敘述學與小說文體學研究》，北京：北京大學出版社，1998 年 7 月。

吳培顯，《當代小說敘事話語範式初探》，長沙：湖南師範大學出版社，2003 年 5 月。

周裕鍇，《中國古代闡釋學研究》，上海：上海人民出版社，2003 年 11 月。

林鎮山，《臺灣小說與敘事學》，臺北：前衛出版社，2002 年 9 月。

胡亞敏，《敘事學》，武漢：華中師範大學出版社，2004 年 12 月二版。

徐岱，《小說敘事學》，北京：中國社會科學出版社，1992 年 9 月。

格非，《小說敘事研究》，北京：清華大學出版社，2002 年 9 月。

高辛勇，《形名學與敘事理論──結構主義的小說分析法》，臺北：聯經出版公司，1987 年。

康韻梅，《唐代小說承衍的敘事研究》，臺北：里仁書局，2005 年 3 月。

陳平原，《中國小說敘事模式的轉變》，臺北：久大出版社，1990 年。

陳新，《西方歷史敘事學》，北京：社會科學文獻出版社，2005 年 7 月。

傅延修，《先秦敘事研究──關於中國敘事傳統的形成》，北京：東方出版社，1999 年 12 月。

楊義，《中國敘事學》：《楊義文存》第一卷，石家莊：河北人民出版社，1997 年。

董小英，《敘述學》，北京：社會科學文獻出版社，2001 年 6 月。

羅小東，《話本小說敘事研究》，北京：學苑出版社，2002 年 4 月。

羅鋼，《敘事學導論》，昆明：雲南人民出版社，1994 年 5 月。

譚君強，《敘述理論與審美文化》，北京：中國社會科學出版社，2002 年 9 月。

〔法〕尤瑟夫・庫爾泰（J. Courtes），懷宇譯，《敘述話語符號學》，天津：天津社會科學院出版社，2001 年 7 月。

〔法〕保羅・利科（Paul Ricoeur）著，王文融譯，《虛構敘事中的時間塑形──時間與敘事卷二》，北京：三聯書店，2003 年 4 月。

〔法〕熱奈爾・熱奈特（Gerard Genette），王文融譯，《敘事話語　新敘事話語》，北京：中國社會科學出版社，1990 年。

〔美〕J・希利斯・米勒（J. Hillis Miller）著，申丹譯，《解讀敘事》，北京：北京大學出版社，2002

年 5 月。

〔美〕浦安迪（Andrew Plaks）講演，《中國敘事學》，北京：北京大學出版社，1996 年。

〔美〕海登‧懷特（Hayden White）著，董立河譯，《形式的內容：敘事話語與歷史再現》，北京：文津出版社，2005 年 5 月

〔美〕華萊士‧馬丁（Wallace Martin），伍曉明譯，《當代敘事學》，北京：北京大學出版社，2005 年 3 月二版。

〔荷蘭〕米克‧巴爾（Mieke Bal），《敘述學：敘理論導論》，北京：中國社會科學出版社，1995 年初版，2003 年二版。

六、社會風俗

王世禎，《中國節令習俗》，臺北：星光出版社，1981 年 7 月。

牛建強，《明代中後期社會變遷研究》，臺北：文津出版社，1997 年。

完顏紹元編，《中國風俗之謎》，上海：上海辭書出版社，2002 年 6 月初版，2002 年 10 月二刷。

周耀明，《明代‧清代前朝漢族風俗史》，《漢族風俗史》第四卷，上海：學林出版社，2004 年 12 月。

直江廣治著，王建朗等譯，《中國民俗文化》，上海：上海古籍出版社，1991 年 2 月。

殷登國，《中國的花神與節氣》，臺北：聯經出版公司，1983 年 6 月初版，1987 年 8 月三刷。

張江洪編著，《詩意裡的時間生活》，長沙：岳麓書社，2006 年 9 月。

郭興文、韓養民，《中國古代節日風俗》，臺北：博遠出版社，1989 年 2 月。

楊琳，《中國傳統節日文化》，北京：宗教文化出版社，2000 年 6 月。

蕭放，《「歲時」傳統中國民眾的時間生活》，北京：中華書局，2002 年 3 月。

七、當代其他作品

王志弘、徐苔玲譯，《地方：記憶、想像與認同》，臺北：群學出版社，2006 年。

王建剛，《狂歡詩學──巴赫金文學思想研究》，上海：學林出版社，2001 年 12 月。

朱立元，《現代西方美學史》，上海：上海文藝出版社，1993 年。

朱立元編，《當代西方文藝理論》，上海：華東師範大學出版社，1997 年 6 月第一版，2003 年 9 月第 8 次印刷。

余英時，《中國文化與現代變遷》，臺北：三民書局，1995 年 8 月 1 日。

吳曉東，〈貯滿記憶的空間形式〉，《漫談經典》，北京：三聯書店，2008 年 7 月。

李軍，《「家」的寓言──當代文藝的身份與性別》，北京：作家出版社，1996 年 9 月第一版第二刷。

李清筠，《時空情境中的自我影像──以阮籍、陸機、陶淵明詩為例》，臺北：文津出版社，2000 年 10 月。

李歐梵，《中國現代文學與現代性十講》，上海：復旦大學出版社，2002 年 10 月。

───，《現代性的追求，李歐梵文化評論精選集》，臺北：麥田出版社，1996 年 9 月。

李歐梵口述，陳建華訪錄，《徘徊在現代和現代之間》，臺北：正中書局，1996 年。

汪民安、陳永國編，《後身體文化、權力和生命政治學》，長春：吉林人民出版社，2003 年。

沈華柱，《對話的妙悟──巴赫金語言哲學思想研究》，上海：三聯書店，2005 年 8 月。

尚杰，《法國當代哲學論綱》，上海：同濟大學出版社，2008 年 9 月初版。

金聖歎，〈讀第五才子書法〉，陳曦鍾、侯忠義、魯玉川輯校，《水滸傳會評本》，北京：北京大學出版社，1998 年。

南帆，《文學的維度》，上海：三聯書店，1998 年 8 月。

唐代興，《當代語義美學論綱——人類行為意義研究》，成都：四川人民出版社，2001 年 4 月。

孫康宜，《文學的聲音》，臺北：三民書局，2001 年 10 月。

孫康宜之作，《抒情與描寫——六朝詩歌概論》，臺北：允晨文化公司，2001 年 9 月。

徐揚雄，《中國家族制度史》，北京：人民出版社，1992 年 5 月。

馬大康，《詩性語言研究》，北京：中國社會科學出版社，2005 年 3 月。

高小康，《中國古代敘事觀念與意識型態》，北京：北京大學出版社，2005 年 9 月初版，2006 年 1 月二刷。

高友工，《中國美典與文學研究論集》，臺北：臺灣大學出版中心，2004 年 3 月。

張旭春譯，《五種身體》，臺北：弘智文化公司，2001 年。

張貞，《「日常生活」與中國大眾文化研究》，武漢：華中師範大學出版社，2008 年 4 月。

張寅德，《普魯斯特及其小說——意識流小說的前驅》，臺北：遠流出版社，1992 年。

張淑香，《抒情傳統的省思與探索》，臺北：大安出版社，1992 年。

陳世驤，《陳世驤文存》，瀋陽：遼寧教育出版社，1998 年。

陳平原主編，《晚明文學思潮研究》，武漢：湖北教育出版社，2002 年 10 月。

陶東風主編，《文學理論基本問題》（第二版），北京：北京大學出版社，2004 年 3 月初版，2005 年 5 月二版一刷。

黃永武，《中國詩學·設計篇·詩的時空設計》，臺北：巨流出版社，1982 年 5 月。

黃俊杰，《傳統中華文化與現代價值的激盪》，北京：社會科學文獻出版社，2002 年 11 月。

黃金麟，《歷史、身體、國家——近代中國的身體形成 1895-1937》，臺北：聯經出版公司，2005 年 4 月初版第二刷。

奧古斯汀（Saint Augustine）著，周士良譯，《懺悔錄》，北京：商務印書館，1997 年。

董小英，《再登巴比倫塔——巴赫金與對話理論》，北京：三聯書店，1994 年。

詹明信，唐小兵譯，《後現代主義與文化理論》，臺北：合志文化公司，1989 年 2 月初版，1990 年三版。

廖星橋，〈意識流小說〉，《外國現代派文學導論》，北京：北京出版社，1988 年。

劉康，《對話的喧聲——巴赫汀文化理論述評》，臺北：麥田出版社，1995 年。

潘朝陽，《心靈·空間·環境》，臺北：五南圖書公司，2005 年。

蔡英俊，《比興物色與情景交融》，臺北：大安出版社，1986 年 5 月。

蔡英俊，《抒情的境界》，臺北：聯經出版公司，1996 年 6 月初版第七刷。

蔡瑜，《中國抒情詩的世界》，臺北：臺灣學生書局，2006 年 1 月。

鄭毓瑜，《六朝情境美學綜論》，臺北：里仁書局，1997 年 12 月。

魯迅，《中國小說的歷史變遷》，《魯迅全集》第八卷，北京：人民出版社，1981 年。

蕭馳，《中國抒情傳統》，臺北：允晨文化公司，1999 年 1 月。

蕭馳，《中國詩歌美學》，北京：北京大學出版社，1986 年 11 月。

蕭馳，《抒情傳統與中國思想——王夫之詩學發微》，上海：上海古籍出版社，2003 年 6 月。

錢穆，《中國文化史導論》，上海：三聯書店，1988 年。

謝納，《空間生產與文化表徵—空間轉向視閾中的文學研究》，北京：中國人民大學出版社，2010 年 11 月 1 版。

鍾宗憲，《民間文學與民間文化采風》，臺北：里仁書局，2006 年 2 月。

嚴文儒注譯，《新譯東京夢華錄》，臺北：三民書局，2004 年 1 月。

嚴鋒譯，《福柯訪談錄——權力的眼睛》，上海：人民出版社，1997 年。

龔鵬程，《文化符號學》，臺北：臺灣學生書局，1992 年 8 月初版，2001 年 2 月再版。

〔日〕松浦友久，孫武昌、鄭天剛譯，《中國詩歌原理論》，瀋陽：遼寧教育出版社，1990 年。

〔加拿大〕瑪格莉特‧愛特伍（Margaret Atwood），《與死者協商——談寫作》，臺北：麥田出版社，2004 年。

〔古希臘〕亞里斯多德，《物理學》，北京：商務印書館，1982 年。

〔法〕皮埃爾‧布爾迪厄（Pierre Bourdieu）、華康德（Loïc J. D. Wacquant）著，李猛、李康譯，《實踐與反思——反思社會學導引》，北京：中央編譯出版社，1998 年。

〔法〕托多羅夫（Tzvetan Todorov），蔣子華、張萍等譯，《巴赫金、對話理論及其他》，天津：百花文藝出版社，2001 年 1 月。

〔法〕傅柯（Michel Foucault），包亞明編，《福柯訪談錄——權力的眼睛》，上海：上海人民出版社，1997 年。

〔法〕傅柯（Michel Foucault），劉北成、楊遠嬰譯，《規訓與懲罰——監獄的誕生》，臺北：桂冠出版社，1992 年 12 月初版，2007 年 4 月初版五刷。

〔法〕普魯斯特（Marcel Proust），《追憶似水年華》共七卷，臺北：聯經出版公司，1992 年 9 月初版，1998 年 2 月三刷。

〔法〕菲利浦‧阿利埃斯（Philippe Aries）、喬治‧杜比（Georges Duby）主編，洪慶明等譯，《私人生活史 II 肖像——中世紀》，哈爾濱：北方文藝出版社，2007 年 7 月。

〔阿根廷〕波赫士（Jorge Luis Borges），〈時間〉，《波赫士全集 IV》，林一安譯，臺北：臺灣商務印書館，2002 年。

〔俄〕米‧巴赫金著（Mikhail Mikhailovich Bakhtin），佟景韓譯，《巴赫金文論選》，北京：中國社會科學出版社，1996 年 4 月。

〔俄〕米‧巴赫金著，《巴赫金全集》，石家莊：河北教育出版社，1998 年。

〔俄〕普里戈金（Ilya Prigogine），曾慶宏等譯，《從存在到演化》，上海：上海科技出版社，1986 年。

〔美〕Joseph Campbell，李子寧譯，《神話的智慧——時空變遷中的神話》，臺北：立緒出版社，1996 年 12 月初版，2006 年 4 月二版三刷。

〔美〕伊哈布‧哈山（Ihab Hassan），劉象愚譯，《後現代的轉向——後現代理論與文化理論文集》，臺北：時報文化出版公司，1993 年 1 月。

〔美〕宇文所安（Stephen Owen），《追憶：中國古典文學中的往事再現》，臺北：聯經出版公司，2006 年 11 月。

〔美〕艾梅蘭（Maram Epstein），羅琳譯，《競爭的話語：明清小說中的正統性、本真性及所生成之意義》，南京：江蘇人民出版社，2005 年 1 月。

〔美〕帕瑪（Richard E. Palmer）著，嚴平譯，《詮釋學》，臺北：桂冠出版社，1992 年。

〔美〕保羅康納頓著（Paul Connerton），納日碧力戈譯，《社會如何記憶》，上海：上海人民出版社，2000 年。

〔美〕愛德華・W・蘇賈著，周賓、許鈞編，《後現代地理學——重申批判社會理論中的空間》，香港：香港商務印書館，2004 年。

〔美〕詹明信（F. Jameson）講座，唐小兵譯，《後現代主義與文化理論》，臺北：合志文化公司，1989 年 2 月初版，1990 年 1 月三版。

〔美〕羅伯・索科羅斯基（Robert Sokolowski），李維倫譯，《現象學十四講》，臺北：心靈工坊，2004 年 3 月。

〔美〕蘇珊・朗格（Susanne K. Langer）著，劉大基等譯，《情感與形式》，臺北：商鼎出版社，1991 年 10 月。

〔英〕伊格頓（Terry Eagleton），《二十世紀文學理論》，北京：北京大學出版社，2007 年 1 月。

〔英〕伊格頓（Terry Eagleton），吳新發譯，《文學理論導讀》，臺北：書林出版公司，1998 年 4 月四刷。

〔英〕艾略特（F. R. Elliot）著，何世念等人譯，《家庭：變革還是繼續》，北京：中國人民大學出版社，1992 年。

〔英〕約翰・史都瑞（John Storey），張君玫譯，《文化消費與日常生活》，臺北：巨流出版社，2002 年 5 月。

〔英〕特雷・伊格爾頓（Terry Eagleton）著，伍曉明譯，《二十世紀西方文學理論》，北京：北京大學出版社，2007 年 1 月。

〔英〕福斯特（E. M. Forster），《小說面面觀》，臺北：志文出版社，1973 年 9 月初版，2000 年 6 月三刷。

〔瑞士〕埃米爾・施塔格爾（Eckhard Emmel, 1908-1987）著，胡其鼎譯，《詩學的基本概念》，北京：中國社會科學出版社，1992 年 6 月。

〔德〕Michael Ende，《默默》，臺北：城邦集團遊目族出版社，2003 年。

〔德）于爾根・哈貝馬斯著，曹衛東譯，《現代性的哲學話語》，南京：譯林出版社，2004 年 12 月初版，2006 年 1 月一版第 2 次印刷。

〔德〕卡西勒（Ernst Cassirer），關子尹譯，《人文科學的邏輯》，臺北：聯經出版公司，1986 年 8 月。

〔德〕卡爾－弗瑞德里希・蓋爾（Carl-Friedrich Geyer），《神話的誕生》，臺中：晨星出版社，2006 年。

〔德〕沃爾夫岡・伊瑟爾（Wolfgang Iser），陳定家、汪正龍等譯，《虛構與想像——文學人類學疆界》長春：吉林出版社，2003 年 2 月。

〔德〕恩格斯（Friedrich Von Engels），《馬克斯恩格斯選集》，第 3 卷，頁 91，北京：北京人民出版社，1972 年。

〔德〕恩斯特・波佩爾（Ernst Poppel）著，李百涵・韓力譯，《意識的限度——關於時間與意識的新見解》，臺北：淑馨出版社，1997 年 2 月。

〔德〕理萊・葛肯（Marei Gerken）著，黃添盛譯，《追憶一回——普魯斯特》，臺北：商周出版社，

2006 年 6 月。

〔德〕黑格爾（Georg Wilhelm Friedrich Hegel），《自然哲學》，北京：商務印書館，1980 年。

Ben Highmore，周群英譯，《日常生活與文化理論》，臺北：韋伯文化，2005 年。

八、論文集

仇小屏，《古典詩歌研究彙編》第一冊：《古典詩詞時空設計之研究》，臺北：花木蘭出版社，2007
    年 9 月。

〔捷克〕普實克（Jaroslav Průšek），《普實克中國現代文學論文集》，長沙：新華書局，1987 年 8 月。

王璦玲主編，《明清文學與思想中之主體意識與社會——文學篇》，臺北：中央研究院中國文哲研究
    所，2004 年 12 月。

王璦玲主編，《晚明清初戲曲之審美構思與其藝術呈現》，臺北：中央研究院中國文哲研究所，2005
    年 12 月。

張俊，〈論《林蘭香》與《紅樓夢》——兼談聯結《金瓶梅》與《紅樓夢》的「鏈環」〉，《明清小
    說論叢》，1987 年。

陳清俊，《盛唐詩時空意識研究》，《古典詩歌研究彙編》第一冊，臺北：花木蘭出版社，2007 年 9
    月。

陸大偉，〈《金瓶梅》與《林蘭香》〉，《明清小說論叢》，瀋陽：春風文藝出版社，1987 年。

黃霖、王國安編譯，《日本研究《金瓶梅》論文集》，濟南：齊魯書社，1989 年 10 月。

黃應貴主編，《空間與文化場域：空間之意象、實踐與社會的生產》，臺北：漢學研究中心，2009 年
    10 月。

黃應貴主編，《空間與文化場域：空間移動之文化詮釋》，臺北：漢學研究中心，2009 年 10 月。

九、期刊論文

王德威，〈明清小說的現代視角〉，《「新知與舊學」——明清敘事理論與敘事文學專輯》，《中國
    文哲研究通訊》第 17 卷第 3 期，臺北：中研院中國文哲研究所，2007 年 9 月。

王璦玲，〈導言：有關「明清敘事理論與敘事文學」研究之開展——從近年敘事研究之新趨談起〉，
    《「新知與舊學」——明清敘事理論與敘事文學專輯》，《中國文哲研究通訊》第 17 卷第 3 期，
    臺北：中研院中國文哲研究所，2007 年 9 月。

朱萍，〈悲涼之霧　遍被華林——明清家庭興衰題材章回小說文化意義〉，《學術研究》第 8 期，2008
    年。

吳敢，〈20 世紀《金瓶梅》研究的回顧與思考〉，《徐州師範大學學報》第 27 卷第 2 期，2001 年 6
    月。

杜貴晨，〈《金瓶梅》為「家庭小說」簡論——一個關於明清小說分類的個案分析〉，《河北大學學
    報哲學社會科學版》，石家莊：河北大學出版社，2001 年。

康韻梅，〈唐人小說中「智慧老人」之探析〉，臺北：《中外文學》第 23 卷第 4 期，1994 年 9 月。

陳清俊，〈中國詩人的鄉愁與空間意識〉，《牛津人文集刊》第 1 期，1995 年 10 月。

黃俊傑，〈東亞儒家思想傳統中的四種「身體」：類型與議題〉，《法鼓人文學報》，臺北：法鼓人
    文社會學院，2006 年。

廖棟樑，〈論屈原「發憤以抒情」說及其歷史發展〉，臺北：《輔仁大學學報》，2007 年 6 月。

劉若愚，陳淑敏譯，〈中國詩中的時間、空間與自我〉，《書目季刊》第 21 卷第 3 期，1987 年 12 月。

十、學位論文

王佩琴，《說園——從《金瓶梅》到《紅樓夢》》，2004 年，清華大學中文所，博士論文。

王碩慧，《從性別政治論《金瓶梅》淫婦的生存》，2005 年，高雄師範大學，國文教學碩士班，碩士
　　論文。

全恩淑，《《金瓶梅》中婦女內心世界研究：欲望與現實之間的掙扎》，2001 年，清華大學中文所，
　　碩士論文。

李曉萍，《《金瓶梅》鞋腳情色與文化研究》，2002 年，靜宜大學中文所，碩士論文。

林淑慧，《從「性別文化」看《金瓶梅》中的「情」與「義」》，2005 年，臺北市立教育大學，應用
　　語言研究所，碩士論文。

林鶯如，《《金瓶梅》的敘事研究》，2006 年，彰化師範大學國文所，碩士論文。

洪慈彗，《《金瓶梅》死亡主題研究》，2005 年，彰化師範大學國文所，碩士論文。

胡衍南，《食、色交歡的文本——《金瓶梅》飲食文化與性愛文化研究》，2000 年，清華大學中文所，
　　博士論文。

袁泹珊，《《金瓶梅》之喪俗研究》，2005 年，中興大學中文所，碩士論文。

馬琇芬，《從婚姻、嫉妒、性慾看《金瓶梅》中的女性》，1996 年，中山大學中文所，碩士論文。

康韻梅，《中國古代死亡觀之探究》，1993 年，臺灣大學中文所，博士論文。

張金蘭，《金瓶梅女性服飾文化研究》，1999 年，政治大學中文所，碩士論文。

梁欣芸，《《金瓶梅》「男女偷情」主題研究》，2004 年，中興大學中文所，碩士論文。

莫秀蓮，《世情小說中的母親形象研究——以《金瓶梅》、《醒世姻緣傳》、《林蘭香》、《歧路燈》、
　　《紅樓夢》為考察對象》，2005 年，雲林科技大學，漢學資料整理研究所，碩士論文。

郭美玲，《《金瓶梅》女性研究——以婚姻和性慾考察》，2005 年，中山大學中文所，碩士論文。

陳克嫻，《明清長篇世情小說中的笑話研究——以《金瓶梅》、《姑妄言》、《紅樓夢》為中心之考
　　察》，2002 年，花蓮教育大學，民間文學研究所，碩士論文。

陳翠英，《世情小說之價值觀探論：以婚姻為定位的考察》，1994 年，臺灣大學中文所，博士論文。

鄭媛元，《《金瓶梅》敘事藝術》，2006 年，政治大學中文所，碩士論文。

黎慕嫻，《敘事性的時間研究》，2003 年，南華大學文學研究所，碩士論文。

附　錄

一、吳神仙算命

二十九回	西門慶：一生盛旺，快樂安然，發福遷官，主生貴子。為人一生耿直，幹事無二，喜則和氣春風，怒則迅雷烈火。一生多得妻財，不少紗帽戴。臨子有二子送老……（面相）頭圓項短，定為享福……不出六六之年，主有嘔血流膿之災，骨瘦形衰之病。
	吳月娘：面如滿月，家道興隆，唇若紅蓮，衣食豐足，必得貴而生子，聲響神清，必益夫發福……（面相）淚堂黑痣，若無宿疾，必刑夫，眼下縐紋，亦主六親若冰炭……無肩定作貴人妻。
	李嬌兒：額尖鼻小，非側室，必三嫁其夫，肉重身肥，廣有衣食而榮華安享，肩聳聲泣，不賤則孤，鼻梁若低，非貪則夭……假饒不是娼門女，也是屏風後立人。
	孟玉樓：三停平等，一生衣祿無虧六府豐隆，晚歲榮華定取。平生少疾，因月孛光輝，到老無災，大抵年官潤秀……威命兼全財祿有，終主刑夫兩有餘。
	潘金蓮：髮濃鬢重，光斜視以多淫，臉媚眉彎，身不搖而自顫。面上黑痣，必主刑夫，唇中短促，終須壽夭……雖居大廈少安心。
	李瓶兒：皮膚香細，富室之女娘，容貌端正，乃素門之德婦，只是多了眼光如醉，主桑中之約……觀臥蠶明潤而紫色，必產貴兒，體白肩圓，必受夫之寵愛……山根青黑，三九前後定見哭聲法令細纏，雞犬之年焉可過？慎之慎之！
	孫雪娥：體矮聲高，額尖鼻小，雖然出谷遷喬，但一生冷笑無情，作事機深內重，只是吃了這四反的虧，後來必主凶亡……當時斜倚門兒立，不為婢妾必風塵。
	西門大姐：鼻梁低露，破祖刑家，聲若破鑼，家私消散。面皮太急，雖溝洫長而壽亦夭，行如雀躍，處家室而衣食缺乏，不過三九，當受折磨……狀貌有拘難顯達，不遭惡死也艱辛。
	龐春梅：五官端正，骨格清奇。髮細眉濃，稟性要強，神急眼圓，為人急躁。山根不斷，必得貴夫而，兩額朝拱，主早年必戴珠冠。行步若飛仙，聲響神清，必益夫而祿，三九定然封贈。但吃了這左眼大，早年尅父，右眼小，周歲尅娘。左口角下這一點黑痣，主常沾啾唧之災，右腮一點黑痣，一生受夫愛敬。

二、看官聽說

一回	**看官聽說**：但凡世上婦女，若自己有些顏色，所稟伶俐，配箇好男子便罷了，若是武大這般，雖好殺也未免有幾分憎嫌。
二回	**看官聽說**：這人你道是誰？卻原來正是嘲風弄月的班頭，拾翠尋香的元帥，開生藥鋪覆姓西門單諱一箇字的西門大官人便是。只因他第三房妾卓二姐死了，發送了當，心中不樂，出來街上閑走。要尋應伯爵到那裡去散心耍子。（概述）
五回	**看官聽說**：原來但凡世上婦哭有三樣：有淚有聲謂之哭，有淚無聲謂之泣，無聲無淚謂之號。
十回	**看官聽說**：原來花子虛渾家姓李，因正月十五所生，那日人家送了一對魚瓶兒來，就小字吳做瓶姐。先與大名府梁中書為妾。梁中書乃東京蔡太師女婿，夫人性甚嫉妒，婢妾打死者多埋在後花園中。這李氏只在外邊書房內住，有養娘伏侍。只因政和三年正月上元之夜，梁中書同夫人在翠雲樓上，李逵殺了全家老小，梁中書與夫人各自逃生。這李氏帶了一百顆西洋大珠，二兩重一對鴉青寶石，與養娘走上東京投親。那時花太監由御前班直陞廣南鎮守，因姪男花子虛沒妻室，就使媒婆說親，娶為正室。太監到廣南去，也帶他到廣南，住了半年有餘。不幸花太監有病，告老在家，因是清河縣人，在本縣住了。如今花太監死了，一分錢多在子虛手裡。（概述）
十一回	**看官聽說**：不爭今日打了孫雪娥，管教潘金蓮從前作過事，沒興一齊來。
十二回	**看官聽說**：但凡大小人家，師尼僧道，乳母牙婆，切記休招惹他，背地什麼事不幹出來。古人有四句格言說得好：堂前切莫走三婆，後門常鎖莫通和、院內有井防小口，便是禍少福星多。
十三回	**看官聽說**：巫蠱魘昧之物，自古有之。金蓮自從叫劉瞎子回背之後，不上幾時，使西門慶變嗔怒而為寵愛，化憂辱而為歡娛，再不敢制他。正是：饒妳奸似鬼，也吃洗腳水。有詞為證：記得書齋戶會時，雲踪雨跡少人知。曉來鶯鳳棲雙枕，剔盡銀燈半吐輝，思往事，夢魂迷，今宵喜得效于飛。顛鶯倒鳳無窮樂，從此雙雙永不離。
十四回	**看官聽說**：大凡婦人更變，不與男子一心，隨你咬折鐵釘般剛毅之夫，也難測其暗地之事。自古男治外而女治內，往往男子之名都被婦人壞了者為何？皆繇御之不得其道。要之在乎容德相怠，緣分相投，夫唱婦隨，庶可保其無咎。若似花子虛落魄飄風，謾無犯律，而欲其內人不生他意，豈可得乎？正是，自意得其塾，無風可動搖。
二十二回	**看官聽說**：凡家主，切不可與奴僕并家人之婦苟且私狎，久後必紊亂上下，竊弄

	奸欺，敗壞風俗，殆不可制。
三十回	**看官聽說**：那時徽宗，天下失政，奸臣當道，讒佞盈朝，高、楊、童、蔡四箇奸黨，在朝中賣鬻獄，賄賂公行，懸秤陞，指方補償。
三十四回	**看官聽說**：潘金蓮這幾句話，分明譏諷李瓶兒，說他先和書童兒吃酒，然後又陪西門慶，豈不是雙席兒，那西門慶怎曉得就理。正是：情知語是針和絲，就地引起是非來。
三十六回	**看官聽說**：當初安忱取中頭甲，被言官論他是先朝宰相安惇之弟，係黨人子孫，不可以魁多士。徽宗不得已，把蔡蘊擢為第一，做了狀元。
四十一回	**看官聽說**：今日潘金蓮在酒席上，見月娘與喬大戶家做了親，李瓶兒都披紅簪花遞酒，心中甚是氣不憤，來家又被西門慶罵了這兩句，越發急了，走到月娘這邊屋裡哭去了。
五十九回	**看官聽說**：潘金蓮見李瓶兒有了官哥兒，西門慶百依百隨，要一奉十，故行此陰謀之事，馴養此貓，必欲唬死其子，使李瓶兒衰寵，教西門慶親於己。就如昔日屠岸賈養神獒害趙盾丞相一般。正是：花枝葉底猶藏刺，我心怎保不懷毒。
七十四回	**看官聽說**：古婦人懷孕，不側坐，不偃臥，不聽淫聲，不視邪色，常玩詩書金玉，故生子女端正聰慧，此胎教之法也。今月娘懷孕，不宜令僧尼宣卷，聽其死生輪迴之說。<u>後來</u>感得一尊古佛出世投胎奪舍，幻化而去，不得承受家緣。
七十八回	**看官聽說**：自古上梁不止下梁歪，原來賁四老婆先與玳安有姦，這玳安剛打發西門慶進去了，因傳夥計又沒在鋪子裡上宿，他與平安兒打了兩大壺酒，就在老婆屋裡吃到二更時分，平安在鋪子裡歇了，他就和老婆在屋裡睡了一宿。有這等事！正是：滿眼風流滿眼迷，殘花何事濫如泥。拾琴暫息商陵操，惹得山禽遶樹啼。
七十八回	**看官聽說**：明月不常圓，彩雲容易散，樂極悲生，否極泰來，自然之理。西門慶但知爭名奪利，縱意奢淫，殊不知天道惡盈，鬼錄來追，死限臨頭。
七十九回	**看官聽說**：一己精神有限，天下色慾無窮。又曰：嗜慾深者，其生機淺。西門慶只知貪淫樂色，要不知油枯燈滅，髓竭人亡。正是起頭所說：二八佳人體似酥，腰間仗劍斬愚夫。雖然不見人頭落，暗裡教加骨髓枯。
八十回	**看官聽說**：但凡世上幫閒子弟，極是勢利小人。當初西門慶待應伯爵如膠似漆，賽過同胞弟兄，那一日不吃他的、穿他的、受用他的？身死未幾，骨肉尚熱，便做出許多不義之事。正是：畫虎畫皮難畫骨，知人知面不知心。有詩為證：昔年意氣似金蘭，百計趨承不等閒。今日西門身死後，紛紛謀妾伴人眠。
八十三回	**看官聽說**：雖是月娘不信秋菊說話，只恐金蓮少女嫩婦沒了漢子，日久一時心邪，著了道兒，恐傳出去被外人唇和。又以愛女之故，不教大姐遠出門，把李嬌兒廂房挪與大姐住，教他兩口兒搬進後邊儀門裡來。

八十七回	**看官聽說**：大段金蓮生有地而死有處，不爭被周忠說這兩句話，有分交，這婦人從前作過事，今朝沒興一齊來。有詩為證：人生雖未有前知，禍福因繇更問誰。善惡到頭終有報，只爭來早與來遲。
九十二回	**看官聽說**：正是，佳人有意，那怕那分墻高萬丈；紅粉無情，總然共坐隔千山。當時孟玉樓若嫁得個痴蠢之人，不如敬濟，敬濟下得這個鍬鐝著。如今嫁得這李衙內，有前程，又且人物風流，青春年少，恩情美滿，他又勾你作甚？休說平日又無連手。
九十六回	**看官聽說**：當時春梅為甚教妓女唱此詞？一向心中牽掛著陳敬濟在外，不得相會，情種心曲，故有所感，發於吟咏。
九十七回	**看官聽說**：若論周守備與西門慶相交，也該認得陳敬濟。原來守備為人老成正氣，舊時雖來往，並不留心管他家閒事。
九十八回	**看官聽說**：當時只因這陸秉義說出這庄事，有分教，數個人死於非命。陳敬濟一種死，死之太苦，一種死，死之太屈。正是：非於前定數，半點不由人。

三、「話休饒舌」、「光陰迅速」、「有話即長，無話即短」

一回	**話休饒舌**。撚（燃）指過了四五日，卻是十月初一日。西門慶早起，剛在月娘房裡坐的……
二回	**有話即長，無話即短**，不覺過了一月有餘，看看十一月天氣，連日朔風緊起，只見四下彤雲密布，又早紛紛揚揚飛下一天瑞雪來。 說這武松自從搬離哥家，燃指不覺雪晴，過了十數日光景。 白駒過隙，日月如梭，才見梅開臘底，又見天氣回陽。
八回	**光陰迅速**。單表武松自領知縣書禮馱担，離了清河縣，道到東京朱太尉處，交割了箱。等了幾日，討得回書，領一行人取路回山東而來。去時三四月天氣，回來卻淡暑新秋。路上雨水連綿，遲了日限。 光陰似箭，日月如梭，又早到八月初六日。西門慶拿了數兩碎銀錢，來婦人家，教王婆報恩寺請了六箇僧，在家做水陸，超度武大，晚夕除靈。
十三回	**光陰迅速**，又早九月重陽。
十四回	**話休饒舌**。後來子虛只攢湊了二百五十兩銀子，買了獅子街一所房屋居住。得了這口重氣，剛搬到那裡，又不幸害了一場傷寒，從十一月初旬，睡倒在床上，就不曾起來。初時還請太醫來看，後來怕使錢，只挨著。一日兩，兩日三，挨到二十頭，嗚呼哀哉，斷氣身亡，亡年二十四歲。
十六回	**光陰迅速**，西門慶家已蓋了兩月房屋。
三十三回	**光陰迅速**，日月如梭，不覺八月十五日，月娘生辰來到，請堂客擺酒。

四、一宿晚景題過

二十八回	（西門慶和潘金蓮）二人淫樂為之無度。 **一宿晚景題過**。到次日，西門慶往外邊去了。
四十六回	**一宿晚景題過**。到次日，西門慶往衙門中去了。
七十回	**一宿晚景題過**。到次日，早到何千戶家。
七十七回	**一宿晚景題過**。到次日，卻是初八，打聽何千戶行李都搬過夏家房子內去了。
七十八回	西門慶到孫雪娥房中，交他打腿捏身上，捏了半夜。 **一夜晚景題過**。到次日早晨，只見應伯爵走來。
七十八回	**一夜晚景題過**。次日潘金蓮生日，
七十九回	西門慶將要油枯燈滅，髓竭人亡。 **一宿晚景題過**。到次日清早辰，西門慶起來梳頭，忽然一陣昏暈，望前一頭搶將去。早被春梅雙手扶住，不曾跌著磕傷了頭臉。
八十一回	（陳與潘）兩個雲雨畢，婦人拿出五兩碎銀子來，（因隔日西門出殯）遞與敬濟，（要他替她發送潘姥姥）。說畢，恐大姐進房，老早歸廂房中去了。**一宿晚景休題**。 到次日，到飯時就來家。
八十六回	敬濟倒在炕上睡，**一宿晚景題過**。
一百回	**一夜晚景題過**，到次日天明，眾夫子都去了，韓二交納了婆婆房錢，領愛姐作辭出門，望前途所進。

五、《金瓶梅》人物的生日

八回	西門慶	七月將盡，西門慶先娶了楊玉樓一月不曾往潘金蓮處，壽誕隔日，「兩人儘力盤桓，淫欲無度」。
十二回	西門慶一	西門慶梳籠李桂姐。西門慶從院來家上壽。 潘金蓮盼他不回，叫小廝玳安來請，引發桂姐醋意，又引出潘與琴童行樂，金蓮惹鞭受打。
十四回	潘金蓮	（按：金蓮生日，瓶兒祝壽，打點妥貼，連不受寵的孫雪娥及丫頭春梅都一一送禮。金蓮壽宴上說：大娘生日是八月十五，二娘好歹來走走）
十五回	李嬌兒	正月十五日。西門慶先一日差玳安送了四盤羹菜、一罈酒、一盤壽桃、一盤壽麵，一套織金重絹衣，寫吳月娘名字，送與李嬌兒做生日。
十六回	應伯爵	西門慶那日封了三錢銀子人情，與應伯爵做生日。早辰拿了五兩銀子與玳安，教他買辦置酒，晚夕與李瓶兒除（孝）服。
十七回	周守備	話說五月二十日，帥府周守備生日。西門慶往他家拜壽，仍趕到瓶兒家，說好二十四日行禮。但當日晚夕，女婿女兒來投奔。
十九回	夏提刑	一日，八月初旬、與夏提刑做生日，在新買庄上擺酒。（按：生日本身沒意義，只說出西門慶不在家的理由，但卻在生日會後吃酒回家的途中遇見了魯華張勝，兩個雞竊狗盜之途。） 8月15日是吳月娘生日，西門慶卻逕自往李娃姐家。
二十回	李桂姐的五姨媽	虔婆道：「桂姐連日在家伺候姐夫，不見姐夫來。今日是他五姨媽生日，拿轎子接了與他五姨媽做生日去了。」（按：這是虔婆藉口，原來桂姐接了杭州販絲商人為恩客。正好西門慶往後邊更衣，親眼撞見。）
二十一回	孟玉樓	應伯爵、謝希大受了李家燒鵝瓶酒，恐怕西門慶擺他家，敬來邀請西門慶進裡邊陪禮。月娘欲阻止西門，只道：「你和休吃了，別要信著又勾引的往那去了。今日孟三姐晚夕上壽哩。」
二十二回	孟玉樓	話次日，有吳大妗子、楊姑娘、潘姥姥眾堂客，因來與孟玉樓做生日，其中惹出一件事來。（按：賣棺材宋仁的女兒，名喚金蓮，金蓮原嫁蔣聰，來旺刮上金蓮，蔣聰酒醉被廚役打死後再嫁來旺，金後改名蕙蓮，又刮上了西門慶。） 過了玉樓生日。月娘往對門大戶家吃酒去。西門慶與蕙蓮在藏春塢山子洞裡私通，叫金蓮撞見。埋下金蓮教唆西門慶將來旺遞解徐州、蕙蓮自殺的命運。
二十三回	潘金蓮	寫金蓮生日，也是因妻妾們想吃蕙蓮燒的豬頭。因而妻妾們輪流擺宴

		治酒，初五是月娘，李嬌了初六，玉樓初七，金蓮初八，而初九又是金蓮生日，李瓶兒初十治酒。
二十六回	李嬌兒	四月十八日，李嬌兒生日，院中李媽媽並李桂姐，都來與他做生日。因潘金蓮挑撥離間，蕙蓮和孫雪娥大吵並打了起來，最後蕙蓮氣不過含羞自縊。
二十七回	蔡太師	西門慶打點三百兩金銀，交顧銀率領許多銀匠，在家中捲棚內打造蔡太師上壽的四陽捧壽的銀人，每一座高尺有餘。又打了兩把金壽字壺。尋了兩副玉桃盃、兩套杭州織造的大紅五彩羅段綵絲蟒衣，只少兩疋玄色焦布和大紅紗蟒，一地裡拿銀子也尋不出來。李瓶兒道：「我那邊樓上還有幾件沒裁的蟒，等我瞧去。」西門慶隨即與他同往樓上去尋，揀出四件來：兩件大紅紗，兩件玄色焦布，俱是織金邊五彩蟒衣，比織來的花樣身份更強幾倍。
三十回	蔡太師	但見：黃烘烘金壺玉盞，白晃晃減靹仙人，錦繡蟒衣，五彩奪目，南京綵段，金碧交輝。湯羊美酒，盡貼封皮，異菓時新，高堆盤盒。 而這生日種種賀禮，讓西門慶從一個「鄉民」成了「山東提刑所的理刑副千戶」。
三十一回	官哥兒	李瓶兒坐褥一月將滿。吳妗子、二妗子、楊姑娘、潘姥姥、吳大姨、喬大戶娘子，許多親鄰堂客女眷，都送禮來，與官哥兒做月。院中李桂姐、吳銀兒見西門慶做了提刑所千戶，家中又生了子，亦送大禮，坐轎子來慶賀。
三十三回	吳月娘	八月十五日，月娘生辰來到，請堂客擺酒。
三十九回	潘金蓮	潘金蓮生日，有吳大妗子、潘姥姥、楊姑娘、郁大姐，都在月娘上房坐的。見廟裡送了齋來。（道士給李瓶兒的兒子官哥兒取名吳應元，潘金蓮怪道，如何給孩子改了姓。又紅紙上只在西門慶同室人吳氏，傍邊只李氏，再沒有別人，心中有幾分不忿）
四十一回	李瓶兒	（按：潘金蓮指桑罵槐，西門慶回家，瓶兒並不告狀，只告訴西門慶「心中不自在」），西門慶告說：「喬親家那裡，送你的生日禮來了。」
四十二回	李瓶兒	十五日請喬老親家母、喬五太太井尚舉人娘子、朱序班娘子、崔親家母、段大姐、鄭三姐來赴席，與李瓶兒做生日，井吃燈酒。 且說那日院中吳銀兒先送了四盒禮來，又是兩方銷金汗巾，一雙女鞋，送與李瓶兒上壽，就拜乾女兒。
四十九回	王六兒 李嬌兒	那日四月十七日，不想是王六兒生日，家中又是李嬌兒上壽，有堂客吃酒。

五十回	王六兒	王六兒出來與西門慶磕了頭，在傍邊陪坐，說道：「無事，請爹過來散心坐坐。又多謝爹送酒來。」 西門慶道：「我忘了你生日。今日往門外送行去，纔來家。」因向袖中取出一根簪兒，遞與他道：「今日與你上壽。」婦人接過來觀看，卻是一對金壽字簪兒，說道：「到好樣兒」。
五十二回	李桂姐的娘	李桂姐接過曆頭來看了，說道：「這三十四日，苦惱！是俺娘的生日，我不得在家。」月娘道：「前月初十日是你姐姐生日，過了。這二十四日，可可兒又是你媽的生日。原來你院中人家一日害兩樣病，作三個生日：日裡害思錢病，黑夜思漢子的病；早辰是媽的生日，晌午是姐姐生日，晚夕是自己生日。怎的都在一塊了？趁著姐夫有錢，掇著都生日了罷。」
五十五回	蔡太師	候忽過了數日，看看與蔡太師壽誕將近，只得擇了吉日，分付琴童、玳安、書童、畫童四個小廝跟隨。 須臾，二十扛禮物擺列在地下。揭開了涼箱蓋，呈上一個禮目：大紅蟒袍一套、官祿龍袍一套、漢錦二十疋，蜀錦二十疋、火浣布二十疋、西洋布二十疋，其餘花素尺頭共四十疋、獅蠻玉帶一圍、金鑲奇南香帶一圍、玉杯犀杯各十對、赤金攢花爵杯八隻、明珠十顆，又另外黃金二百兩，送上蔡太師做贄見禮。蔡太師看了禮目，又瞧見檯上二十來扛，心下十分懽善。
五十八回	西門慶	到次日廿八，乃西門慶正生日。剛燒畢紙，只見韓道國後生胡秀到了門咱，下頭口。左右稟知西門慶，就叫胡秀到廳上，磕頭見了。 正吃間，忽聞前邊鼓樂響動，荊都監眾人都到齊了，遞酒上座。 先是雜要百戲，吹打彈唱，隊舞纔罷，做了個笑樂院本。 任醫官令左右，氊包內取出一方壽帕、二星白金來，與西門慶拜壽。
五十九回	吳月娘	看看到八月十五日將近，月娘因他（官哥兒）不好，連自家生日都回了不做，親戚內眷，就送禮來也不請。
六十七回	喬親家長姐	月娘便說：「這出月初一日，是喬親家長姐生日，咱也還買分禮兒送了去。常言先親後不改，莫非咱家孩兒沒了，就斷禮不送了？」
六十八回	喬親家長姐 張西村家	到十一月初一日，西門慶往衙門中回來，又往李知縣衙內吃酒去，月娘獨自一人，素粧打扮，坐輸子往喬大戶家與長姐做生日，都不在家。 西門慶看了帖兒，笑道：「我初七日不得閒，張西村家吃生日酒。倒是明日空閒。」 到次日，西門慶早往衙門中去了。且說王姑子打聽得知，大清早辰走

		來，說薛姑子攬了經去，要經錢。月娘怪也道：「你怎的昨日不來？他說你往王皇親家做生日去了。」
六十九回	林太太	（西門慶與林太太）眉目顧盼留情……文嫂在傍插口說道：「老爹且不消遞太太酒。這十一月十五日是（林）太太生日，那日送禮來與太太祝壽就是了。」西門慶道：「啊呀！早時你說，今日是初九，差六日。我在下已定來與太太登堂拜壽。」林氏笑道：「豈敢動勞大人！」須臾，大盤大碗，是十六碗美味佳餚，傍邊絳燭高燒，下邊金爐添火，交杯一盞，行令猜枚，笑兩嘲雲。 酒為色膽。……兩個芳情已動。文嫂已過一邊，連次呼酒不至。西門慶見左右無人，漸漸促席而坐，言頗涉邪，把手捏腕之際，挨肩擦膀之間。初時戲摟粉項，婦人則笑而不言，次後欹啟朱唇，……不覺蝶浪蜂狂。
七十二回	夏娘子	西門慶又說：「夏大人臨來，再三央我早晚看顧看顧他家裡，容日你買分禮兒走走去。」月娘道：「他娘子出月初二日生日（指十二月），就一事兒去罷。」
		西門慶……差玳安送去，與（林）太太補個生日之禮。
	孟玉樓	那日又是孟玉樓上壽，院中叫小優兒晚夕彈唱。
七十三回	孟玉樓	約後晌時分，月娘放桌兒炕屋裡，請眾堂客並三個姑子坐的，又在明間內放八仙桌兒，鋪著火盆擺下案酒與孟玉樓上壽。……西門慶坐在上面，不覺想起去年玉樓上壽還有李大姐，今日妻妾五個，只少了他，餂不得心中痛酸，眼中落淚。
七十四回	孟玉樓	那日韓道國娘子王六兒沒來，打發申二姐買了二盒禮物坐轎子，他家進財兒跟著，也來與玉樓做生日。 （按：李桂姐利用孟玉樓作壽，來向西門慶陪罪）
七十八回	潘金蓮	玳安道：「如今家中，除了俺大娘和五娘不言語，別的不打緊。俺大娘倒也罷了，只是五娘快出尖兒。你依我，節間買些甚麼兒，進去孝順俺大娘。別的不希罕……這初九是俺五娘生日，送些禮去，梯己再送一盒瓜子與俺五娘，管情就掩住許多口嘴。」
七十九回	花大哥	伯爵向西門慶說道：「明日花大哥生日，你送了禮去不曾？」
八十一回	玉枝兒	又值玉枝兒鴇子生日，這韓道國又邀請眾人，擺酒與鴇子王一媽做生日。
八十六回	孟玉樓	十一月念七日，孟玉樓生日。玉樓安排了幾碟酒菜點心，好意教春鴻拿出前邊舖子教敬濟陪傅夥計吃。

九十五回	吳月娘	一日，八月十五日，月娘生日。有吳大妗、二妗子並三個姑子，都來與月娘做生日，在後邊堂屋裡吃酒。晚夕，都在孟玉樓住的廂房內聽宣卷。到二更時分，中秋兒便在後邊竈上看茶，絲著月娘叫，都不應。月娘親自走到上房裡，只見玳安兒正按著小玉，在炕上幹得好……月娘……只推沒看見。這讓平安兒很不平。平安兒起了財心偷走家私被吳典恩巡簡拿住。吳典恩認為一定是玳安兒與月娘有奸情，才把丫頭配給他，逼著平安兒作假口供。（春梅幫著解決了這個問題，吳月娘叫來薛嫂，致謝了春梅）
九十六回	孝哥兒	春梅和周守備說了，備了一張祭卓、四樣羹果、一罈南酒，差家人周仁送與吳月娘。一者是西門慶三周年，二者是孝哥兒日。 月娘道：「姐姐，你是幾時好日子？我只到那日買禮看姐姐去罷。」 春梅道：「奴賤是四月廿五日。」
九十七回	龐春梅	（按：春梅教陳敬濟假是自己的姑表兄弟，春梅說：）「等住回他若問你，只說是姑表兄弟，我大你一歲，二十五歲了，四月廿五日午時生的。」

六、《金瓶梅》的節令

十三回	光陰迅速，又早九月**重陽**。
二十三回	話說一日臘盡春回，**新正佳節**，西門慶賀節不在家，吳月娘往吳大妗子家去。
二十四回	話說一日，天上**元宵**人間燈夕……正月十六，合家歡樂飲酒。
二十五回	話說**燈節**已過，又早**清明**將至。
四十七回	一日，也是合當有事。**年除歲末**，漁翁忽帶著安童正出河口賣魚，正撞見陳三、翁八在船上飲酒，穿著他主人衣服，上岸買魚。
四十八回	西門慶因墳上新蓋了山子捲棚房屋，自從生了官哥，并做了千戶，還沒往墳上祭祖……三月初六日**清明**，預先發束。
七十八回	看看到**年除之日**，窗梅表月，簷雪滾風，竹爆千門萬戶，家家貼春聯，處處掛桃符。西門慶燒了紙，又到李瓶兒房，靈前祭奠。祭畢，置酒於後堂，闔家大小歡樂。手下家人小廝并丫頭、媳婦都來磕頭。西門慶與吳月娘，俱有手帕、汗巾、銀錢賞賜。 到次日，重和元年新正月**元旦**，西門慶早起冠冕，穿大紅，天地上燒了紙，吃了點心，備馬就拜巡按賀節去了。月娘與眾婦人早起來，施朱敷粉，插花插翠，錦裙繡襖、羅襪弓鞋，粧點妖嬈，打扮可喜，都來月娘房裡行禮。
八十三回	話說潘金蓮見陳敬濟天明越牆過去了，心中又後悔。次日卻是七月十五日，吳月娘坐轎子往地藏庵薛姑子那裡，替西門慶燒**盂蘭會**箱庫去。 一日，八月**中秋**時分，金蓮夜間暗約敬濟賞月飲酒，和春梅同下鱉棋兒。
八十九回	且說一日，三月**清明佳節**，吳月娘備辦香燭、金錢冥紙、三牲祭物，擡了兩大食盒，要往城外墳上與西門慶上新墳祭掃。
九十七回	一日，守備領人馬出巡。正值五月**端午佳節**，春梅在西書院花亭上置了一桌酒席，和孫二娘、陳敬濟吃雄黃酒，解粽歡娛。

國家圖書館出版品預行編目資料

《金瓶梅》的時間敘事與空間隱喻

林偉淑著.－初版.－臺北市：臺灣學生，2014.09
面；公分（金學叢書第1輯；第5冊）

ISBN 978-957-15-1620-2 (精裝)

1. 金瓶梅 2. 研究考訂

857.48   103011441

《金瓶梅》的時間敘事與空間隱喻

著　作　者：林　　　偉　　　淑
主　　　編：吳　敬　、　胡　衍　南　、　霍　現　俊
出　版　者：臺　灣　學　生　書　局　有　限　公　司
發　行　人：楊　　　雲　　　龍
發　行　所：臺　灣　學　生　書　局　有　限　公　司
　　　　　　臺北市和平東路一段七十五巷十一號
　　　　　　郵 政 劃 撥 帳 號 ： 00024668
　　　　　　電　話 ： (02)23928185
　　　　　　傳　眞 ： (02)23928105
　　　　　　E-mail：student.book@msa.hinet.net
　　　　　　http://www.studentbook.com.tw

定價：精裝 16 冊不分售
　　　新臺幣 20000 元

二 ○ 一 四 年 九 月 初 版

金學叢書 第一輯